恰夫妻少年

刘文华 ——

著

百花洲文艺出版社
BAIHUAZHOU LITERATURE AND ART PRESS

图书在版编目（CIP）数据

恰夫妻少年 / 刘文华著. — 南昌：百花洲文艺出版社, 2023.11
ISBN 978-7-5500-4903-1

Ⅰ.①恰… Ⅱ.①刘… Ⅲ.①中篇小说－小说集－中国－当代②短篇小说－小说集－中国－当代 Ⅳ.①I247.7

中国国家版本馆CIP数据核字（2023）第015199号

恰夫妻少年
QIA FUQI SHAONIAN

刘文华　著

出 版 人	陈　波	
责 任 编 辑	杨　洁	
书 籍 设 计	方　方	
制　　作	周璐敏	
出 版 发 行	百花洲文艺出版社	
社　　址	南昌市红谷滩区世贸路898号博能中心一期A座20楼	
邮　　编	330038	
经　　销	全国新华书店	
印　　刷	江西省和平印务有限公司	
开　　本	787mm×1092mm 1/16　　印张 15.5	
版　　次	2023年11月第1版	
印　　次	2023年11月第1次印刷	
字　　数	170千字	
书　　号	ISBN 978-7-5500-4903-1	
定　　价	48.00元	

赣版权登字 05-2023-41

邮购联系　0791-86895108
网　　址　http://www.bhzwy.com
图书若有印装错误，影响阅读，可向承印厂联系调换。

目 录

恰夫妻少年

一

那一年，我们家娶了个媳妇，离了个媳妇。娶媳妇的是我弟弟，离了媳妇的是我。

那一年，我爱有事没事地做沉思状。适逢夜晚，都要跑到月光下的麦地里翻晒我百无聊赖的心事。面对一地苍茫的月光，试图诠释生命、婚姻或爱情的关系和意义。后来我糊涂了，那些乱糟糟的念头像身边参差不齐的麦穗子一样长满我少年的头颅，让我头疼欲裂，不堪其芜杂和重负。那些问题我对付不了，我只能捋着一簇簇的麦叶子，细数流年、往事和星辰。

那一年我19岁，在故乡的一所中学里初为人师，但我和我媳妇荷子的婚龄，已达4个年头了。我和荷子拜天地的那一天刚满15岁，身高也就一米五多点，体重也才90斤略余。那以前我还在我后来执教的这所镇中学里读高中一年级。学校就是在那一年取缔了高考的指标，改成农中的。农中还有什么好学的，大家就纷纷收拾书包回到了家里。我那时想转校，或者去当兵，但我父亲却给我另找了个活儿。我父亲只是我们墨水村一个小小的村长，但他端的派头和他的人际关系却大大超出了他的权力区域。他让我当上了墨水镇政府的通讯员，给各个村庄的干部传达镇上的会议通知或这样那样的指示。老实说那是一份不错的差事，错只错在我居然干了。我的岳父大人见我成天在镇委大院里进进出出，觉得我以后有什么了不得的仕途，遂鼓动媒人催促婚期。这对我父亲来说正中下怀，他巴不得呢，立即热火朝天地张罗起来。我父亲和我岳父是在一次酒桌上给我和荷子订的婚，在这方面他两人真像一对所谓的亲家，一拍即合。不合的是我和荷子。我和荷子携手共拜的时候老是出错，引得围观的人嬉笑不已。荷子那时是 18 岁，个子高到一米七尚余。我直到离婚也没能长到和荷子一样高，你可以想象小丈夫和大媳妇拜天地该是怎样的滑稽。事后父亲骂我没出息，骂我身上没一点男人样儿，甚至都没一点男人味儿。母亲则瞅个空子叮嘱我说，今晚你少喝点水吧，免得夜里再把床尿了。

母亲说这话时已经晚了，我其时不仅喝了大量的茶，还没少喝酒。因为我听说酒助英雄胆，尤其有助于欲望，我怕我夜里不敢怎样荷子才狠狠地大醉了一回。我后来发现小说和电影多数是靠不住的，那上面总有酒鬼强暴女人的情节令人生疑。我酒后没有一点欲望，亦没增添一点胆量，底气不足得就像没喝酒一样。尽管我一进洞房就胡言乱语，遍地吐痰，装得很像个男人，可我从心底里慄她，我觉得她头上的红巾像火焰一样灼伤了我的眼睛，我怕这火焰再烫伤了我的手，试了几试都没敢扯掉。

酒精的作用使我只想睡，我很快像一摊烂泥一样沉沉睡去。我睡去没多久就开始做找厕所的梦，那是贯穿我整个少年儿童时期最经典的梦境，或者说是最经典的遭遇，隔不了几夜就重演一回。厕所通常很难找，这一次也是。到处都是黑压压的人，而且还多是女人，不光有女同学，甚至有女老师。我捧着一泡尿跑来跑去，洋相百出，要多狼狈有多狼狈。眼看无望找到体面些的厕所了，只好转而求其次，将就着找一个相对隐蔽些的地方。一般来说，世间事多是天无绝人之路，梦里也遵循这样的规律，就在我憋得眼冒金星，膀胱几近要爆炸的当儿，谢天谢地，不远处恍惚出现一堵救命的残墙，或一个稻草堆，不由飞也似的跑过去，一边长舒一口气，一边就把床给尿了。

荷子后来跟我说，她那时其实是醒着的。她说我那泡尿大得差点没把她冲跑。次日一早，荷子就把床上的毯子单子全洗涮干净，又一一换成了新的。是日晚饭我没敢多喝一点汤水，但没喝水也没妨碍我在夜里画地图。母亲望着婚床上那一日一换的毯子直点我的鼻尖，私下里教训了我一回又一回。荷子虽然不说我什么，但也闻着满洞房的臊气悄悄地皱眉。就这样我不敢跟我媳妇睡了，一个人羞愧而自卑地跑到了月光下的麦地里去。我后来常想，我和荷子的婚姻或许注定是一场误会，注定了要无疾而终，不然为什么我先前还只是隔三岔五地尿一回床，婚后却夜夜尿呢？

在麦地消夜的那些日子里，母亲和弟弟满街满村地找我，他们喊着我的名字，就像喊魂一样。我那时很少想象荷子的孤伶和落寞，只是没来由地想着逃避，但我逃避的究竟是什么，我又没有一点谱。我在母亲和弟弟的呼唤声里忧郁着，心跳得一下比一下沉重。

最先找到我的是荷子，她从我身上的麦叶麦青里猜出了我的行踪。那时我正躺在麦浪里胡思乱想，荷子悄悄地来到我身边说，你不怕冻着，人家还担心哩。

我一阵感动，我直到此刻才觉得荷子其实很像我的媳妇。我对她的害怕减了几分，嘴上却没心没肺地坚持说，我就爱在麦地里玩哩。

荷子笑着说，是吗，那我陪你。

我说，我不要你陪，我怕你哩。

荷子说，咋怕我呢，我是你媳妇哩。

我说，我就怕我媳妇，要不咋老尿床哩。

荷子又笑了，说，那也犯不着怕媳妇啊，还大男人哩。

我说，我还没长大哩。

荷子说，我等你长大哩。

荷子说完，就陪我在麦地里一起走，一起坐，一起嚼麦叶子，或循着萤火虫明明灭灭的踪迹，蹦着跳着乱撒欢儿，什么时候我任性完了，什么时候回家去。那是些月光很好的晚上，风儿和麦浪夜夜起伏在她的裙裾，撩得她的颈、她的胸、她的腰围和腿在清朗如水的月光下不住地颤动。我就是在她身子的颤动中觉醒了我朦胧的性意识，惊讶女孩的身体和男孩的身体竟有那么多的区别。我当时就想，如果她的个头不比我高，年龄不比我大，那我们这对少年夫妻的情形会不会好一点呢？

我那时读过几本琼瑶的小说，我喜欢幻想那种浪漫而曲折、美丽而忧伤的爱情，生活把一个牛高马大的女人一下子推给我，叫我如何吃得消？我试图从终点出发，重返过程，就像我后来写小说，总爱倒叙一样。

春夜的风纵情地吹着，掀得荷子的一头长发扬起扬落，不断地遮住她的面孔和眼睛。每当这时，我都会油然滋生一些无可名状的胆量和躁动。荷子，我说，你不要看着我荷子。

荷子妩媚地笑了，俏皮而会心地坐到风口，任凭一头瀑布般的黑发伞一般张开。她又看不见我了，她看不见我的时候，我又有了那些许的胆量和躁动。麦浪摇曳，月光涌流，在一个重大而神秘的时刻来临之际，我捂着剧烈起伏的胸口，感到一颗心跳得又乱又急，险些要跳出嗓子眼儿。我索性闭上了眼，在摸索中扑倒她，把她和自己双双埋到翻滚不已的麦丛上。那是我和荷子的头一次亲近，我那时尚意识不到我初夜的探险里有多少注定的遗憾和沮丧。在黑暗和麦浪的呼啸声中，我觉得我误入了一个深不见底的峡谷。我在那巨大而空茫的峡谷里茫然着迷失着，像个盲童一样无所适从。

荷子，我说，你已跟过人了吗荷子？

荷子的表情不胜痛楚，我至今想来都不胜忧伤。她长长的睫毛像麦芒一样扑闪着，泪汪汪的眸子里波动着我那时破译不了的内容。

二

　　我弟弟结婚的那一天，我爱热闹的父亲又很露了一回脸。他把家里的全部积蓄都拿出来润色这件事不说，还借了好几个亲戚朋友的钱。当然，前来贺喜的人也络绎不绝，仅送的床单被面就挂满我家的整个院子，喜宴则从我家门口径直摆满了大半个村子。我父亲逢人就握手，见人就散烟，就是见了小孩儿，也一把一把地撒着糖，一副春风得意、万事大吉的模样，仿佛他自己又当了一回新郎。就这一回大事了，他说，花多花少还不都是这一回吗？

　　我从内心深处反抗着父亲的话，我那时已打定主意要跟荷子离婚了。而且我想，多年以后的弟弟会不会像我一样再折腾父亲一回呢？

　　那以后我又一个人去麦地里走，坐，或者睡了。那时我不再怕荷子，倒是荷子怕起我来了。其实我无意给荷子什么脸色看，我只是难以掩饰我情绪上的失落和悲伤。那些天我一直在等着荷子能主动给我说点儿什么，告诉我那男的是谁，是谁破了她处女的身子。我后来意识到我那时候的肚子里装的全是醋，我总是由着性子给荷子杜撰一些酸溜溜的故事。我想象荷子在嫁我以前一定有过情人，她和她的情人一定干过许多坏事。

　　母亲和弟弟又开始满街满村地找我了。

　　我父亲不像我母亲那样客气，他警告我夜里再敢乱蹿乱跑的话，他就敲断我的腿。我父亲是因为霸道才当上的村长，什么事你也别想跟他讲道理，他在村里都是说一不二的，在家里更是说二不一。他只知道他的儿媳勤快又贤惠，却不知他儿子的苦衷和委屈。但是我怕他，我夜里轻易不敢再到麦地里去了。

　　而且麦子也不日熟了。

　　熟了的麦子使荷子成了一个全村公认的好媳妇，她终止了我们家总是找人割麦子的笑话。我父亲在经济上是个一塌糊涂的人，我小时候每回给他买烟买酒至少能扣他三分之一的钱而他却一无所知。我说过我父亲这人好热闹，家里每有大事小情他都能号召来村里所有的人。早几年我母亲喂大的一头猪要卖，他竟吆喝了六七个年轻力壮的小伙子来逮。逮住了，他在前面先骑着车子往集上去，让人家拉着车子在后面跟。我母亲说，卖个猪咋用了恁多人？我父亲说，它路上跑了找你？卖了猪我父亲自然要慰劳卖猪的队伍，再加上熟人凑上去，那头猪的钱就全消耗在那顿酒饭上了。

我父亲虽管得了我晚上不得乱窜乱跑，白天却管不住我，仗着那份通讯员的工作，我有事没事总去镇政府泡着。我宁愿去那里给人家扫地打水抹桌子，狗腿子一样被人家支来使去，也不肯在家跟荷子独处，天天早出晚归。当麦子黄熟，荷子叫我从镇上捎几把镰刀来的时候，我怪她多事。我大言不惭地跟她说，咱家历来没买过农具，咱家的活历来不用咱家的人干。荷子说，叫人家干不好，叫人家干不是要管饭吗？我一听就笑了，我说咱爹就爱干不赚钱的买卖，才不会在乎几顿饭。荷子说，咱爹不在乎我在乎。我说你在乎你就去割吧，反正我不管。荷子说，那你捎不捎镰刀来呢？你不捎我就去买哩。我哼了声说看看吧，我忘了就不捎，忘不了就给你捎来。

那是荷子头一次叫我做事，自然不好随便忘了的。当我把两把镰刀拿到家来的时候，荷子笑了，说我其实是个很乖的孩子。我父亲看见她在门墩上磨镰刀，就说不用磨了，他已安排好人收割了。荷子浅浅地笑了笑，说，我也能割哩。

说了也就说了，大家并没在意，所以她晚饭后出去玩的时候，谁也没看到她腋下是夹着镰刀的，更没想到她会去月光下的麦地里割麦子。那一晚我和我的弟弟杀象棋杀得头昏脑涨，满眼里都是红色绿色的棋子，头一歪就睡了，根本没看见自己的媳妇在不在床上。等我知道我媳妇一夜割了四五亩麦子的时候，那消息几乎已在村子里传遍了。

我父母都欢喜得不得了，当天就派我去镇上买来两套新裙子犒赏我媳妇。路上每遇到熟人都说我命好，说这样好的媳妇，十里八乡也找不着哩。

媳妇虽好，诚如人家所说的，打着灯笼也找不着，怎奈我一时半会儿还是改不掉尿床的毛病，动不动就把床铺弄得花里胡哨。碰上阴雨天，即便一个人勤快如荷子也洗换不及，臊味儿与日俱增，久久挥之不去。一而再，再而三，我哪还有脸睡到荷子的身边去。为了把尿在睡前尿干净，我就熬很深很长的夜。有闲书时看闲书，没闲书时，就把初高中阶段学过的课本找出来，是题就做，是字就读，仿佛金不换的回头浪子，每每伏案用功，不知东方之既白。那时我业已明白我当兵是没指望的了，我的身高和体重都达不到要求。但在冥冥中，在潜意识中，我觉得我的生命还没有真正开始，我坐在自家的新房里像坐在笼子里一样，叫我夜以继日地想着摆脱和逃避。那些天我把保存的所有课本差不多都翻烂了也啃烂了，到七月份地区师范学校招生时，竟没怎么费劲就考上了。

我父亲对我放着好好的镇政府通讯员不当而执意去师范读书的态度很反感，说我是吃饱了撑的瞎折腾。又说，你上完师范又能咋，不就是只能当个穷教师吗？而如果想当教师的话，我现在就可以给你联系好几所学校，还用得着去绕这么大的弯儿？我对我父亲的话置若罔闻，我觉得他对教师这个词的理解俗不可耐。知子莫若父实在是一句天大的鬼话，他哪里晓得，我全部的用心其实只是为了离开家啊。

临去城里上学的那个晚上，我不知该怎样跟荷子面对，就又一个人溜到了村外面的田野里去，想等她睡着了再回家来。可当我像个幽灵似的晃荡了大半夜，晃荡到残月西斜，夜凉如水，回来却看到荷子还没睡，还在灯下给我收拾行囊和用具。她把一个好好的毯子剪成了四个方块儿，又一一缝了边儿。她虽然没说那些方块毯子的用处，可我也知道那其实就是一片片尿布。我又感动又羞愧，心头涌满复杂难言的离愁别绪。待一切都妥当了，荷子仍不睡，默默地坐在灯下无声无息。

我说，睡吧。

荷子说，睡吗？

我又说，睡哩。

荷子说，我以后想你咋办哩？又没个孩子。

我想是啊，她以后想我咋办哩？我走了谁来陪伴她哩？我用心体味着荷子的话，我直到今夜才多少有了点做丈夫的自觉。我喃喃地叫着她的名字，缓缓地去解她衣服上的纽扣。那是我们结婚半年来头一个没有和衣而睡的晚上，怎么着也该有一点纪念意义。多少年后我想我那时肯定有了性爱的意识和要求了，我之所以没有清除那个夜晚的忧伤是因为我不断地想起我杜撰的她和她情人干过许多坏事的故事。那一夜充斥流溢在我们房间里的已不仅仅是我的臊尿味，还有一股股渗透骨髓的千年陈醋的气息。我受不了我感觉上的那种夸张的失落和空旷，我感叹我生命深处的体验不过是对别人的一次蹩脚的模仿。我像一个徒劳的旅人，在风尘中疲惫，在跋涉中受伤。我在中途停下步伐，想叫，想喊，想掉头就走。

三

我弟弟结婚那一年，还不满 15 岁，比我结婚时还小。但他比我生得高大，也比我调皮，我俩在一起的时候，常有人分不出谁是哥哥谁是弟弟。我弟媳是在东北吉林她姑姑家长大的一个女孩子，不仅比我弟弟大三岁，也见过一些世面，因而坚持用鞠躬的方式拜天地。我弟弟不干，我弟弟的脚一伸，手一推，就叫他媳妇很响亮地给他跪倒了。众人哄堂大笑，为我弟弟喝彩叫好。

我的老爷爷老奶奶就乐得合不拢嘴，笑纹颤颤地说，这二小才像个新郎官的样子。

我的爷爷奶奶也乐得合不拢嘴，笑纹颤颤地说，老二就是比老大有出息。

我弟弟越是出息，我就越难受。我早就发现了我不如我弟弟聪明，他从小成绩就比我好，如果继续上学的话，应该比我有出息。比如下象棋，一开始是我教的他，一星期后我就不是他的对手了；再过一周，他居然就可以让我一到两个子儿了。所以我极力主张他再接再厉，怎么也得读个专科本科什么的，不要像我这样只考了个中师。但他读完初中没再考，我父亲说要把他培养成村里最年轻的干部。我在和父亲的无数次或明或暗的战争中总是打败仗，他说我这个家伙对家没一点感情居然还有脸拉弟弟下水。老实说我中师一毕业就闹离婚多少有点阻碍我弟弟结婚的意思，我那时总要无端地想，大我弟弟三岁的弟媳会不会像大我三岁的荷子一样，也是一片叫人开垦过的土地哩？

我们那个镇子地处冀鲁豫三省的交界点上，因而集中了三个省份的陈规陋俗。那个地方的妻子多数比丈夫大三岁，说是"女大三，抱金砖"，否则不便婚配。结婚年龄一般男的在十五六岁，女的在十八九岁。有关系的，可照直去婚姻所登记，只消把实际年龄说成法定年龄就行了；没关系的，媒人一撮合也可男婚女嫁，名曰事实婚姻。多少年来人们对这件事的态度一直是默认，男男女女都忙不迭地早婚早育。到了现在，早婚早育又有了钻空子的意思，不仅是衡量一个家庭或者说一个家族是否富足、是否人丁兴旺的标志，也是在变着法儿跟日益严峻的计划生育形势赛跑哩。

我的逃避其实是有很大限度的，每年的寒暑假里我还得回到家里去。阶段式的分离并没使我和我媳妇荷子的关系亲密多少，改善多少，当我用一种审视和挑剔的目光打量荷子时，我觉得和我那些女同学比，她身上少了许多现代和浪漫的东西。这时我开始给她说一些城里男女的事，我说爱的意义不在于婚姻；我还套用别人的话对她说，婚姻其实就是爱情的坟墓。事过多年当我对丈夫和妻子这两个概念多少有了一点了解的时候，我吃惊地觉悟到，那时没有长大的，不仅仅是我一个人，还同样包括大我三岁的荷子。

荷子那时只是在我睡着以后才悄悄地抚摩我，悄悄地把她的身体和我的身体紧贴到一起。我偶尔会在她深夜的抚摩里醒来，我醒后反倒会有一种来自血脉深处的躁动。但要命的是，只要我这时稍微有一点动静，荷子又会陡地缩回手去，甚而会呼起不知是真是假的鼾声。我后来常想，我们那时究竟是怎么了呢？

在师范学校读书的时候，我克服了许多毛病，比如尿床，比如睡懒觉等。而我忘了发育的身体，直到毕业那年才有了点变化，有了点人模人样的趋势。那时我常在夜里一身燥热地想媳妇，想得月光如潮，想得夜色暧昧，但是天一亮，阳光一照，我又会兀自收回所有回家的念头，我不明白，手为什么会在这个时候突然出现在我的生活中了呢？

我无法想象我和荷子长达三年之久的误解是不是上帝的意思，无法想象我迷茫的逃避实质上是否就是为了寻觅手。我和手之间一点儿也没有我和荷子之间的那种距离和生疏，我们珠联璧合得有点像是所谓的才子佳人。手说，你那时没有长大，就是为了等我哩。手又说，冥冥中我也等了你好久哩。手还说，天涯海角我都跟你走哩。

我感动地用手去握手的手。

我和手同级而不同班，我们是在校办的一份文学社刊上共同编辑了一期稿子才认识的。那时我们已分配在即，那个关键的时刻迅速地促进了我和手的恋爱关系。那些年，我们那个县的领导都还像我父亲一样，又霸道又蛮横，凡是从本县考出去的大中专生，飞到天边也要把你拽回来。我劫数已定，逃来逃去都逃脱不掉我那个小小的镇子。手是城里人，至少可以分到好点的单位，但她却执了我的手，坚定地跟我一起到我就读过的这所镇办中学里来了。这时学校已取消了高中阶段的农中，改名为墨水镇中心初中了。我本是偏重文科的，却阴错阳差地安排我教两个初三班的数学；手的安排还算对口，担任从初一到初三的音乐教师。

学校还像从前一样破，住房紧张，办公设备奇缺。这么几年过去了，它还偏居一隅，仿佛久远年代里的一张黑白照片，恍惚，黯淡，让人疑心置身隔世。我和手都没争取到单间的宿舍，我只能牵着手的手去麦地里故地重游。那时麦子已收割过了，田野里又种上了玉米大豆或别的谷物。手有一副很滋润的嗓子，甜柔清丽的歌声会叫万物生动，比如夜色由此温馨，月光由此撩人。

我在手的歌声里感到一种生命深处的召唤和昭示，牵引我在逃避爱情的路上一步步回归。我觉得手就是我的精神家园，叫我无所归属的心灵找到了港湾。可是当我试图在我的家园里耕耘、收获，一如我的父辈们在麦地上生息、劳作的时候，手又会猝然停下她的歌声，苦苦地厮守住她身上的某些最后的领土。手说，我们还小哩。手又说，我要是你的，早晚都是哩。手还说，你还没跟荷子扯清哩。

是啊，我还没跟荷子扯清哩。

我知道这才是问题的症结所在，一方是法定的妻子，一方是婚外的女友，当手真正面对她的第三者的身份时，当世俗的力量和舆论的谴责越来越强大时，当芒刺在背的白眼和迎面飞来的唾沫星子肆意妄为时，作为一个远道而来的女子，她如何逾越荷子这道明明白白地横在那儿的关口？我清楚我必须作出抉择了，可我怎样才能跟荷子扯清哩？

荷子在我们家里劳苦功高。三年多的媳妇生涯使她在我们家的位置无人替代，不可或缺。三四年来，荷子不仅健全了家里地里的一切常用设施，还喂养了数不清的鸡鸭，并使粮食的收成连年翻番。我母亲才三十几岁，却里里外外都不用她管了，年纪轻轻的就做起了甩手婆婆。我最初说到离婚的事是在母亲问我荷子咋还没怀孕时提出来的，母亲一听就火了，她说你当了小小的老师就这么陈世美，那当了状元还能得了？我父亲知悉后则劈面甩了我两巴掌，他警告我再敢跟那个叫什么手的小妞儿扯不清，他就砸断我的手。

那以后我父亲就不准我住校了。

我每晚只能回家过夜，我苦恼我到了19岁仍摆脱不了我父亲这个瘟神的压迫和奴役。但我回家睡了又能怎样呢，我回家睡了还是跟荷子同床异梦，根本说不到一家去。我后来常为我那时的卑鄙用心而羞愧，我要跟荷子离婚却还横挑竖挑人家的毛病。我开始给荷子出难题，问她婚前这样那样的经历。

荷子说，你要离就离，还问啥哩。

我说，荷子。

荷子说，我等你长大，苦苦地等，等你大了好扔我哩。

我又说，荷子。

荷子说，我婚前能有啥？还不是守着一个少不更事的丈夫，熬不住，才自个折腾自个哩。

荷子说了就呜呜地哭，肩胛一耸一耸。我无言，我实在是始料不及。我仿佛直到今夜才明白，我15岁那年的身体根本就没有发育，我那时小得多像个雏鸡。麦地啊，你要原谅我少年的肤浅和无知。

四

我弟弟和我弟媳两个人玩得颇热闹，常常一块儿下地干活或赶集去。但我弟弟脾气不好，动不动就爱来点大男子主义。那些天人们常见我弟媳在胡同口追着我弟弟说，你出去玩可不要跟人家打架啊。

我弟弟头也不回地说，男人的事，你别管。

我弟媳又说，你要是听话，回来我就给做好吃的哩。

我弟弟立即就馋涎欲滴了，说，好吃的？啥哩？你快说啥哩？

众人就笑，说这对小夫妻玩得有意思。玩来玩去，我弟媳的肚子就日见其大了。人们便取笑我说，人家老二家的都快生了，你老大家的咋还不见一点动静哩？

我的爷爷奶奶和我的老爷爷老奶奶也沉不住气了，先后把我叫了去，问我媳妇咋还不见喜气哩？我觉得我跟他们扯不清，胡乱搪塞说，我们还小，暂时还不想要孩子哩。我爷爷奶奶们就生气了，说你比二小还小吗？你敢瞎想我们不依哩。

我爷爷奶奶他们吃住我叔叔家。我们家的生活水准本比我叔叔家好些，但因我父亲的酒场不断，他们受不了终日充斥于我们家的猜拳行令声和酒臭气，这才换到我叔叔家去住了。我的爷爷奶奶们特别强调说，这村里四世同堂的也不多，咱们家要开五世、六世同堂的先哩。

离开我爷爷和我的老爷爷后，我开始演算起一道数学题：我今年62岁的老爷爷什么时候生了我今年49岁的爷爷，我今年49岁的爷爷又在什么时候生了我今年35岁的父亲，我今年35岁的父亲又在什么时候生了今年19岁的我，我的今年15岁的弟弟又将在什么时候生下他的儿子呢？

我扳着指头扒拉着算盘按着计算器一遍又一遍地演算着，心里生满恐惧和杂乱的念头。我在演算的过程中烦躁起来，忐忑起来，我开始怀疑这条血脉里有没有外来的水分。我算不清，或者说我不敢相信我所得出的结果。那些天我在课堂上洋相百出，给学生们讲错了一道又一道题，感叹自己居然敢做两个初三班的数学老师。与此同时我还在另一个夹缝里走投无路，我一样弄不清在荷子和手之间该怎样处置。

此后的日子里，我又一个人去田野里走，坐，或者睡了。身边没有荷子，亦没有手。面对一地苍茫的月光，我拿出我媳妇荷子和我女友手的照片一遍遍抚摩，于土地深处聆听生命无声的诉说。也许一切都是不可知的，我能指望我19岁的思绪理清些什么？如果我那年去城里读书注定了我要犯一个错误，我又该如何结束我和荷子的那种不冷不热的关系呢？如果活着的全部意义就在于毫无节制地繁衍生育，我当初何苦跟荷子闹那么多的别扭呢？但如果我那时就和荷子妇唱夫随地生儿育女，我生命的版图上又怎会出现手这一片风光呢？如果我不是急于和手结合，我又如何破译荷子的洁身之谜呢？

我感激荷子和手，我爱惜她们给我的每一份温存和宽容。但是我能对荷子说些什么呢？又能对手说些什么呢？那年 10 月份我又一次参加了成人高考，又一次背起行囊踏上了逃避的路程。在渐行渐远的班车上，挥手作别了我生命中的两个无辜的女子。

五

时光流逝，一晃经年。此刻，我坐在北京的一所大学里怀念我那个叫墨水的村庄，怀念那片遥远而又古老的土地。这是另一个春天，我想象不出我梦中的麦地又该起伏多少喜忧参半的故事。冥想中有一封硬硬的家书到来，信中夹寄了我弟弟新生的小女儿的百日照片。我弟媳头一胎怀的本是个男孩，但叫我弟弟失手打流产了。我侄女是个白胖而俊气的女孩儿，身上打着无数好看的折子。我看她照片的时候总不自觉地喊她妹妹，伯父对侄女的这个称呼使我吃惊地意识到我不过是个比她稍大一点的孩子。我无端地惶恐起来，我想不出我弟弟那张稚气未脱的娃娃脸上是否有了初为人父的庄严？他在逗他女儿笑或哄他女儿睡的时候，是不是也会脱口而出地喊成妹妹呢？

我喜欢我这个胖乎乎的小侄女，她让我想起许多逝水的年华和往事。我举起我侄女的照片亲了又看，看了又亲。妹妹，我说，你笑得好甜好美哩。

茅草深处

一、我打工的那所学校

我打工的那所学校，是一家私立的武术学校。武校是早些年的产物，到眼下已不十分红火了，只是大火将熄，余热犹在，一两根烟的工夫尚呜呼不了。

武校地处市郊，系一湖泊遗址。那湖曾经烟波氤氲，浩渺百里，很负责地风光过这一方天地。奈何世道沧桑，风尘淤积，伤心的湖水远走高飞。湖底深深浅浅，平仄起伏，状若古老的诗韵，适宜杂草丛生。年复一年，草的家族人丁兴旺，长势蓬勃，风吹来，浪起浪涌，蔚为壮观，有如一万面旗帜猎猎作响。武校的学生就在这茅草深处拳来腿去，剑影刀光，说不准是被时代甩下了，抑或遗弃了时代。

我到武校来混日子，很大一部分原因就是看上了校周遭的这片遮天蔽日的茅草。那时我以为这茅草荒芜得颇艺术，颇符合我离群索居的心理要求。无独有偶，孟高远老师说他来武校，亦是因为这片草地。他说，七年前他在此打过计划生育的游击战，茂盛的绿草为他怀孕的妻子提供了友好的保障和掩护。他的儿子就是在武校落成的典礼声中坠地的，因而认定了儿子命里与武术有缘。七年以后，儿子到了入学年龄，他便穿越迢迢千里的路程，从一个遥远的省份把儿子送至武校。但那个七岁小儿对他久违的出生地并无好感，死活也不肯独自留下上学。孟高远是那种具有献身精神的父亲，为了儿子的出息，不惜自己肝脑涂地。他要求能在校内找份活干，以便督促儿子学艺。时值一九九四年八月，高温持续不减，正是尚武精神受到严峻考验的年代和月份。校长吕婷婷首先从生源匮乏考虑，又从外省的父子本身具有活广告的宣传作用考虑，答应留下他做一年级的文科老师。一年级教室与厕所比邻，我来回方便的路上，常见他写在黑板上的字比刷在街头墙上的标语还要大，显得黑白格外分明。他讲课像跟人吵架，声音大得叫人容易想起发情的毛驴。师徒如父子，他这样教导那些混沌未开的孩子，你们要事事想着老师，老师并不稀罕你什么东西，主要是看你有没有这份心意。幼儿们比大人会献殷勤，大人献不好意思，幼儿们则献得争先恐后，一经点拨便踊跃地表达自己有这份心意。也不管干果还是水果，荤的还是素的，都一股脑儿地先给老师送来。一时间孟高远桌上床上的食品竟堆积如山，花生叠压着糖块，火腿簇拥着面包，花花绿绿的，煞是巍峨。他自己吃不了，还客气地让我和其他老师吃。孟高远的人缘就弄得特别好，跟学校里的教师教练们都称兄道弟了，我还在一旁受冷落，直至我离校，仍有人不知我是谁。

我是谁呢？

我是个处处不得志的倒霉鬼。我拿着谷小米的钱去北京的一所大学里读了一回作家班却没发多少作品。谷小米说，你还有脸回来？我摸了摸脸，脸还在，但话却没了。谷小米又说，你还回来干啥？我努力想了想此行的目的，但因忙着赶路竟把来意也似给忘了。谷小米提醒说，不想结婚了？我飞快地摇头又点头，表示对这事感兴趣，我这么风尘仆仆地往回赶，还不是为了跟她讨论这个一搁再搁的话题！谷小米却忽然阴了脸，冷冷笑说，等等吧，等你像×××了，再提这事。

×××在当今文坛是个大受欢迎的家伙，红得发紫，我则面黄肌瘦，连一点红的趋势都没有，哪里能跟他一样紫呢？对于婚事，也就白感了一回兴趣，看那架势，且连讨论的余地都没了。但兴头勾起来，再按下也不易，像个不倒翁，按下了也还要弹起。便想我是把她惯得太坏也宠得太坏了，她这么多的不满和责怨或许就为了等我一次野性的驯服，于是我走过去，将其推倒在床上，准备干一件开天辟地的大事。谷小米是那种很会破坏情调的鬼东西，乏起味来不分场合，她嗲声嗲气地叫嚷说，傻小子你发疯吧，这屋里没保险工具出了事我不管。

谷小米出身财会世家，父母都在银行上班，她也是。她把恋爱当成了一场拉锯战来打，当成了一种生意来做，只是没料到我是她投错的一支股票或基金，一跌再跌，持续低迷，害得她被套牢了似的，食之无味，弃之可惜，所以迟迟不肯完全交付。当初在大学恋爱时我还会俯在她的耳边说点甜言蜜语，把她揽在怀里开点空头支票，如今我已满身沧桑，过了少年轻狂的年纪，连这些虚构的蓝图也懒得描绘了，只恨不得把她打昏，或用什么东西把她麻醉了，但如此又太下三烂了，我不屑于使用不说，即便成了事又有什么情趣！我在她的嘟哝和呢喃声里意兴阑珊，沮丧的心头油然滋生些许悲壮的情愫，就一把放开她，从床上跳下来，准备刻不容缓地离去。走至门口那儿听见她又喊了我一声，有些期期艾艾。回来，她说，我又让你生气了吗？

谷小米就有这样的能耐，关键时刻的温柔一刀，足以让我英雄气短，从一个极端走向另一个极端。但今天显然不同于往日，我千里迢迢地赶回来，不是为了再跟她重复着玩好好坏坏的游戏。听着，我说，我走了，要把这颗纽扣给我系好。

谷小米有时也乖，甚至还很会撒娇哩。她嘻嘻地笑着，当着我的面系好了胸罩，并前后转了转身子，问我看着是否放心。见我也忍不住笑了，又套上裙子，还没把拉链拉上呢，却赖上我的肩头，调皮或者挑逗地说，是你弄开的，你给我系上。你系紧了，别人想打也打不开。这就是谷小米，什么时候都不忘给我施加压力，但我又觉得这话也有几分道理，至少也有那么几分歪理，就动作幅度很大地给她套上裙子，拉紧拉链，又找了根布条给她系上，恨不得打上死结，锁上保险为止。

谷小米其实错了，她不知我命薄而心高，并没把×××放在眼里。就算×××真能在当代文学史上树起一座丰碑，谷小米也仍然错了。她不知大师伟人都是林峰式地矗立，耸起一个高度，后人便难以逾越过去，只得另寻蹊径，重建一个山头。这就像鲁迅不比曹雪芹伟大，曹雪芹不比李白优秀，李白不比屈原杰出一样，我又怎能赶得上×××呢？跟谷小米理论这些没啥意思，与她心神恍惚地吃了顿饭，还是离开了她那个城市。

我的城市与谷小米的城市比邻，相距不过百把公里，却隶属两个不同的省份。她在豫东北，我在鲁西南，这隔省跨县的距离，给我们本来就不顺畅的爱情陡增许多麻烦和难题。我想单位领导怕也要同样地诘问我吧——当初单位不放行，我却执意去作家班学习，如今两手空空地回来，岂不是把笑柄送上门去？在自己的城市里晃荡了两天，就径直走过报社的门，循着一条招聘信息的提示，来到了这所没放暑假的武校。还算走运，试讲了一课，就被通知留用了。心里有些小得意，觉得自己虽然是个落魄书生，是支鸡肋式的烂股，但还没到百无一用的地步哩。

有人笑就有人哭，简直是一条颠扑不破的真理，我没想到我的到来竟也给人制造了紧张空气。因为孟高远老师也刚来不久，便有人嚷嚷校里要辞退另外的老师。这年头饭碗空前缺货，铁碗砸了，瓷碗皮碗塑料碗也就紧俏起来。教师们一时很凄惶，不知厄运会钟情谁。那些天大家都把目光聚集到了教务主任吕步青身上，因为校长吕婷婷要通过他宣布新的任免决定。

吕步青今年46岁，原在附近一村子里当治保主任。据说他在村里混得像一堆狗屎一样臭，混不下去了才好歹凑了些股份，死皮赖脸地进了他堂姐吕婷婷办的这所武校。可我刚来的时候，他常向我吹嘘他在村子里混得很是回事，上至村长下至村民都拿他当个人物。我嘴上嗯嗯回应着，心下却在发笑，我过去搞采编工作时连县长市长的手都握过，一个村的治保主任在我眼里能算什么狗屁官？校里每起用一个新老师，他都说是他极力撺掇的结果；每赶走一位老师，则统统说成是别人的意思。难为他老大不小一个爷们，比个长舌妇还能搬弄是非。他当然也向我卖了如是的关子，好像我留下来全仰仗了他的舌头。

此后的日子里，老师们便拿了烟或酒，悄悄地去吕步青那里打听消息。吕步青则扮一脸高深莫测的笑，好像每个人都是鱿鱼又好像谁都不是。这时候有一个名字叫伞的女老师笑大家沉不住气，伞说按他一贯的做法，他会在行动上捅出这一桩秘密。比如说吧，伞说，如果这个月哪位老师的奖金多些，他提前几天就会对你眯眯地笑，嘱你有好事别忘了他；而如果要解雇谁，又会对谁格外好，以让你明白你的走和他没干系。也没过几天，头一个鱿鱼对象就出现了，吕步青开始对穆雨莲老师特别关照。

那天下午，吕步青从总课程表上看出穆雨莲老师没课，就把胡子刮得光光的，把头发很逻辑地梳到脑后，迈着方步往穆雨莲老师的寝室踱去。穆雨莲老师见了，慌得又是倒水又是让座的，一边问有事吩咐不？吕步青说，没大事，来坐坐。那意思是说小事还是有的，至少事是有的，但穆雨莲老师也知道吕步青有临终关怀的业余爱好，不敢再问，怕不幸的预感真被证实了。

穆雨莲老师从市里一家发不下月薪的厂子下岗多年，爱人虽没下岗，但常常三五个月还发不了一次工资，因而就极怕丢了这份好歹还能开出工资的活儿。吕步青一进来就夸穆雨莲老师床铺收拾得干净，比他家那个黄脸婆利索多了。他老婆在校食堂做饭，干起活来能把锅碗瓢盆的声音弄得满校园轰响。穆雨莲老师见他这么说，倒一时弄不懂他的来意了。招呼其坐椅子上，却不坐，一屁股压到床上，压得床单皱纹密布。穆雨莲老师的作业就改不成了，课也备不下去，木板床痛苦的呻吟叫她心慌意乱，分外忐忑。吕步青说，你看我总是忙，老忘了问你有没有我能帮忙的事，有就早招呼。穆雨莲老师悚然一惊，知道最怕的事情就要发生了，沉默着，等最后的宣判。吕步青却不急于宣判，又卖关子地问穆雨莲老师有没有他能帮忙的事。穆雨莲老师摇摇头，吕步青这才咳了一声说，吕婷婷校长让我组织几个人听听你的课，你心里要有个准备。穆雨莲老师知道校里每次撵人时都要这么例行公事地听一回课，罗列你一堆毛病，好让你走也走得没话说。就说算了，还麻烦啥呢，叫我走我走就是了。吕步青说，事情尚在两可中，也不能泄气得太早了。穆雨莲老师虽然老实，但人在难处，脑子相对集中，因而也可以听出对方话里有尾巴，凄笑了下说，还有办法缓和吗？吕步青说，活人还能叫尿憋死？这么说了一句粗话，复又文明起来，劝穆雨莲老师也别把包袱背得太重了，啥事看开些，互相想想办法，去外面的草地走一走，都是十分必要的。那草地，他说，那草地里多静多好啊。

吕步青动员穆雨莲老师去草地的事，我是听伞说的。我为此而不安，以为让穆雨莲老师受威胁，自己负有不可推卸的责任。但伞说穆雨莲老师是小学组的，我是中学组的，彼此应该没多大关系。又说穆雨莲老师也知道吕步青没安好心，未必就肯跟他到草地里去。

那晚睡不着，给谷小米写信。我原以为我找到了一块圣地，不期也是一片废墟。那茅草，我在给谷小米的信上发牢骚说，那片他妈的茅草，居然比艺术还荒芜。

二、孟高远对草地有一份感恩的情义

孟高远对草地有一份感恩的情义，时常牵着他儿子草上天的小手到茅草深处去。草上天是他给七岁的儿子起的江湖称号，以备将来做侠客时用。孟高远总是在一片红土前停下步子，指指点点着给儿子诉说七年以前的往事。他每回溯一次都要夸大一下当初历险的程度，以鞭策儿子立志学武的责任感和使命意识。

你看看这片土，他说，这片土全是你娘的血染红的。

草上天说，跟墨水一样，墨水也有这么红。

孟高远说，你娘生你时流了一地血，跟海一样。

草上天说，海是蓝色的，跟蓝墨水一样。

孟高远说，你娘的血把整个草地都染红了，就像着了火。

草上天说，那得多少瓶墨水呢，多少瓶墨水才能把恁大的草地都染红呢？

老子和儿子就这么悠远而又缥缈地说着，几乎每天都要重复一遍关于血和墨水的谈话内容。那时我初来乍到，人生地疏，常有事没事就去草丛里扮哲学家作冥想状。我在他们走后察看了那片不同寻常的红土，在太阳很好的八月，那是唯一滋润的一块土地，像婴儿的天灵盖一样松软，又像猎人设置的陷阱上的伪装。我凝望着这片据说是母亲产血染红的青草地，慢慢凝望成一堆火，目光几乎被灼伤。我在一阵虚幻而逼真的灼痛中退缩出来，回去打问校内小卖部的那个女孩。那女孩起初跟我闪烁其词，我一下子买了她一条烟三盒口香糖五袋方便面才把她打动。孟高远老师不叫我跟别人说，这个不好收买的女孩说，他每星期来买一次墨水，每次买六瓶。

我听得心惊胆战，想不出孟高远这么良苦的用心里面蓄积了多少危险的阴谋。我在班上做过一个粗略的抽样统计，竟发现 45.6% 的学生家里有这样那样的世仇。他们的家长隔省跨县地将孩子送至武校，就是为了日后肃清陈年的积怨。这其实还是一个保守数字，不少学生对我的调查持敌对态度，不诚心合作。上学期有个八年级的学生深夜出逃，独自持刀潜入仇人家门。但他艺没学精，非但未能报仇雪恨，反被人家扭送到了公安局去。校长吕婷婷便经常骂那个学生的任课教练，教出这么没功夫的学生竟还有脸领工资。

我被安排教八（2）班的语文课和历史课，八（1）班、八（2）班的这两门课本由伞一个人教。由此可见校里的教职员工并非超编，比起正规学校的师资力量不知要弱了多少。之所以要不断地招聘并解聘教师，据说一是为了优胜劣汰，一是为了强化教师的岗位意识。我先前还以为校里是为了减轻伞的负担才又把我招来的，后来才发现这样的安排别具匠心。这境况逼迫我和伞得同时绷紧一根弦，谁有闪失，谁将交出自己的饭碗。

前面说的听穆雨莲老师课的事，还在像阴谋一样地策划着。因为穆雨莲老师平常工作没问题，人又老实，所以在小学组的人缘很过得去。吕步青怕他们照顾情面，决定让我们几个中学组的老师去听课。还特别强调说，最近有不少学生和家长反映穆雨莲老师的课有很多问题，所以大家的听课意见一定要实事求是。那天中午吕步青也这么通知我的时候，我感到无聊透顶，胡乱敷衍他说，我刚来，不大懂教学上的事，别去滥竽充数了吧？

孟高远那时已躺下午睡，看见吕步青进来，忙又满脸堆笑地坐起来，抢过我的话茬说，这有啥懂不懂的，好就是好，不好就是不好，要不我替你去？我那时已信不过他的人品了，毫不领情地说，规定的不让小学组的去，你去不就特殊了？孟高远居然大言不惭地说，我本来就特殊嘛。这倒出人意料了，我有些奇怪地说，你怎么就特殊了？孟高远煞有介事地说，我虽是小学组的，但才来不久，与穆雨莲老师不存在同事关系和情义，保证听课意见实事求是。我还要再说点什么，吕步青却点头称是了，还很亲切地拍了拍孟高远的肩膀说，校里就需要像他这样对工作负责的老师。我看着已成定势，就说算了，任务是我的，不好拖累孟老师，还是我自个去吧。孟高远这人吃了秤砣铁了心地说，你去你的，我去我的，多一个人去，或许就能多出一种看法来。吕步青说，好，就这么定了，今天下午第一节课。

吕步青走后，我好长时间没理孟高远，扔掉鞋子倒头就睡。孟高远像是觉察了我的情绪不对劲，就扔过来一支烟，没话找话地说，这天真热。我看也没看他扔来的烟，说，是啊，热得人都昏了头。孟高远一怔，却收不住话头又说，都入秋的天了，还这么热。我说，入秋的天了，该死的知了还在叫。孟高远听出话不投机，便讪讪地笑着躺下了。过了会儿又说，你想吧老弟，学校都决定撵穆雨莲老师走了，这次听课也就是个形式，走个过程，我们何不顺水推舟，落他个人情？这家伙果然阴险，看来自己今后也得防着他点了，心下这么想，嘴上却说，我哪里知道这些，只觉得撵穆雨莲老师走，又能有我们什么好？孟高远说，老弟你太年轻了，穆雨莲老师不走，我们如何稳得住脚跟？再多赶走几个老师才好哩。说了，才仿佛意识到失言，赶忙改口说，睡吧睡吧，这天可真热得要人命。一边将烟蒂扔了。

尽管天热得要人命，可这家伙还是很快就睡着了，如雷的鼾声一浪高过一浪。我是个神经极其衰弱的人，常年为睡不着觉和如何睡好而绞尽脑汁、痛不欲生，眼下有他的鼾声乱着，尤其睡不着。正辗转反侧间，忽听有细碎的脚步声由远至近，后在我的窗前停住。斜过脸来，见有一年轻女性的小手，正在向我挥动。

在相当长的一段时间内，我注意女孩子首先注意女孩子的手。那灵动白嫩的纤纤十指，常常让我有写诗的冲动。这是精神层面的，非精神层面的，会有握住或亲一下的念头。我以为是幻境，梦游般下了床，随那手势飘摇而去。及至到了门外，看清是伞，被她领至一僻静处，那种少年梦见少女后的联翩的浮想才算烟消云散。伞看看四下无人，小声地问我接没接到听穆雨莲老师课的通知？我说接到了，你呢？伞说，我正是为这事来的。我们几个老师商量好了，下午听穆雨莲老师课时，只提优点，不说短处，不知你怎么打算？我说你们都串通好了，我还能有什么打算？伞见我话里有情绪，笑了笑说，大家也不是信不过你，只是你刚来，互相不摸底细，才没叫上你。我这不是又专门给你说来了吗？我想想也是，就说我这人别的都马虎，唯独做人还凑合。你告诉大家，只管把心放肚里好了。伞说，这就好。只要我们大家一气，看他们校里怎么处理？我说就是。一边问她还有没有别的事。她说没了，你再休息会儿吧。我抓紧给穆雨莲老师说一声去，好叫她心里有底。

于是各自走开。

回来的路上，觉得伞也不可小觑，这么一个柔弱无骨的女子，倒也人小鬼大得很哩。这样想着，忍不住又扭头望了一眼伞，正好碰上伞也回眸望我，一笑，百媚尽生。觉得没话也该找句话说，兀自叫住了伞。叫住了，却又不知说什么好，正在尴尬，忽然听见孟高远高亢而嘹亮的鼾声，才意识到忘了把这个危险的人物告诉给伞了。伞知悉孟高远也要去听穆雨莲老师的课，亦惊得咋舌，连声说糟糕，糟糕，弄不好整个计划要被他搅乱。那是下午的一两点钟，预备铃即将敲响。伞一时没了主意，求助地望着我，目光里满是茫然。她清秀的面庞在耀眼的阳光里迷惘着，愈发显得生动可人。我不忍心看这么一个美好的人儿也被尘世所烦，不得已出了个下策说，事到如今，也只有这样了。伞说怎样？我便把我的想法告诉她，她说也只有这样了。

统一了意见，我们开始分头行动。我先去一年级寝室装作查午睡秩序，看见草上天那个小人儿正好没睡，就钻过墙洞，把他带到草地里去讲故事，然后由伞通知孟高远，宿舍里没了他儿子，可能又是私自跑了。孟高远做事一向拖泥带水的，唯独一听说儿子往家跑的消息就受不了，一骨碌爬起来，赤着脚就往外面追，一路狂奔乱喊。那天他一直追到了市里的长途汽车站，难为他一双臭脚，在那么烫的路面上，烙出了一个又一个血泡。

摩拳擦掌的孟高远，当然没能听成穆雨莲老师的课。等他气喘吁吁地跑回来时，已经斜阳西下了。我和伞也没能听成。我们所做的一切都枉费心机，徒劳无益。当预备铃敲响，中学组的几个老师各自给班里的学生安排好自习课，三三两两地往穆雨莲老师的教室走时，吕步青在后面喊住了大家，说，还是按原来的课程表进行，校里决定暂时不听穆雨莲老师的课了。众老师听了，面面相觑，以为心里的鬼胎已被他识破，还有人小声地说，会不会是内部出了奸细？然后他们都把目光齐刷刷地射向我，好像是我拆穿了他们的把戏。我求助地望向伞，伞正意味复杂地望我，目光里也透出满腹的狐疑。

我感到一种深深的悲哀，为我，为伞，为这里的每一个人。我在孤立中想起谷小米，觉得真应该把她带在身边。

三、人在年幼的时候

人在年幼的时候，是最敏锐的时候，眼睛和耳朵都特别好使，想是起用不久的缘故。那天我扯着草上天的小手去草地里讲故事，未到深处便被他示意阻住。他先把手指竖到唇上，然后压低声音说，老师，你看那里。

举目望去，我只看见一堆摇晃起伏的乱草。草上天却不待我说什么，顾自猫下腰来，蹑手蹑脚过去。我那时尚未觉察到草丛里的动静，以为他说的是只野兔松鼠什么的，就在后面喊他说，算了小天，我们捉它不住的。不期我的话是一个信号，惊得草丛里的一对男女逶迤而去。我眼睛近视得厉害，又在忙乱中忘了带眼镜，也就只看到两个模糊的背影。心里感叹这对混蛋男女真是过分，这么炎热的中午，又这么荆棘丛生的草地，竟也能云雨出情趣？再伸直了脖子望，那比人还高的茅草，早又密不透风了。

草上天说，那是吕步青和穆雨莲老师。

穆雨莲老师在关键时刻的自动缴枪，很使大家泄气，尤其是伞，激愤得满面通红，说这么软骨软肉的人，根本不值得她帮忙。后悔自己动员那么多的人给她护驾，算是瞎了眼。又骂乘人之危的吕步青不是东西，不得好死。我也为此事遗憾，觉得穆雨莲老师与其到最后妥协，还不如当初就接受吕步青的动员，也好少一些闲话和成见。吕步青则不这么想，肯定以为越是费力摘下的果子越好吃，就不断地约穆雨莲老师到茅草地里去。因为事情在白天险些被人撞上过，就多改在夜间行动了。

穆雨莲老师用去草地的办法解除了她的危险，就注定了还有别的老师要遭遇吕步青的关怀。吕步青早年当过兵，深谙打一枪换一个地方的游击战术，就先把小学组搁起来，将工作的重点转移到中学组来。那些天常见他在大家上课的时候背着手巡逻，在这个人的门前停停，在那个人的窗后站站，像个扮演得非常到位的特务或狗腿子。也是伞轻心，那天她正对一个课间捣乱的学生发脾气，让他到别的正经学校学点正经的东西去时，吕步青却神出鬼没地出现在她的门前头了。

捏住了伞这个把柄，吕步青就常去伞屋里，对伞嘘寒问暖，一副临别在即又关怀备至的样子。我与伞算搭档，认识得比较早，也最熟。我一听她自我介绍就喜欢上了她姓名中的这个伞字，估计自己挖空心思也想不出这样一个别致的字眼给自己小说中的人物命名。伞说她以前好像读过我发在某些杂志上的文章，这叫我分外感动，兀自从心里跟她亲近了些许。伞在本市一所不很著名的大学里读的本科，学的又是不很热门的文化管理专业，在大学生就业日趋紧张的当下，缺少竞争优势，迟迟联系不上对口的用人单位，这才临时来武校教书。如今又被无孔不入的吕步青盯上了，不知能否躲得过去。

伞住集体宿舍，轻易不独自在屋，即便吕步青逮住了机会，她也不睬他的友好，照旧备自家的课或改学生的作业。那天是星期六，吕步青又来到伞屋，见伞没反应，就自顾自坐到了床上。谁知他屁股刚到位，又忽地弹起来，哎哟哎哟地怪叫不已。伞停下手上的活，关切地说，怎么了？吕步青龇牙咧嘴地说，床上有订书针。伞说怪了，床上怎么会有订书针？一壁说，一壁拨拉开吕步青，将单子毯子被子全扯下来抖落，抖得屋里积灰昂扬，浮尘四飞，吕步青那梳得无限逻辑的头发便起伏如草，一时全乱了阵脚。伞见其不识趣，还站那不走，就问订书针呢，订书针在哪呢？吕步青早已在灰尘中两眼恍惚，哪能看见几枚订书针的去处，就说也许没有，也许是我弄错。伞说，什么叫也许，本来就没有嘛。吕步青说，是没有，是本来就没有。尽管嘴上这么说，却并不妨碍屁股上疼，用手去摸，十指全红了。适时又有别的老师走进去，问他怎么了，他说抓错了墨水瓶。及至扭转身，大家看见他扭来摆去的臀部，鲜艳赛过猴子的腚。

伞后来跟我说这件事时，我也觉得开心，跟她嘻嘻哈哈大笑了一通。孟高远执意把墨水说成血，吕步青却一口咬定血为墨水，不知这两个人，谁比谁的城府更深。虑及伞的去留问题，才又笑得不那么尽兴，说，惹了那家伙也不好。伞说，你不惹他，他也要惹你的，总得有个人要遭他的算计。过了会儿又说，算了，我在这鬼地方也待腻了。

我其时亦上过几天的课了，我在第一堂课上就输给了学生。男生们一律光身赤脚，中间只穿一条短裤，浓重的汗臭脚臭气逼得你站不住脚。问其原因，说是武术课上练武出汗多，校长吕婷婷指示的可以不穿上衣。他们坐不像坐，站不像站，或躺或卧恍若一群在炕头上开会的农村干部。偶尔看见一两个女生，也早被雄性化了，她们目光灼灼地望着你时，简直可以把你的眼镜片撞碎。我说上课了，大家不要东张西望，看黑板吧。回说我就在黑板上，所以要看我。我说那就看课本吧。又回说课本就拿在我手上，所以仍要看我。我无言以对，全屋就哄堂大笑了。

笑毕，就开始做小动作，要么睡觉，要么看金庸们的武侠小说或琼瑶们的言情小说。课上看了，课下便钻过墙洞去茅草地里，模仿那些男英女侠们的奇招怪术或才子佳人们的爱情动作，弄出种种触耳惊心的响声，直至死去活来或走火入魔。我的课一般设在下午第一节或第二节上，第一节睡觉的比较多，第二节则吃东西的比较多。这是两个颇有号召力的动作，直至全屋里的鼾声和咀嚼声响成一片，此起彼伏。这都是有些功夫的学生了，自然对我一介书生有恃无恐。我就转而求其次，心想女生多少该好开导一些吧，就试图把一个女生手里的一本装订拙劣的杂志要过来，然后借题发挥，给全班学生讲一通这类书的危害性。因为我远远看见那本杂志的封面的时候，心里就莫名其妙地动了动，想到谷小米，想到自己在她身上没有做完的事情。但我碰到了茬头上，我后来知道她是班上的一个分外活跃的泼皮。我刚走近她，还没把杂志抢到手呢，她就霍地站起来，杏目圆睁，柳眉倒竖，极其轻蔑极其不屑地乜斜了我一眼，把杂志摔得啪啪响说，你想干吗？上你的课，给你坐到这里就已经很给你面子了，你还想干吗？

我一时语塞，忘了我还想干吗。

虽然学生们大多都给我面子，在我上课的时候能到教室里来，但我一时半会儿还是改不掉得寸进尺的臭毛病，妄想整肃一下这种混乱无序的课堂纪律。我想这两个班级的100多个学生里面总得有几个侧重于文化知识学习的吧，总得有几个把文化课看得跟武术课一样重要的吧，我不甘心一个学生也教不出来。那是个星期天，伞在窗外看见了我的徒劳，笑一笑将我招呼过去。

你弹你的琴就是了，伞这样劝我说，不必影响人家啃草。

我有些吃惊地说，那我们干这活还有什么意思？

伞也有些吃惊地望着我说，你还指望把这活干出点意思？

我说，早知道这样我就不来了。

伞说，早知道这样谁还会来？

我擦了把汗，发狠说，我还是得叫他们听我的课。

伞笑了，说，哪天把学生气跑了，你吃不了可得兜着走，反正我给你说了。

武校只有解雇老师的说法，从无开除学籍的例子。学生只10%是从小招收上来的，其余多是半路转来或别的学校开除的劣等生。武校是来者不拒，多多益善，因而竟日渐上了规模。校里除两个专门的武术班外，其他一到八年级均设文武两类课，说是学武的同时，并不影响学生学习文化知识。但因为学生多数纯粹是为了学武才到此处来的，文化课就形同虚设。这又殃及我们这些文科老师，上受校长骂，下受学生欺，中间还要习惯武术教练们的看不起，他们的工资比我们的高多了。我们在夹缝里尴尬地生活着，日子过得颇不是回事。

于是打算另谋生路。

想起谷小米曾说过欲去北京生活的话，就给在京的一些老师和同学们写信，要他们帮着联系一份糊口的活。谷小米不欣赏我的城市，说这里又脏又乱又差，来一回就发一回牢骚。她在她那个城市选美得了回名次，自不肯轻易离开那些赏识她的人群，那里的人都说我能讨得谷小米这个美人的青睐，是我赚了。这叫我感到一种莫名的委屈，我因而也对她那个方言浓重的城市有成见。老实说，这也是婚事一直拖下来的原因之一。谷小米就提出一个折中的办法，说去北京吧。又说北京报刊多，便于我成名成家。虚荣的谷小米只知道哪里热闹哪里凑，却忽视了文学本身是份寂寞的工作。

写完给友人们的求援信，也想给谷小米写一封去。米字才写了一半，熄灯铃声却响了。心里有一个念头，哪天一定要告诉谷小米，我千回百转都为了她。

四、八月与九月相交的那个夜晚

八月与九月相交的那个夜晚，下了场暴雨，把一年级宿舍的一个房角摧毁了。雨点和瓦片砸下来，砸到草上天旁边两个同学的身上，一个致死，另一个也遍体鳞伤了。草上天因为机警而幸免于难，只被溅了一身的血和泥水，但身边同学的伤残和死亡，使他从此愁眉紧锁，目光里蓄满某种深刻的憎恨和畏惧。

一年级的学生只好疏散到其他寝室去，夜里常能听到大孩子揍小孩子的响声。草上天搬到了我们屋，和孟高远一起睡。因为我和孟高远都是新学期留下来的，所以暂时被安排在一个屋里住。我们那屋虽然也漏雨，但屋顶也就巴掌大，塌下来也不至于砸死人。砸死砸伤的学生家长很快闹到校里来，要死要活的，弄得整个校园都乱糟糟的，充满阴森衰败的气息。校长吕婷婷自知罪孽深重，却又自恃没有金钱摆不平的事儿，叮嘱具体负责善后事宜的吕步青等人说，别管对方提什么条件，都先不折不扣地答应下来，权当破财免灾好了。

这件事让我感触良多，兀自愤慨。作为学校，却不注重教学设施，仪器匮乏倒也罢了，师生住处岂可儿戏！也生那两个学生家长的气，孩子死了残了，何等的大事，又岂能为区区几万元的赔款而偃旗息鼓？心下伤感，真是时风不古，人心叵测，钱的用途越来越广泛了。

在我毫无意义地慨然愤然的当儿，伞却奋笔疾书，化名把这则消息分别发往市里的日报、电台和电视台。伞后来说，因为我先前在报社待过，容易引人注意，才没叫我写这个稿子。伞的报道有点像石头击水，把市委市政府的人都惊动了。一查，寝室也好，教室也好，几乎没有不漏雨的。那砖瓦，那梁木，都劣到了极致。房与房的建筑也错落无序，看上去伸手就可以推倒。

吕婷婷原以为大事已化小，小事已化了，才要松口气，麻烦却又进入了另一轮高潮。她气得大骂那个发消息的家伙是王八蛋、龟孙子，逮住了就生吞活剥。幸亏伞心细，换了个名字，不然不知要有多少祸事缠身。尽管吕婷婷对那个发稿子的人一无所知，但仍认为此事与校里的教职员工有关，扬言一旦弄清是谁走漏了风声，就一定跟这个吃里爬外的家伙没完。但现在她顾不了这么多，因为市里领导动的肝火比她还大，几乎责令校里停课，这可不是几万元的赔款就能解决得了的问题。吕婷婷这才慌了手脚，四下里找关系，开着个甲壳虫一样的QQ车乱窜乱跑，一时颇忙活。看着她上蹿下跳的样儿，我不知怎的有些想笑，觉得当校长固然风光，也有不及寻常百姓逍遥的时候。当官的平时再威风，出了事也得硬着头皮顶，想起人们常说的那句"只看贼吃喝，没看贼挨打"的话，以为十分有道理。把这一想法说给伞听，伞点头称是。过了会儿，又笑着说今天中午该她值日，要我也别思考得太累了，做个好梦，她给我守着。

我们把中午值日的活儿，叫作厮守大家的梦。内容是管理好全校学生的午睡秩序，别让他们东窜西跑。我想伞一个女孩子，虽说是老师，也不便去大龄男生的宿舍里督阵，自己又睡不着，索性跟她一起去值日了。

伞说，你休息会儿吧，我一个人能行的。

我说，我害怕做梦。

伞其时已知道我的部分心事和隐衷了，笑一笑，由我犯神经。我们就一人操一个扫把，满校园里驱赶学生午睡，疯疯癫癫的，扮狱卒的霸道状、蛮横状，否则不能把他们撵回屋里。寝室里每间上下有两个铺板，每个铺板睡 15 人到 20 人不等，一间屋里就三四十个学生。我先前以为教室的气味已够难闻的了，但比起寝室来，那就小巫见大巫了。寝室矮而小，又不通风，多数被褥都发霉了，以至于学生们反把厕所当成了天堂。天热睡不着，臭气熏得睡不着，又不让去树下乘凉或干别的，就一趟趟地往厕所跑。厕所没盖，因而通风，故引发了无数抢占茅坑的战争。我和伞哭不得笑不得，撵走了这一批，那一群又鱼贯而上，门庭若市得不成个体统。

这期间，吕婷婷一直在市委市政府的两栋楼间周旋，试图把戳大的窟窿补小补严，同时也在忙跑扩建的有关手续，说是要用实际行动亡羊补牢，立即筹建一座像模像样的宿舍楼。校长吕婷婷在忙大事，就把辞退两个教师的任务及其他一应琐事交给了教务主任吕步青。吕步青一向以怜香惜玉著称于校，故不及吕婷婷那样雷厉风行。又一日，他看见伞下课进屋，就赶忙也跟了进去。才要落座，却被伞挡住了，说，我可不敢再叫吕主任坐床了，上次说有订书针，这次还不敢说有刀子？说了，斜身躺床上，戴上耳机听歌。吕步青说，我这次来，有正经事跟你说。伞说，说吧，听着呢。吕步青知她听的是歌，便径自在椅子上坐了，点上支烟从容地抽，欲打一场持久战的架势。伞装作闻不得烟味，咳嗽两声，跳下床走了。

吕步青说，你去哪？

伞说，我上个厕所。

伞出了她的门，就径直朝我屋里走，好像我在厕所里办公，或是厕所的守门员。伞在我床上坐了，又要看我那些已发表或未发表的稿。伞说她喜欢读我的作品，说我的小说也好散文也好诗也好，还说读这么好的作品却不用花钱，真是沾了近水楼台先得月的便宜。我落寞的内心由此得些许慰藉，因而巴不得她天天读。我看见吕步青在伞的后面尾随而来时，心里就开始发狠。那是下午的三四点钟，斜斜的阳光穿过树叶，把他的脸映得阴阳参半，黑一朵，黄一朵，像蛤蟆的脊背一样，难看丑陋得令人作呕。吕步青有个在市二中读高三的女儿，我一来他就叫我业余辅导她的作文。我之所以接受这个任务并不是因为他的命令或委托，而在于他的女儿或老婆。他女儿天资不错，孺子可教；他老婆则常在我去伙房打饭的时候，额外照顾我。但这一切都算不了什么，他敢蛮干我也就敢胡来。那会儿我想，如果他这会儿真来打扰伞读我的小说，我晚上就把他的女儿拐跑。

吕步青许是从我的目光里觉察到了点什么，许是临时改变了主意，他在我门前慢了慢步子，又朝前走过去了。那足音郁郁的，像发狠又像在发愁。伞朝我送来感激的一笑，轻轻捏了捏我的手。我受了鼓励，人便益发善良，说自己已托外面的朋友联系工作了，估计问题不大，不日就走，要她在这段时间里既保护好自己，也保护好饭碗。

当晚心情好，又给谷小米写信。说生与活的乐趣和意义，就蕴藏于细枝末节中，有时给人一点小小的庇护，自己亦能从中采撷些许的意思。因而大家应该平平常常地生，朴朴素素地活，你为什么非要做贵妇人，我为什么又非要像×××呢？

五、草上天是个非常俊气的男孩儿

草上天是个非常俊气的男孩儿，两只黑亮的大眼睛里蓄得全是些叫不出名堂的内容。他时常没来由地哭闹着回家，逃跑了数次但一次也没能成功。他不合群，也不玩他父亲给他买的绳鞭、木剑或别的玩具。草上天很少亲近孟高远，遇到问题就问我，尽管孟高远不仅是他的父亲，还同时是他的兼课老师。其实孟高远几乎是个无所不知无所不晓的人，简直像上帝。他甚至连小说都懂，常教导我这样写那样写。

与孟高远恰恰相反，他儿子草上天却寡言少语，偶尔说出的一两句话则掷地有声。那是9月2日的中午，灼热的阳光逼退了一切生物，只剩下草上天那个小小的人儿垂首在耀眼的阳光下，守着窗下晒枯的花草嘤嘤而泣。我至少被那声音啼醒了10次，才听出是他。

我迷迷糊糊地说，天，你哭什么呢天？

草上天说，我在祭花。

我又说，花？花怎么了？

草上天说，花灭了。

我一惊，赶忙从午睡的床上跳下来，才看见是门外的花草晒蔫了。我拎了只水桶，扯着他的小手去水管上接水，他说停水了。我想了想，就又领他去远处的压水井上把水压来。草上天生动的泪水在花池上闪烁，熠熠生辉，直到那些萎缩的花们在他眼里重新具有了灯的意义，他才赞许地微笑了，夸我也是个热爱光明的好孩子。老师，他说，我们不能让这个世界太黑了啊。

我又是一惊，以为他说的是梦话。因为那会儿乾坤朗朗，晴空万里。我弯下腰，沉思着将他抱回屋里。我在草上天的注目中感动地点头，却说不出什么。我想他毕竟还是个孩子，他不知道，我们不能让而又让的事情可是太多太多了。

比如现在我就得让自己吹牛。

校长吕婷婷上午走时留下一个任务，嘱我写一篇题为《建校八年，育才千万》的文章，说等着急用。这文章不好做，我查了查几届毕业生的去向，连留在本校当教练的算上也搜罗不出几个人才。吕婷婷是个追求风韵的女人，都快五十知天命的人了还把胸脯挺得无比青春，一天换两三次裙子。老实说我倒想写写吕婷婷本人，我听说她每年夏天至少要买30套裙子，我想不出这30余套裙子里该蓄积多少鲜为人知的故事。吕婷婷试图用加工资的办法激发我写稿的积极性的行为让我感到好笑，她不知道我正是因为吹牛吹累了才辞掉了报社记者的工作到这边来的。

我在那所武校一共干了个把月时间，从8月20日到9月25日。武校没有过周末的习惯，这叫人不理解也接受不了。尤其在很多地方已推行了五个工作日制的今天，简直有点不可思议。武校每月集中放三天假，师生们回一天来一天，中间只有一天的休息时间，其余时间一律得在校，全封闭式管理。我有个格外在乎星期天的臭毛病，这一日玩不痛快就别想干好下一周的工作。我从8月20日憋到9月8日的时候，憋出一张汇款单和两封载有好消息的信。一封是《安徽文学》杂志社寄来的第8期样刊，上面发有我的一组诗；另一封是《山东文学》的用稿通知，汇款单则是我今年5月份发在贵州《山花》上面的一篇文章的稿费。我是那种很少得意的人，岂肯放弃这样一个可以忘形的机会，就想摆摆谱，找个活动自己给自己庆贺一下。那天晚饭后，我从包里拿出围棋找孟高远下，孟高远意味深长地笑笑，说不会；我又拿出象棋，他又笑笑，仍说不会。我忘了他是个上帝一样的人，全知全能，就说我教你吧，很快就学会的。他摆摆手说要看书，说他看的小说比我写的小说过瘾多了。我望过去一眼，见是一本糟糕透顶的杂志，那杂志的封面和插图又叫我遗憾起我在谷小米身上没有完成的工作。

我揣上棋去了伞屋里。

伞屋里住五个女老师，全是初中组的。五张床又五张课桌把那间小小的屋子挤得形容憔悴，伤痕累累。伞们是几个纯净朴素的女孩子，到了一九九四这样一个虚饰矫情的年份居然还不滥用化妆品。我后来非常后悔我竟忘了爱上她们中间的一个，我想和伞们接吻至少不会像和谷小米接吻一样接出满脸的口红白粉眼影眉黑。我那是头一回去她们屋，因而受到了礼遇和欢迎，大家都热情地让茶让座，听我说是为下棋来的，气氛才冷落。伞说，作家发了稿，我们也高兴，谁会谁就下嘛。伞们中间的一个说，你忘了，校里规定不准娱乐的。伞说，不准的事情多了，还有人不愿意让我们活呢，我们就不活了？一句话说得气氛又活跃起来，大家拍手而笑，说痛快。

因为下棋用不了这么多人，大家就说干脆打勾机吧。伞们中有一个刚来时买了几副扑克牌，却常年闲着，她那会儿也不知道校里有这么多莫名其妙的规定。我说我下棋还马虎，扑克可不会玩，要不哪位老师先教我吧。伞们不信也不教，理由是作家连几万字几十万字的小说都能瞎编乱造出来，何况一两句貌似真诚的谦虚。我想她们有她们的道理，遂不再辩解，笨手笨脚上阵。

那一晚我认识了牌这个东西。

在很多问题上，我撞得头破血流了也拐不过弯来。我总以为扑克麻将是种很胡闹的娱乐玩具，牌的好坏决定输赢，这还有什么意思？所以一直不曾染指。我倾心于那种势均力敌的游戏，譬如围棋，再譬如象棋，输了虽然也恼，胜了则光彩得很，因为凭的是技术，是智慧。伞就笑我呆得可以，说生活本身就是靠运气吃饭，怎么反在游戏上认真？又说象棋围棋也不是绝对的公平，总得一个人先走一个人后走，这不又有了差距？其实，伞说，扑克麻将才更接近人的原生状态，你的牌好了你就能天马行空地活，跟你出牌的本领并不一定有多大的关系。较之后者，前者才更多了些人为的成分，世界战争史上哪有公平打仗的规矩?

伞一面出牌一面说，伞们一面出牌一面笑，我却听得神经发紧，心尖发颤，脑子在头里轰轰乱响。我那天玩得不胜沉重，薄薄的扑克牌压得我两臂酸疼，便输得一塌糊涂，不堪回首。那晚我把手里的一张王牌都攥得汗湿了，也没想明白为什么许多地方的人要把它称为鬼呢?那真是个鬼模人样的家伙，笑起来阴阳怪气。告诉你吧老弟，它说，人生和游戏还不都是一回事。

尽管我们玩牌时把门窗都关严了，把动静也调得没法再低，可校长吕婷婷还是知道了。我起初以为是吕步青告的密，后来才知道是孟高远干的。草上天告诉我这个信息时比我还气愤，说他父亲是个一贯的叛徒。这小家伙用词造句和我犯一样的毛病，喜欢胡拼乱凑，想是近墨者黑的缘故。后天就是教师节，次日晚上通知开会，我还以为要发什么纪念品呢，以庆祝第二十三个教师节的来临。伞意味深长地笑了笑，说，你的愿望好美好啊。

作为一校之长，吕婷婷平时不大过问校事，只每隔十天半月开会时骂一次人，以防止教师教练们产生松懈情绪。这几天因学生寝室坍塌的事，吕婷婷光挨别人的骂了，情绪尤其恶劣。那同时也是个星期天的晚上，吕婷婷压根没提教师节这三个字，觉得她还没资本家有气度，写进小说怕也没人相信。会议的重点是骂我们几个不务正业的娱乐者，既浪费了电源，还影响了别人的休息。校长吕婷婷已经骂出经验来了，矛头不偏不倚，百步穿杨地直指该骂的地方。我起初还为伞们担心，一个个年轻轻的女孩如何架得住?后来就被她骂的内容吸引过去了。她骂得花里胡哨，仿佛患有严重的同性恋癖，她日了娘又操奶奶，连遥遥在阴间的外婆也未能幸免。全然不想自己也是个女的，拿什么操?又拿什么日?

吕婷婷骂了还不算，还要追问组织者是谁，以便从这个人的工资里扣除罚款和电费，并另行严肃处理。我那会儿想把她叫出去单独谈谈，以尽快为她写稿为条件让她终止这种毫无分寸的审判，但伞却站起来了，伞说，我。

伞的鱿鱼就当定了。

好歹撑到会后，找伞致歉，却说不出什么。伞兀自笑了，说，还作家呢，怎么就叫一个女流抢先做了英雄？我赔笑，知是啥样的废话都不用说了。与伞交往多，算朋友，也就罢了。只是亦祸及了伞们，委实罪过，才要炮制废话，伞又阻住了说，大家既然信不过你貌似真诚的谦虚，自然也要怀疑你的歉意里有没有水分，你再说啥也没用了。大家拍手而笑，齐声说好，屋子里竟有一股别样的温馨在弥漫。

说笑了一阵，该死的时间又走到了九点半，外面的熄灯铃声又响了。我要走，伞们留说坐会儿吧，伞就要走了，你也该多陪陪她。我说这灯还关不关呢？伞说关了吧，不然又要扣他们的工资了。伞们说，扣钱事小，只是开着灯，不知他们又要说什么了。我那天最没发言权，就扯淡说，总不会说我们策反吧。一个说，那倒也不至于，但随便扣你一顶帽子，则可以叫你一个月白干。另一个说，我星期六中午去市里理发，来迟了几分钟，说是要扣钱的，不知多少。又一个说，我那天送一个来看我的男同学，别时握了握手，就说我行为不检点，煽动学生早婚早恋。其余两个没说话，只同时伸手拉灭了灯。

黑暗砸下来，又说到沉重处，就一个个心事重重起来。大家或专科或本科，也都拿了大中专文凭的，来这里囚徒一样地过活，说来都有些委屈。我说过伞们纯净朴素，不肯跻身外面的商海钱潮，想是为着学以致用，正正经经做点事吧，原以为武校也是学校，是教育单位，不期竟一片散沙，污浊得很，垃圾得很。最后六个人就意见一致了，俱说此非久留之地。

接下来就是路往何处走了。这不好回答，这简直是个非常中国的大问题了。国人尊师重教的口号一天天喊，挖教育墙脚的工具则一天天科学。譬如这武校，在崇尚武术精神的同时，总也得是打着教书育人的牌子筹建起来的吧？可究竟是推了教育的车轮，还是拽了教育的后腿呢？我们想过把全校的学生都唆使走，可别的武校的呢？全中国的武校的呢？以及以各种名目举办的以拍卖文凭为目的的这样那样的班呢？社会在肯定这些私立学校的同时，是否更应该注意其中存在的这样那样的问题呢？我们在黑暗里你望望我，我望望你，谁也不能从谁那里望出个答案和究竟，但我们还是固执地询问着、疑问着、追问着，一直问到月落星稀，晨鸟四飞，不知东方之既白。

天就要亮了，伞们开始借着朦胧的曙色为伞收拾行装。这是几个衣服乱穿的女孩子，如今要因着伞的离开不得不各就各位了。我想此系内部的保留风景或机密文件了，不便欣赏，也不便浏览翻阅，伞们毕竟不是谷小米，遂找了个借口告退。

出了伞屋，陡地感到秋意袭人，看看地上，已经落叶堆积了。想想应该给谷小米打个电话或写封信去，叮嘱她别忘了天凉加件衣裳。到了寝室，门竟倒闩着，从窗下可以听到孟高远惊天地泣鬼神的鼾声。于是一个人蹚着深深的露水，去外面的草地走了走，想了想。那一日有雾，厚重的雾气滚滚涌动，使高深莫测的草地尤显得阴冷。没有人看见我在雾色飘摇的草丛里走，我亦看不见草丛以外的任何事物。心想生命原是这样的虚幻缥缈啊，在自然面前，人的一生是否都这么无足轻重？

及至雾退，尚不到早饭时间，又不能再睡，索性铺纸给谷小米写信。我在给谷小米的信上提到了伞，但望她虽不至于像伞那样为我遮风挡雨，却也能与我相濡以沫，一起把老天爷委托给我们过的这些没完没了的苦日子，一天一天过到头。

六、草上天和孟高远的关系日趋紧张

草上天和孟高远的关系日趋紧张。他现在既不喊他爹，也不喊他老师，晚上连睡也拒绝跟他一起了。那天早上起床，草上天见他昨晚上穿得好好的裤衩又掉了，就大声喝问谁脱的。孟高远说，你一个小孩家，穿什么衣裳睡？

草上天说，我看不起你。

孟高远说，你小孩家家的，还穿啥衣裳睡？

草上天又说，我发誓看不起你。

此后的日子里，草上天就跟我睡，夜里常在梦中娘娘地叫着把我惊醒，同时对孟高远的敌对态度也愈发决绝起来。我想不出个中缘由，后来猜测可能是孟高远在他身上做了什么不检点的动作也未可知。草上天有些忧愤地告诉我，孟高远这几天上课老是坐到后面一个女生的旁边，叫那个六七岁的小女孩给他挠痒痒。有一次，草上天说，他还把她带到了草地里去。

我错愕不已，不知该如何处置这消息。我想草上天实在是个太敏感太纤细的小人儿，一双眼睛无所不在。那颗睿智的头颅对他的成长究竟是一种幸事呢，还是不幸的事，我说不准。

我把身子蹲下来，用手拭去草上天脸上的泪花，问他我还能不能把这个消息说给别的人。草上天无言地望了我好一会儿，眼里汪满痛苦的困惑。老师，他说，我不知道老师。

我后来还是把这个消息给默默无闻的副校长薛海东说了。我直到快离校的时候，才发现"哪儿都有好人，哪儿都有不好的人"这句话简直是一句放之四海而皆准的真理，譬如副校长薛海东就是个靠得住的人。但他建校时投资少，又不大擅长渔利师生，故没多少实权。薛海东主要分管后勤工作，在职权范围内，把师生们的伙食调剂得有口皆碑。他对校里留用孟高远这样的人本就有成见,听我说到这些,顿时气得脸色青紫,嘴唇发乌,话都说不成句了。那天活该孟高远倒霉,薛海东去他课堂上落实情况的时候,孟高远果然又坐在那个小女孩的旁边,让那个小女孩的手伸进他的裤兜里给他挠痒痒。那裤兜被剪子剪过老大一个豁口,大人的手伸进去也畅通无阻。薛海东扑过去,因用力过猛,非但没打着孟高远,自己却被桌凳绊倒了。薛海东立即停了孟高远的课,并要将人送派出所去。吕婷婷和吕步青则拦住了他的冲动,说这几天校里已够不平静的了,孟高远这事等弄清楚了再送也不迟。后来的几天,孟高远一直都在隔离中写他叫那个小女孩给他挠痒痒的故事。那几天夜里,常听见给他站岗的两个教练问他还痒痒不?他说不痒痒了。教练们说,你说不痒痒就不痒痒了?就过去给他挠,挠得他多啊娘啊地叫。因为叫得愈凶,挠得愈狠,便又哑声了。夜一时很静,静得非常不真诚。

夜愈静,我的孤独便愈深。因为伞已经走了,我后悔自己没与她同行。

伞是 11 日清晨走的,我和伞们多送了伞一段,并重复说了一些珍重和勉励的话。那天有大雁南归,从头顶划过凄厉的长啼,弄得我们本就忧伤的心,又平添一重离愁别绪。那天我们说的话都很语重心长,突然之间全成了大人。我其实是带了相机的,觉得大家同事一场不容易,合个影也好留做纪念。但周围没景色,光线也不好,遍地比人还高的茅草,又在风里垂头丧气。那时草已青黄参半了,一点水分也没有的样子,风吹来了,哗啦啦响,尤其显得没情没绪。大家都恨那茅草,谁也不肯定格在此,连个影子也不肯留下。我们坚持送伞到草地尽头,看看那里有没有可取的景致。但伞却把包接过去,拦住大家说来日方长,朋友们有缘还会再见。我们都还处在信奉缘分的年纪,只懂得天涯咫尺,不承认咫尺天涯,认定前方有一个风和日丽的好日子,恭候着我们的相聚。我与伞握别的时候,心酸得想哭,嘴上还勉强笑说，去吧，给我们也留意一下饭碗。

伞便挎上包，挥动手，向厚厚的茅草丛走去。她在两丈远的地方又回了一次头，想是要给我们一笑吧，但是我看见，坚强的伞眼里也汪满了泪花。我想饭碗为什么这样重要啊，它叫我们无家可归，又叫我们好友离散。我就是在那一刻开始后悔的，为什么不牵上伞的手？在萧瑟苍茫的茅草路上，她的影子是多么孤零单薄啊。

伞哟，我心头的好姑娘，我祝你好运。

这晚给谷小米写信，述说饭碗的感受。那么多人的就业问题尚未解决，我们又何必太奢侈？这封信实质上是对上两封信的机械重复，我在机械中强调着同一个意思。

七、那以后草上天开始攒钱

那以后草上天开始攒钱。他把其他学生扔掉的瓜子袋或果汁盒都一一捡起来，成捆成堆了，卖给一个来校里收破烂的老人，然后再把那些零零碎碎的分币或角票装进一个饮料筒里。他看见别的孩子口吸果汁或手拿桶装袋装的吃食时，就悄悄地跟在人家身后走，眼皮偶尔垂下又抬起。我想孩子和孟高远的感情虽然不是多好，但如果孟高远还在课堂上教着，他就未必会眼馋别人吃东西吧，就给他买了一包香肠并一块雪糕，告诉他以后想吃什么了就给我说。他说不是这回事。我有些糊涂了，问他这又是干什么呢？他悄悄靠近我的耳际，小大人一样老谋深算地说，老师你别给人家说，我在攒回家的盘缠哩。

我其时亦打算走了，因为要炒另一个老师的阴云还在校园里弥漫，又使同事们的关系日趋微妙和紧张，言谈举止都小心翼翼。我想我好歹是个能混点稿费的人，进可以去朋友处帮忙，退可以向报社领导认个错，重操旧业，继续干我吹牛的行当，不必非要在茅草上吊死，而应该像伞那样，毅然扔掉这个肮脏的饭碗。

现在的穆雨莲老师，要经常到茅草地里去，这几乎已成了一个公开的秘密。秋天的夜晚多么凉啊，她在草丛深处的呻吟冷得叫人毛骨悚然。但大家仿佛已习以为常，听到了也都装作没听到，不再就此说长道短，倒是我心里还放不下，还一直在想，她如此昂贵的付出，究竟是救了自己，还是毁了自己。

事情发生在我离开武校的最后一日，穆雨莲老师的爱人和吕步青的老婆几乎是同时看到了那龌龊的令人悲愤的一幕。那天上午校长吕婷婷又不在家，吕步青煞有介事地去隔离孟高远的小屋里检查他把交代材料写好了没有。这以前孟高远已似是而非地写过好几页材料了，吕婷婷不满意，吕步青也不满意，骂他狗日的耍滑头，避重就轻，因为他交代的情况和那个小女孩陈述的情况有着巨大的出入，驴唇根本对不上马嘴。据说没有旁人在场的时候，吕步青并不在孟高远面前端他教务主任的架子，而是跟他称兄道弟，并虚心地就此项业务跟他进行过一番广泛而深入的探讨和交流。吕步青十分知心地说，材料该咋写咋写，能哄弄过去就哄弄过去，但在咱哥俩之间，你可不能掖着藏着。据说孟高远十分感动，说跟谁掖着藏着也不会跟他吕主任掖着藏着，并表示只要校里给他个机会，他一定会士为知己者死地效忠于吕主任的鞍前马后。吕步青对"鞍前马后"这档子事兴趣不大，又顾自绕到老话题上去，有些惋惜地说，要说你吧，也真够倒霉的，那么屁大点的孩子，又弄不成事，你说说你老弟有多不值？孟高远当然清楚对方是个什么货色，他跟自己比起来，还不是五十步笑百步？不知他是不愿意被一个比自己好不到哪去的货色看不起呢，还是真的要跟吕步青交心，怪怪地笑了笑说，值不值得，该事中人说了算吧？就故弄玄虚，说男女性事是一门多么高深的学问，发泄是最低级的动作，而享受才是高质量的行为，并附带说出一些隐秘的细节，让吕步青蠢蠢欲动起来。

吕步青离开孟高远就有点坐不住了，在校园里乱转了几圈，不管不顾地把穆雨莲老师叫到了他办公室的套间里。在他面前，穆雨莲老师早已是任人宰割的羔羊，即使大天白日也随叫随到。但是这一次，情况出现了意外，穆雨莲老师遇到了难题。吕步青没像往常那样急着发泄，而是要提高性事的质量，一味地将穆雨莲老师的头部按向他的裆处。穆雨莲老师还有课，就闭上眼睛想等他快点结束，睁开眼来见他这样，一时有些懵懂，待明白了他的指意，原本僵直的身板更僵直了。吕步青一向不满意她的僵直，此番竟然脑子灌了水似的，歇斯底里地发作起来。他不再按她的头，而是掂着那个脏兮兮的玩意儿往穆雨莲老师脸上嘴上乱戳一气。穆雨莲老师错愕不已，接着就泪流满面，刹那间也忘了身在何时何地似的，就那么被动变主动、躲闪变出击地冲上来，准确而决绝地一口咬住了吕步青的赃物。吕步青刚舒服地闭上眼就顿感一阵灼痛，不由爹啊娘啊地怪叫连天。那会儿大家还在上课，他的有点失真的叫声让许多师生分神，许多人就围拢了过来。也是恰在此刻，穆雨莲老师的爱人赶来了。他是给她送换季的衣服来的，不期撞上这么个现场。随后，吕步青的老婆也闻讯赶来了。

　　我没想到吕步青老婆是那样开通的一个人，她不说穆雨莲老师一个不字，只拿着一把勺子把吕步青追得满校园乱窜，疯得赛狗。那天上午她刚把吕步青揍得头破血流，趴在地上爬不起来时，属地派出所的人就调查情况来了，不知是穆雨莲老师的爱人还是别人打了110报警。吕步青老婆说，狗日的，闹得动静还不小，嫌老娘管不了，要交警察叔叔哩，我操。骂了，又用勺子去敲吕步青的头，却发现只剩勺柄了，就抬起腿，猛地一脚踹过去。一位女公安员以为她就是受害者，慌得赶忙阻住，说政府一定会严肃处理。老婆说，你狗日的命不孬，别人都是警察叔叔，你他妈还摊了个警察阿姨哩，我操。骂了，又飞去一脚。男公安员也赶忙过来劝，也信誓旦旦地保证说，政府一定会严肃处理。老婆说，狗日的，叔叔阿姨还心疼你哩，我操。

　　派出所的人先问了吕步青，又问了校长吕婷婷和穆雨莲及其他几位老师，到中午时分才走。校里要留人家吃饭也没留住。因为吕步青被穆雨莲老师咬得不轻，又被他老婆打得不轻，遍体鳞伤的，才好歹没把他带走。但大家都知道事情未完，派出所的人怕还会再一次光临学校。他们走出门口了，副校长薛海东又把他们喊住，说还有一个事，一边打发人去把孟高远叫来。但到了隔离孟高远的那间小屋，却发现那家伙已趁乱在跳窗后复跳墙逃走了。

当日中午，吕步青借酒浇愁，一连喝了十多瓶啤酒。后嫌啤酒不济事，改喝白酒，一气又是好几瓶，出来解溲，一泡长尿把厕所里的蛆们全灌醉了。蛆们就成群结队地爬出茅坑，满校园地发酒疯。一时墙上树上操场上，讲台课桌黑板上，到处是密密麻麻的蛆。适时吕步青老婆正在伙房里收拾餐具，远远闻见一股锐不可当的臭气，熏得她几近窒息，才要关上门窗，却见一列蛆队开过来，前呼后拥，浩浩荡荡。老婆惊得目瞪口呆，"我操"了半天，也没把蛆们赶走，反而愈聚愈规模，愈聚愈气势了。蛆们围着她团团乱转，像挑衅又像在投诉。老婆觉得蹊跷，便挥舞着勺子，沿着蛆的来路骂骂咧咧地走过来，一直来到厕所里。其时吕步青还在上吐下泻，醉眼看见老婆手里操了一把崭新的勺子，以为又找他算账来了，不由急中生智，慌得把脑袋藏进茅坑里去。只是茅坑已今非昔比，连游刃有余的蛆们都在酒精搅和的屎尿里稳不住窝了，何况他一个人！咕嘟了几个泡泡，舞动了几下手势，就被屎尿浸死或饮屎尿而死了。老婆大约还没意识到问题的严重性，或者意识到了也不在意，吐一口唾沫说，狗日的，真不是东西，装什么不好，偏要跑到这里来装蛆？我操！

而被赶出家园的蛆们还在四处流浪，像一群失去组织的游兵散勇。有些蛆年龄小，又醉酒迷失了方向，尽管与家门口咫尺之遥，却愣是把来路给忘了，不得已另谋生路，蹒跚着漂泊到离家更远的地方。日久天长，竟因祸得福，两肋生出翅翼来，蜕变成苍蝇，满天涯地嗡嗡飞。到这时候，到了它们从爬来爬去而飞来飞去的时候，你爱哭哭吧，爱笑笑吧，你不得不怀疑的是，事物的进化究竟有多少价值和意义，因为苍蝇远不如蛆乖！进而惊叹某些东西的劣根性，实在顽强，万变都不离其宗。

八、磨人的谷小米终于没有信来

磨人的谷小米终于没有信来，我该给校长吕婷婷的稿也终于没有写出。想来文与武，毕竟是两个不同范畴的东西，我没法把二者统一起来。在武校的最后几天里，我一边去草地里打发余下的日子，一边等着京城那边的消息。茅草越来越黄，后又变成灰白色，在风里弄出瘆人的喧响。草丛里有无数大小不一的鼠洞，在庄稼日渐减少的秋天，贼头贼脑的鼠们破坏着草地最后的意境。这时我开始追问我来这片草地的意义，生活中没有美能不能行，没有文明能不能行？

我耐心等着外面朋友们的信息。

我想我是到了该有一个女孩坐在身边的年纪了，我发现我越来越难持续我夜色深处的寂寞和孤独。在杂乱无章的茅草丛里，在丑陋不堪的茅草丛里，我的内心盛满了虚幻和焦灼，既参不得禅，亦悟不得道，我试图在此修炼两年的意志正在经受如火如荼的摧残和煎熬。我在这个鬼地方是成不了×××的，而我成为×××的时候，谷小米的纽扣是否已经被打开，或已经生锈？世人有的储金，有的存银，我怎么就傻乎乎地储存起情人来了呢？如果谷小米不能与我患难与共，风雨同舟，我又何苦总任她笼罩我的天空？我也许早该从我夫子的象牙塔里走出来了，去看看伞，去看看伞们，看看她们要不要我成为×××以前的关怀和爱情？

我走的日子，是中秋节的前夜。那时有来自北京的消息说，鉴于我文弱的体格，正在给我联系较好点的工作，一有眉目，即来通知，或者人先去，到了京城再共同想办法就是。我想眼下也只能这样了，遂简单地收拾了一下行装，准备即刻上路。

我就是在这个时候犯了一个严重的错误。

我意识到我来武校执教是一次失败之行的时候，我就开始懊悔甚至憎恨我当初的稚气十足的选择。我宁愿我的生命历程里有一段空白，也不想承认这一个月的存在。我努力而枉然地抹杀着我与武校的一切联系，乃至我留在这里的一个烟蒂或一个足迹。最后我把我在此写的那堆已完成或未完成的稿也烧掉了，烧得痛心疾首，烧得万念俱灰。我一页页烧着的时候多么沮丧，因而没想到草上天那双眼睛会注意上我这个古怪不堪又颓废不堪的举止。老师，他凑过来小声地说，你就要走了吗，老师？

我闻言吓了一跳。我刚才是看着他睡着的，怎么就又醒了呢？望着他水蒙蒙的眼，我机械地点点头，却说不出什么。草上天又说，老师，给我留个纪念吧，我喜欢你这个打火机。我用的这个打火机，还是在北京上学时一个朋友送的，不仅造型别致，还防风，但孩子在临别之际提出来了，我岂有舍不得之理。我无声地将打火机递给他，心里乱乱的，想自己是走了，可谁来接着管理这孩子，又该如何处置他哩。草上天像是看穿了我的心事，眨一眨眼说，老师，你走你的吧，学校说了会送我回家的。我想学校也该做件正经的事了，就抱了抱他说，天，我会想你的，孩子。

然后我就走了。

那一夜月光凄迷，秋风凄凉，喧嚣的茅草使我听不到身后响着一个小儿的脚步。别人都是佳节团圆，我却要在这一日奔赴远方了。望着茫茫无边的茅草，想着遥遥无期的前程，我鼻尖发酸，两眼发潮，直想孩子似的蹲下来大哭一场。如果没有这些伤感的情绪，如果想一想草上天那颗小而不可思议的头颅，如果我没有焚烧那堆稿子，如果我多少细心一些，如果，如果是这样，那一切或许就不会发生。

我是在一片冲天高的火光中蓦然回过头来的，那时我已几乎走到了草地的尽头。我隐约看见一个小小的人儿从烟火中向这边跑来，我用第六感觉听出他在呼唤。我知道他是草上天了，他是在看到我脱离了危险之后才从事这项悲壮的行动的。中秋时节的杂草多么容易燃烧啊，他没能跑出他亲手点燃的这场大火。草上天至死都还攥着那枚防风打火机，想是还要归还给我的吧，却不知它让我睹物思人，泪水盈满了眼眶，最后就让其作为他的殉葬品，一并埋了。我把他从烟火中抱出来的时候他已面目全非，小小的身躯被烧得千疮百孔。天哟，我亲爱的兄弟，你是为了拯救这片茅草，为了驱逐全天下的黑暗，才要这么铤而走险，才要这么付之一炬的吗？我的天，我最心疼的孩子。

我把草上天安葬在草地旁边的一个高坡上，好让他生死与共地永远卫护住这片曾经蒙难的草地。他短短的生命由此出发，死后也似该回归故里。我愿意相信，只要有他那双机警的无所不在的眼睛守望着，这块负荷太多的热土，稍事喘息以后，兴许会萌生一片全新的意义。

那时候，市里的消防车正轰轰驶来，武校那边的房子正轰轰坍塌。我想，孩子是无辜的，总不能再指控孩子什么吧，就丢下这片灰烬，向别处走去。

鲁西风情

　　我的家乡在鲁西边上，北邻冀南，南邻豫北，团结了三个省份的平原川地，让人一眼望不到头，两眼也望不到边际。外人说近年来山东经济发展迅猛，唯剩下鲁西还比较落后，尾巴样拖着全省后腿。我们自己不说。我们在这里背靠河南或斜倚河北，眺望省城济南暨海上山东，无端会滋生些许雄浑豪迈之气。是故，我们反要说齐鲁大地的雪球，就是从这里开始越滚越大的哩。

　　我给你扯远了。

　　具体说鲁西。

　　凡事就怕牵涉细枝末节，一旦油盐酱醋起来，再花前月下的爱情也腻歪无趣。走近了看，贫水多沙的鲁西还真是一片不毛之地。比如1997年大旱那回，不说母亲河黄河怎样旷日持久地断流，也不说整个中国北部又怎样一片如火如荼，反正我们鲁西旱得很不成样子。一眼眼井水次第告罄，侥幸没告罄的，也是抽不了三五分钟就供不上抽了，歇半天再抽三五分钟。有时发现得迟，空转的机器或马达还会烧坏，甚至会飞车伤人，得不偿失。机毁人残之后，我们守望那片静默，明白这就是鲁西。

　　鲁西就这么苍茫着，不知今夕是何年。它固守于一隅，多么像一曲经典的歌谣，一唱三叹着古道西风瘦马人家，却独独没有小桥流水。年复一年，我和鲁西的人们反刍着这颗不为人知的果核，心底里涨满潮汐和泪水。在痴望中，借以润泽这块焦灼的土地于万一。

抗旱

先跟你说我们墨水村的老末吧。面对旱灾，老末显得比别人更具有那种反抗性的妥协或妥协性的反抗精神，敲锣打鼓地组织了个募捐求雨的队伍。他们的锣鼓声招来了许多人，他们的游说也蛊惑了许多人，天上下火，地上冒烟，换了谁不是有病乱医，不少人就都有了点出钱出物的意思。但是老末出师不利，他在奔走呼号中遭遇上了复出的村长刘大胡子。大胡子劈面骂了他一句说，你这么又敲锣又打鼓的，是恁娘改嫁办喜事呢，还是你老婆死了要出殡？

刘大胡子的支书村长被墨水镇的镇长吕一鸣撤掉很长时间了，是这次抗旱中刚复的职。老末知他有情绪，想了想说，村长，我忘了这村又是你当头了，不然我会先跟你通个气的；我听人家明白人说了，咱村要建了那个龙王庙，大雨就会下个没完没了了。

墨水村东头本有一座龙王庙，叫大胡子那年建小学时带着人拆了。拆时不小心，让一根木头砸伤了肩膀，趴到床上半个月没起来。提起这事他更恼，噗地啐口唾沫说，日他娘谁是明白人？他明白人就这明白法，嫌旱一下子不过瘾，还要再涝一下啊？

老末不小心戳了他的痛处，又不小心授他以话柄，有些气短地说，我也只是想试试。

大胡子说试啥试，我都没法了，他狗日的龙王爷还会有法？一边伸出腿，把锣鼓踢得满地乱滚，满天乱飞。一伙人见他吹胡子瞪眼的瘟神样，以为他真在闹复职复迟了的怪情绪呢，皆四散溜了。

老末心里憋气，家也没回就去他的麦地里发呆发傻去了。麦子正值抽穗灌浆时节，却秆枯叶萎，灰白苍茫，一副生不如死、万念俱灰的样子。老末看得忧心如焚，从日上三竿愣怔到日头过午，直到他老婆又是哄又是劝地喊他回家吃饭，才悻悻地往家走。行至村头上，老婆示意他先走，自己慌慌地跑到路边一块麦地里去。老末一眼看出他老婆干什么去了，一个箭步跃过去揪住了作势尿尿的女人，大喝一声说，你他娘的就不懂肥水不流外人田的理儿？

女人想笑，但叫他一脸的肃穆唬得没笑出来，只好由他押往自家麦地里。到了地方，老末又不急于让女人尿，而是解开裤裆做示范，循序渐进地尿了大半米麦子。我他妈本来能尿好几米长呢，他说，我上午还尿过一个三米。这回没尿出水平，就看你的了。女人早憋得红头涨脸的了，蹲下去就尿了个酣畅淋漓。老末很满意，一边歪着头看一边催促说，尿啊，尿啊。女人说完了。老末说完了？女人说可不完了。老末就翻了脸，飞腿朝着女人还撅着的屁股狠踹了一脚，指天戳地地数落说，你他娘的就不会挪挪，看不见这里的给淹死了，那里的还都渴着？女人捂着被麦芒刺疼被蒺藜扎疼被坷垃硌疼被男人踹疼的屁股，龇牙咧嘴了好半天，也没说出个所以然来。老末见她支支吾吾的，气更不打一处来，这时他已发现女人的另一桩罪证，因其尿柱太集中，竟把那簇麦根上的泥土冲跑了，让烈日曝了光。先前干死的还只是麦秆麦叶麦穗子，这么一晒不就连根一并死透彻了？是可忍，孰不可忍，老末大骂着女人成事不足，败事有余，冲上去又是好一通拳脚。

旁人见状，忙跑过来拉，奈何老末情绪不好，又打红了眼，怎么拉也拉不开，大有恨铁不成钢而打铁炼钢的架势。这时大胡子也闻讯赶来了，把他一脚从女人身上踹下去，说，你他妈本事大得都能呼风唤雨了，还这么在乎一泡尿干啥？

大家哄笑起来。

笑来笑去，有人觉到可笑的没准是自己，要知道尿不仅意味着水，还意味着磷，意味着钾，意味着这样那样的有机物质和微量元素啊。不是有一种优质化肥的名称叫尿素嘛，难道尿素还能不是从尿里提炼出来的吗？这么一想，惊得咋舌，忙尾随着老末的步伐奋起直追去了，一时风靡了这个叫墨水的村子和镇子。比如有些酒鬼，明明喝醉了，在这方面却不醉，一有感觉便活蹦乱跳地去自家的麦地里撒尿抗旱。其间必紧握着裆内那根柱子，像紧握着手扶拖拉机上的操纵杆，路上撞了人也不管的，只是趔趄一下，又猛打方向全速行驶，变拖拉机为执行公务的消防车一样十万火急。憋得这样厉害，还要尿得那样仔细，是颇需要一番工夫的，就会有人累晕晕坏累瘫在地头上，俨然倾尽了毕生的精力。尽管眼里金星乱冒，嘴里长吁短叹，却不顾得歇口气，顾不得提上裤子，就比较着察看麦子的长势，也看不出什么好转，有了些犹豫，常言说杯水还车薪呢，何况滴尿！顿觉一切都是徒劳，开始对过去一段时期的工作采取虚无主义的怀疑态度，并着手进行理性批判。我古朴的家乡难得盛行起一股哲学思辨的风气，真说不准是幸还是不幸，因为我们鲁西人一旦掌握了这种否定之否定的理论武器就一发而不可收，很快又会由着性子推倒前一分钟所到达的境地。你看那么多的人还在前仆后继地尿个不停，没用处谁还尿得这样前仆后继？该不是世人皆醉我独醒，又或世人皆醒独我醉了吧？如是疑惑着纳闷着感慨着追问着无始无终，到头来还是被那尿折磨得尿也不是，不尿也不是。好在更多的人，思想不这么玄奥艰深，尿就尿了，还管尿出尿不出名堂做甚。

不过这单指男人，女人们可就没这么从容了，她们无法像男人那样且尿且走，只能自愧弗如着望尿兴叹，常常是还没叹出气呢，就招致男人一顿没头没脑的打骂，直至血尿一地狼藉。镇长吕一鸣暴跳如雷，气急败坏地找到大胡子说，我原指望你这次上来能带个好头，谁想到乱子反最先出在你这里，赶快拿个抗旱方案出来，刹住这股歪风邪气。

天上无雨，地下无水，抗旱方案哪是说拿就能拿出来的！大胡子急得抓耳挠腮，胡乱想了个权宜之计，对着高音喇叭呼呼地吹了两声，呼呼地又吹了两声说，日恁娘就不会先叫女人尿到盆里？

大胡子言简意赅，一语中的，一语惊醒了梦中人，乐得四邻八村的人被他骂了娘还要领情他这个不是主意的馊主意。就有男人涎了脸，把瓦盆拎到女人跟前说，你想啥时尿就啥时尿哩。女人虽还伤痕累累的，却忍不住笑了，她其时不一定要尿的，但她想到了尿，她想赏男人一个脸哩。尿在瓦盆里叮当嘟响，婉转有声，让男人想起许多逝水的年华和往事，目光不觉有些痴迷。女人不好意思了，直起身来提裤子。他又不让她提，他把她青一块紫一块的身子抱到了炕上。她说，你少来，人家气还没消哩。他说，咋了，人家只是想看看你都伤到了哪哩？嘴上这样说，手上那样做，慢慢有了些眉目，慢慢地温故知新了一回。你信也罢，不信也罢，这场声势浩大的血尿抗旱的闹剧，浪漫而始，又浪漫而终，就这么深入浅出地平息了下去。

女人得了男人久违的润泽，一个个青春焕发，互相说还是村长了解咱们娘们。但立即有人纠正说，不，是村长救了咱们娘们。还有人说得更玄乎，是村长让咱们娘们又成了娘们。老末听了，醋意盎然，作为始作俑者，他有资格不平和遗憾。当初老子再深入一步，他说，哪还轮得到他狗日的村长出这个风头？

集资

旱魔日益猖獗，大胡子就去墨水镇政府求援，拖着哭腔诉苦说，我那个墨水村，还不就是个没水村，浅井里都抽不出来水，深井我又打不起，你们这些当衣食父母的，可得拉我一把过难关哟。

具体接待大胡子的是镇长吕一鸣。他当然明了墨水村的情况，可正因为墨水村旱情最突出，他才重新起用的大胡子，据说县里市里有一批抗旱赈灾的物资很快就下拨到位的，但觉得不能提前给大胡子透了这个信儿，以免他产生依赖松懈的情绪。你那里是没水村，他苦笑了下说，我这里是没水镇，你给我说这些有什么用？上头号召生产自救，我看你也还是在村子内部挖潜力吧。

内部潜力怎么挖？上一茬干部没留下一分钱，老百姓又都认定了天上不下雨，地下就没水的死理儿，谁肯拿钱打井？总不能叫他上台伊始，就强行去各家各户硬搜乱刮吧？但见吕一鸣是真不动心，大胡子也不做悲天悯人状了，哼了声说，这话我还用大老远跑来听你说？

据说吕一鸣当时愣怔了老大一会儿，弄不清自己和他谁是谁的领导，等他缓过劲来，大胡子已跨上自行车扬长去了。

其实大胡子赌气赌得也不多硬气，自己没钱，又没要来钱，还能硬气到哪去？悻悻地驶到村头上，见老末正在龙王庙遗址那儿兜圈子，一副狗急了要跳墙却没墙可跳的疯样子，不由邪火蹿顶。他本要臭骂他一通出出心头一口恶气的，不知怎的转念一想，跳下车来，还主动扔过去一支烟说，老末，你说这龙王爷是不是真有点灵性？

老末唬一跳，不晓得这厮吃错了什么药，何以问这事，见他请教的样子还算认真，也顾不得多琢磨了，头一拧说，怎么不灵？一村人都信，就你村长一人不信哩。

大胡子哦了声说，要说这事也有点玄。那年我叫人拆了他，他就偏砸我肩膀；那天我不是骂了他一句吗，他就又让我肩膀疼，你说这都多少年了咋还疼哩？说着扒开汗衫领口，露出肩胛上的一个疤，七扭八歪的，看上去挺疼。大胡子又龇牙咧嘴地说，他刚才在镇上办事时还顺道去卫生院打了止痛针吃了止痛药呢，可一点用没有，还是邪疼。老末看在眼里喜在心里，而且大胡子的一席话说得他也很满意，连声说这就对了，这就对了。他是神咱是人，他还不是想叫咱啥时疼就啥时疼？止痛针止痛药肯定止不住神的，神那意思能是让你吃药打针？大胡子一脸惊骇地说，那他什么意思？老末说，神那意思明摆着，神就想叫你看看神到底是神还是不神？你这回知道神的厉害了吧，神还能不神？大胡子说可不，神还真神。老末又说，你要是听我的话，给他老人家重塑个金身建个庙，我保证他不仅给咱降大雨，连你这疤也不会疼，你信不信村长，神就争咱一炉香哩。大胡子说，你看你还越说越神了，说得我这心里都发毛了，但我惹不起总还躲得起吧，我以后躲着他它老人家点还不行吗？说着拍拍屁股上的土，一边扔掉烟蒂走了。

老末很愣怔，但也没愣怔多大会儿，就一拍大腿也走了。

大胡子回到家，从前代理支书的村会计化肥和从前代理村长的治保主任二百六以及团支书左月妹等人就来问情况，镇上会不会帮一把聊度这旱荒灾年？大胡子也不打折扣，把吕一鸣原话照说给大家，末了掏出一个皱巴巴的空烟盒说，不仅没他妈弄来一分钱，还倒搭老子一盒烟哩。

这么一说，几个人情绪有些灰。正没主意，忽听一阵哐啷哐啷的锣鼓声由远至近，从胡同口经过又哐啷哐啷着远去。二百六反应挺快地说，准又是老末那狗日的在瞎闹腾，村长，你干脆领着我们砸了他的锣鼓去吧。

人都急疯了，老末还添乱，干部们都很恼火。大胡子摆摆手说，算了。上次不让他求雨，他发动起一场血尿抗旱的战争来，这回再干涉他，不知又要闹出什么鬼名堂，反正我们也没啥好办法，就由着他去吧。扭头看见倚在门框上的老婆一边纳鞋底一边支着耳朵听外边的动静，就骂了她一句说，我看你也别人在曹营心在汉了，要去给老末凑热闹只管凑去好了。老婆为他拆龙王庙砸伤肩膀的事，私下里没少烧香叩头，倒是很愿意为建龙王庙出点力的，但她白了男人一眼说，前几天老末把他女人打半死，他都不管，你却慌着送医院请大夫的，钱都叫你给他女人了，这会哪还有钱给他？大胡子就转向左月妹说，先借我个三五十行不？

左月妹的男人万能胶在外地一建筑队当工头，比较趁钱。借你三五百都行。她苦笑了下说，可你这当支书村长的，咋能带头迷信哩？化肥说，你咋能说村长迷信？咱为了抗旱可是啥法都使了，还就老末这法没试过，万一灵验了呢？村长借你点钱你看你心疼的，别借她的了村长，我这里也可能有个三五十的。左月妹叫他抢白得没话说，不情愿地从兜里掏出一堆零花钱，约五六十元的样子，同时化肥也把钱掏出来了。大胡子也没客气，照直收了，凑了100元，一边拍打着递给老婆，一边驱赶众人说，我他妈累了想躺会儿，都别在这里烦我了。

村干部们不得要领，各自退出去。刚走出院门口，忽听大胡子又吆喝了一声说，二百六你狗日的有烟没有，给老子留下来几根。

二百六转回身送烟，大胡子却没接，低声吩咐了一桩有点机密意味的任务。二百六连说高高高，一边神神秘秘地走了出去。

锣鼓还在街上哐哐嘟嘟地敲打着，给这个因旱灾而显得憋闷的村子注入了些许古怪的生机。大胡子听着这鼓点，没头没脑地想起一句京戏，我正在城楼上观山景。第二句还没哼出来呢，才走不久的左月妹就挟着一条烟进来了，说，村子全乱套了，你倒有心情唱啊。大胡子不好意思地收住唱腔说，我刚才给二百六说着玩的，我有烟，有烟哩。左月妹说，你有没有的吧，我也不是专送烟来的。我只是不懂你究竟摆的什么谱，总不是为了再让镇上撤掉你吧？你越闹情绪蛮干，别人越高兴，你得当心点哩。大胡子说，当心啥？左月妹就不知他是真糊涂还是装糊涂，事情明摆着，他倒台多少回，化肥就代理书记多少回，但代理来代理去就是代理不成真正的书记，还能没想法？她正寻思着该不该再往深里说，化肥老婆就慌着一张脸跑来了。村长村长不好了，她一进来就大惊小怪地说，老末募捐求雨的事，不知吕镇长怎么听说了，打来电话叫你去接哩。

化肥代理过支书，村委会的电话安在他家，大胡子还没想过挪来，他嫌那玩意儿吵人。左月妹一听有些紧张，倒是大胡子若无其事地问化肥老婆说，你也不知他咋听说的吗？化肥老婆说，村长真会说笑话，这我咋知道？叫我说，八成是他听到咱这的锣鼓声了吧。大胡子说，那你也很会说笑话嘛。他那离咱这十几里远他能听到，你那意思该不是说他姓吕的真有一双驴耳朵吧？化肥老婆没敢吭声，大胡子又说，化肥呢，他咋不来？老婆说，他不在家，他不是一直就在你这吗？咦，他咋没在你这哩？大胡子说，放你娘的屁吧，他早从老子这里走了会没回家？老婆说，我不知道村长，他这会儿真不在家哩。不信你跟我回家看看去。大胡子说，他已经打了老子的小报告了，当然不用在家。不过，我告诉恁这狗日的两口子，这小报告打对了，不然老子还咋个收场法？老婆显然不愿接受这方面的表扬，也一时吃不透他话里的意思，骨碌着小眼珠说，吕镇长发火了，叫你赶快去接哩。大胡子说，你告诉他，就说老子也不在家。

因为大胡子老婆带头出了100元钱，又因为大胡子许多年前拆龙王庙时砸伤的肩膀至今还疼且针药无效，老末募捐求雨的活动就开展得很红火，只小半天工夫，钱就多得他数不清了。老末很高兴，很有成就感，天快黑了还领着一伙人在龙王庙遗址那儿清理场子，准备明个一早就大兴土木。但也没高兴多久，大胡子就带着化肥、左月妹等人来了，问他募了多少？他正在兴头上，照直说多少多少。大胡子说，募得倒不少，可这钱咱恐怕要不上了，这事镇长知道了，说是不仅要没收你们的钱，还得抓走你们几个领头的人哩。老末气得跺脚说，狗日的镇长咋这么快就知道了？化肥别了别脸，大胡子也没理他，只给老末一伙人说，别管人家咋知道的了，连我也脱不了干系，一会就会来抓人收钱的，大家都别在这瞎忙活了。

说话间，镇上的几辆小车已拐上村路，派出所的车子还老远就拉响了警报器，呜呜哇哇的，如剿大敌。大家全慌了手脚，都问大胡子咋办，这旱天荒年的，叫他们抓走人收走钱还行？大胡子说，那有什么办法，连中央国务院都在抓"三乱"呢，这事说大可就大了去了。

一伙人更没了主意，急成热锅上的蚂蚁。左月妹适时而出，把老末他们拉到一边说，事情到了这一步，还只能靠村长给咱们扛着了，把钱交给他，就说是为了打井集的资吧。

一伙人点头颔首，唯独老末还十分犹疑。但大兵压境，情况十万火急，实在没犹疑的时间了，好多人就都围住老末说，老末，你别想不开了，抓咱们人罚咱们钱事小，祸及到村长才叫麻烦啊。他是咱一村人千呼万唤才又上了台的，要是因这事再把他撤了，咱不就秃子烂屁，两头不落一头了吗？

老末想想也是，这才抖抖索索地从腰间摘下钱袋子，又抖抖索索地说，大胡子，你厉害，你狗日的这回可是把我和神都一块儿给日弄了。

草草移交就绪，镇上一伙人就气势汹汹地来到跟前，但与此同时，出去执行秘密任务的二百六请的打井队也赶来了。如此人证物证俱在，吕一鸣始料不及，他有种一头撞在稻草人身上的感觉，指指戳戳着大胡子的鼻尖说，你呀，你呀。

释名

说一件抗旱以外的事，说说左月妹。左月妹是从一个挺远的村子里嫁过来的，也是墨水村唯一的一个大学生。虽然不是师出什么名牌学府，可毕竟也读了三年函大，拿了盖有国家教委印章的文凭的。原以为十年寒窗至此也算有了点结果，兴冲冲去城里找工作的时候，却这个单位不要，那个单位不留，侥幸有几个要试用她的单位，还要让她先交上三千元至八千元不等的底金。她真给气疯了，心说我要是有钱，还上的什么函大找的什么工作呀！一时对钱就颇有认识。

尽管学业不顺利，但一点也没妨碍年岁的增长，跟她一块长大的姐妹，早就有生儿育女的了。父母问她的择偶条件，她连想也没想就说，啥条件不条件的，有钱就行。父母心领神会，鉴于女儿较高的文化品位，又鉴于女儿原本就是个人见人馋的俊妞儿，再鉴于他们那块地方还没能脱贫，自觉附近没人配做这乘龙快婿，目光里有了点高瞻远瞩的趋势。高瞻来远瞩去，就高瞻远瞩到墨水村的万能胶这里。

墨水村那会更没能脱贫，万能胶也不是多富。他那会还没当上建筑队的工头，而是在给工头当一个扫地沏茶端洗脚水的小狗腿子。不过这是内幕，外观上西装革履油头粉面的，怎么看怎么不像个小狗腿子。况且他那会已牵马坠镫地跟工头晃荡过好几个城市，能不屑地说出天安门其实不高，中山陵也就几个稍大点的坟头子。天哪，这是从北京到南京的两大名胜啊，在人家眼里哪值得一提？什么是能耐，这就是能耐；什么是本事，这就是本事。没能耐没本事能这么来去自如地走南闯北？换你就未必敢说天安门其实不高，中山陵也就几个稍大点的坟头子。在扯到工头淘汰到他脖子上的那根领带时，万能胶扯得更轻描淡写，其实也值不了几个钱，他说，大概只能换左月妹一家人一年的粮食吃吧。险些把媒人吓死。

万能胶就是这么趾高气扬地来见左月妹的，但只看了一眼就煞了那多的嚣张气。他没想到他面对的竟是那么宁静致远的一个好女孩儿，连大城市里也鲜有两例。万能胶不敢吹吹打打了，摇身变成一个温文尔雅的谦谦君子，决不多说一句空话废话胡话，打扮得比左月妹还难为情还不好意思。万能胶表演了这一面出了一身臭汗，家也没回就去找正在镇上开会的大胡子去了，老远就喊，村长村长村长。大胡子出来门就踹了他一脚，说，你狗日的有话就说，有屁就放，在这儿喊的什么魂儿？万能胶仍没从状态中出来，比比画画地说，村长村长好坏了了，那小妞儿好坏了了，你得帮咱弄到手哩。

大胡子是不是个风月高手有待考证，反正他那回表现得道行挺深，坚决不让万能胶再和左月妹见面了，以免言多有失，熟识中露拙坏了美事。借口自是冠冕堂皇的，如万能胶生意太紧脱不开身，城里的业务多多都需要他亲自处理，云云、云云。万能胶由此在左月妹心里平添许多份神秘，简直比她梦中的白马王子还白马王子。其间传生辰八字、喜帖，议订婚日期和送彩礼什么的，概由大胡子全权代去。筹措第一份彩礼时二人颇费了一番踌躇，一致认定关键在此一举。那时候男方送女方的定情物还不太铺张，也就一块手表或一辆自行车又或一台缝纫机外加几套衣服几百元钱什么的。万能胶说，我借点钱把这些东西都送了吧。大胡子不同意，嫌他没出息。人家都当你是个款呢，大胡子说，你他妈就得拿出点款的样子。她那儿离咱这儿远，以后走婆家回娘家的不容易，我看就送她一辆摩托吧。

万能胶吓一跳说，我往哪屙恁多钱呀？

其时大胡子业已领略过左月妹的风采了，比万能胶还热还上心呢，闻言哈哈大笑说，你狗日的这回不牛皮烘烘了吧，这回知道啥叫小巫见大巫了吧，你他妈没钱我有钱，走，跟老子挪用公款去。

就从村财务上支了款，果真买了一辆价值五六千元的重庆 80 摩托车，一路飞扬跋扈地给左月妹家送去了。那可真是一份石破天惊的彩礼，总价值高达万余元，可把那村的老老少少给震晕了。左月妹也恍兮惚兮的，实在摸不透这万能胶究竟多粗多长了。而大胡子毕竟是以长辈人的身份出现在家中的，他的到来俱由父母叔伯等人照应，自己是不好向他乱打听什么的。此前她曾试着给大胡子要过万能胶的通信地址，想以书信的方式增加点间接的了解和接触，但大胡子说写信多慢呀，万能胶有电话有呼机有大哥大，哪一样不比写信快，要不我叫他也给你配个 BP 机？左月妹闹了个大红脸，再也不敢提写信的事了。临嫁前她终有些不放心，终觉到钱跟人毕竟不是一回事，那天便趁他酒热耳酣之际给他斟了一杯酒，拣自己最关心的一件事问他说，万能胶咋那么大能耐啊，他什么文化？

是时大胡子正红光满面地谈笑风生着什么，见问不由对她的父母叔伯以及媒人等人说，看看，看看，还是人家文化人关心文化事吧？这么没头没脑地来一句，才接过她递上的酒杯反问说，你们见面的时候，他没有跟你说吗？

左月妹咬着嘴唇摇了摇头。

你们这些文化人啊，大胡子嗨了声说，都是不好意思说自己的文化。我听万能胶说你也没给他说你的文化，可他就看出你的水平来了，你没有看出他的？

左月妹又脸儿红红地摇了摇头。

大胡子说，他没有给你说也没关系，你没有看出来也没关系，你只要一猜就能猜出来了，你猜猜。

左月妹原指望他酒后吐真言，顺口说出来呢，见他这样，就不知他是真醉了还是怎么的，忍俊不禁地笑出声说，这我怎么好猜嘛。

大胡子说这样吧，我给你提示一下，万能胶什么文化你不用问，你甚至连猜都不用猜，你只要想一想俺的村名镇名，就会心中有数了吧？

村名墨水，镇名亦墨水，这左月妹倒是早就听说了的，可就是没怎么想过，经他这么一提示，再那么一想，虽还不见得心中有数，但却释怀了许多，墨水不就意味着文化学识教养素质品位层次吗？遂不再问，反觉得这个满脸络腮胡子的村长挺幽默挺风趣的，那谈吐，那派头，多像个什么艺术家啊。

左月妹就这么自欺欺人地嫁了过来。

嫁过来才迟迟揭开万能胶的谜底，竟连小学三年级都没学完就因调皮捣蛋让学校给开除了。此前她对报刊上登的女大学生被目不识丁的农民拐骗的事还不大信，这回可是没法不信了，气得差点没背过气去，三天回门后就没再回来。万能胶气短，既没有墨水，也没有大胡子吹得那么趁钱，低三下四地劝了她几回，叫了她几回，都白劝白叫，她不说话只是哭，好多天后才松了一个口，指名道姓非要那个一脸长毛的家伙来说个明白。

大胡子也气短呢，不然还不早来了？这回见了面，左月妹也不客气，劈头盖脸地挖苦说，就你这种只会带着头儿哄骗人的人，咋还就当上了村长哩。

大胡子讪笑说，不会吧，我啥时候骗过人了？

左月妹说，你那时候就骗了。

那时候，大胡子叫屈似的说，那时候我不是只让你猜猜嘛，何曾骗了？

左月妹腾地一下跳起来，指指戳戳地说，好啊你还嘴硬，你说恁那狗屁村叫墨水村，狗屁镇叫墨水镇的是什么意思，什么意思？

大胡子看上去还要抵赖几句的，笑着笑着忽又不笑了，把声音弄得很低把语调弄得很哑地说，月妹呀你知书达理的，想一想不就明白我为啥胡说八道了？这是因为不仅万能胶需要你这个有文化的媳妇，连咱村也需要啊。你这会儿也算咱村一员了，得为咱那个村名想想。你要觉得咱墨水村不墨水，那么当老师，当干部，全都由着你。你把你肚子里的墨水全倒出来，咱墨水村还不得到处淌墨水儿？

左月妹本来哭着的，可还是叫他说得扑哧一声给笑了。父母见状都劝她，说人家村长都说这话了，还不快跟着回去？

生米已成熟饭，左月妹也只是闹闹情绪赌赌气，到临了还是哭哭啼啼地跟着回来了。不为别的，单为村长刘大胡子的良苦用心，也不能说散就散啊。她本意去村小学当个教师，也好多少学有所用。但大胡子说村委会正要扩充新生力量，让她先后当了团支书、计生员、副村长，并给她预备了党员，说有一天要把村子交给她。她倒不稀罕当什么土女皇的，但难得他器重，得些许慰藉。可是不久，大胡子自己却因争一项生产第一，动手打了邻村的一个村长，丢职下台了，这使她心里又怅怅的，隐隐有点儿失意。

打井

回过头来继续说抗旱的事。

因着旱情普遍，打井队成了紧俏物资，常常是这个地方的井还没打出水呢，那个地方的人又请了去。偌大一个墨水村，30余个联产承包小组，才千呼万唤来两个打井队。大胡子视第9组和第21组旱情最突出，一组分了一个打井队，嘱其好生伺候，可别在这节骨眼上慢待了这些爷们。但打了没几天，就有消息反馈过来说，打井队都不愿再在这村打井了。打井队打出水打不出水的，都有望梅止渴的作用，真放他们跑了，人心怕就更乱了。大胡子急得火烧火燎的，忙去工地看情况。

第9组情况非常糟，非但没能打出水，反把冲击钻打坏，拧成了麻花状，说是深度到了极限，钻头钻杆都承受不了了，留下也无益。大胡子不敢耽搁，一掉头又去了21组。

21组情况尚好些，但也只打出了一眼流沙井。流沙井寿命很短暂，别说没水，就是有水也用不了多久就会自行塌方封死的，成千上万的钱转眼间泡汤，但眼下的问题是解燃眉之急，有流沙井总比啥井也没有好，否则人心怕就更乱了。

还未到那组，便远远看见那组的男男女女在井场上围着，在潜水泵抽出水的那几分钟里，桶啊盆啊地乱响。21组的组长是老末，他正大骂着维持接水秩序，推推搡搡地说，都给老子排好队，都给老子排好队。队伍才勉强排好，供不上抽的水忽然停了，疯转的潜水泵吹得抽水带子呼噜噜空响。老末一怔，一蹦三跳地去关电闸，不小心跌一跤，跌得满头脸泥沙。众人大笑，他大怒，说，笑恁娘个×毛噢笑，老子让你们先接，你们却他妈的抢，下次再来了水，不先给老子灌满桶，谁他妈的也别想抢。说着把别人的盆盆罐罐踢出去，把自家的水桶踢到抽水带子上。众人又笑，他又要骂，看见大胡子来了，才讪讪地迎上去说，村长？

适才老末骂人的情景，大胡子也在路上看到了，只是瞪了他一眼没多计较，听他说打井队被别人请走了才着急说，你他妈留不住人还在这当什么组长？往哪走的，还能不能追上？老末说，追倒可能追得上，但怕追不来，嫌咱这给的钱少哩。大胡子无意听他啰唆，问明方向，就高声大嗓地招呼人去追。

墨水村有两辆摩托车，左月妹一辆，化肥一辆，此刻都派上了用场。好在打井队重车，拖人载物的，他们轻车捷径，追了五六里路的样子就追上了。分别坐在两辆车后面的大胡子和二百六不等摩托停稳便跳下去，各自张开两臂拦住了那车车头。大车绕不过去，那个名叫和西墙的打井队长和那些请他的人只好下来了，其中一个说咋了，这大天白日的，还要短路抢劫不成？

话问得有点冲，大胡子和二百六也瞪圆了眼珠子。左月妹怕他俩跟人家吵起来，把事情弄到更僵，忙支好车子迎上去说，和队长为我们打了眼好井，劳苦功高，我们还没慰劳一下呢，怎么就走？

和西墙当然明了这伙人的来意，但没想到人家这么说话。他最清楚他打的是眼狗屁井，可人家硬说成好井，还要慰劳，心里不觉舒服许多，讪笑着退到路旁一棵树下说，我看慰劳就免了，实不相瞒，人家也请了我们好几次，不是跟这个队员沾亲就是跟那个队员带故的，情面上磨不开呀。

左月妹就笑了，说，和队长果然重义气，这下我就放心了，我们虽然没缘分跟大家沾亲带故，却也拿各位当兄弟待了，想必也会给我们讲点交情的吧？

和西墙又是摇头又是撇嘴的，说，你不知道大妹子，我个人真无所谓的，是我这帮队员没素质，一听人家许的价高就见财忘义，都快气死我了。

左月妹想行情看涨，怕真得稍抬一下价码了，本要一口应承点什么，又怕他狮子大开口，漫天要价，不如留一点余地好，忙里偷闲和大胡子交换了个眼色，知他也是这意思，就又笑了一下说，那太为难和队长了，怎么不早说？我建议以后有话说到明处，大家也好商量着来嘛。

和西墙说，商量着来最好，商量着来最好。机械地重复着这句话，才发现自己把自己的退路给堵死了，甚至都不知她是怎么步步为营的。这倒也不是说他没见过多少世面，日甚一日的旱魔使打井业很受欢迎，请他捧他的乡村干部并不算少，但像左月妹这样漂亮的女干部还不太多。赤日炎炎，四处流火，可她的香腮玉颈粉臂秀腿却还无一处不白皙细嫩，无一处不生动可人。你看她临风而立，长发与短裙共舞，多像个不食人间烟火的尤物？再想想自己不过一个土里土气的井把式，何曾奢望过这么一个风姿翩跹的好人儿好说歹求？便夸张地跺了跺脚说，妈妈的，都给老子往回走。

请他的那几个人急了，要过来和左月妹理论。大胡子一使眼色，就和二百六、化肥等人站到左月妹左右，甚是声威，气得那几个人也只有跺脚的份了。

左月妹从别人手里夺回了打井队，很得大胡子赞赏，说他原以为这村里没他不行才又上来的，现在看她会比他干得更好。化肥不以为然，说，月妹的嘴巴子是比较能说，但主要的，我看还是她的性别，那些泥腿子井把式都喜欢套女人的近乎，她说的话当然比我们管用。一句话惹恼了大胡子，吹胡子瞪眼地大骂起化肥。放你娘的屁吧，他指指戳戳地说，就你这种人，正事不干，歪话不少说，就算给你狗日的安一个 × 又怎样，还不得是个野鸡？

二百六扭转脸偷笑，化肥没敢再多说一句。

然而更多情况下，孰对孰错很不好说的，比如这一回，化肥就说得很有见地，促使打井队长和西墙留下的，还真是因了左月妹的女性气息。他想她上面的嘴那么能说，口吐莲花，巧舌如簧，下面又该怎样风情怎样别致怎样非同寻常呢？又听说左月妹男人不在家，是夜便壮酒胆色胆贼贼胆翻墙入院，当真敲起她的房门来了。左月妹有个睡前冲澡的习惯，这使她每晚都睡得很迟，因为水源匮缺，她要等深夜大家都不用水了才能站到喷头下淋浴。那会儿她刚冲过澡，看看电视上已没啥好节目，就随手拿起一本书看，一边等着头发晾干。听见门响时她问了声谁，外面没回音，而敲门声还在持续。她想可能是住在后面院的婆婆有啥事来了，婆婆上了些年纪，耳朵有点背，常常问个三声四声也不一定回你一声的，回又回得答非所问，故没在意，穿着睡衣趿着拖鞋去开门。门一开，门外人就把她劈头盖脸地抱住了，一边劈头盖脸地说，我来给你打井，我给你打井，我打井。

左月妹一阵恶心一阵反胃，险些晕厥窒息过去。她被一股蛮横的力量推拥到床上，手和脚都动弹不得。左月妹索性不动弹了，哟了声说，和队长呀，吓我一跳，我当是谁哩。来势凶猛的和西墙闻言一怔，瓮声瓮气地，可不是我咋的。左月妹说，是你怎么不早说，还用得着这样吓我？和西墙就吃不透她话里的意思了，手上的动作慢了一些。左月妹趁机脱开身，鱼一样滑溜到门旁，见其又要反扑，用手一指对方说，你坐好，我有话跟你说。

这话大约有点不怒而威的力量，和西墙愣了愣，竟很乖地按着她的指示坐到沙发上去了。左月妹这才点点头，表扬他这还差不多，一边摸杯子拎暖瓶的，问他要喝点什么，茶还是咖啡？和西墙被问得云里雾里的，拿不准她葫芦里究竟要卖什么药，只觉得面对这么一个贵妃出浴般的好人儿，别说咖啡与茶，就是琼浆玉液又有谁能喝得下去？望着在睡衣睡裙里袅袅婷婷的左月妹，望着顾自忙碌旁若无他的左月妹，和西墙揉了揉眼，呷了呷干涩的嘴唇说，你该不是跟我玩把戏吧？

左月妹当地把一只不知是盛着咖啡还是茶的杯子放到矮几上，陡然变色说，就跟你玩把戏又怎样？原以为你和队长走南闯北，经多见广，打井方面很有一套的，不期只会蛮干着胡乱呀？

和西墙越发吃不透她话里的意思了，蠢得有点多余地说，你指的是打哪种井？

左月妹冷笑说，你既然把打女人的主意也说成打井，那么对人对物，道理该是同样的，就算没有技术，也该讲点策略；就算没有策略，也该讲点情调，又没情又没绪的，叫你说能打好什么井？

和西墙不免汗颜，想想自己还真没多少打井的经验或路数，嘴上却仗着几份酒意耍起流氓的横劲说，咱打井一向双管齐下的，你不乐意，那咱就啥井也不打了行吧？

左月妹又是一声冷笑，拉开门说请便吧。

和西墙自己将了自己的军,再想赖着不走竟没理由了。他刚才亮出的那招是屡试屡爽的撒手锏,是百发百中的回马枪,撒手锏回马枪都不起作用了他很颓唐,很颓唐又很不甘心,慢腾腾地挪到门旁时,又猛地一下攥住左月妹的手说,我还是得给你打井。

这一次,左月妹没躲,不仅没立即抽出自己的手,还用另一只手轻轻拍了拍攥着自己手的手,像跟一个人握别时那样拍得语重心长。别傻了,她说,我不叫你打井还费那么大劲把你追回来干什么,我费那么大劲把你追回来还不就为了叫你打井?我今晚本该多留你一会说说打井的事,可是我身体不舒服也不好多留你了。你懂吗,我不舒服?

不舒服什么意思和西墙怎么能懂,迷怔间听见她又柔声慢语地说,算了算了,反正和队长是过来人了我也不怕你笑话,我今天不巧来了例假。要不是这个不方便我会多跟你说说打井的事的,你想我还不比你更关心着打井?但饭要一口一口地吃,井要一口一口地打,只有这样才能打好井,人家也才愿意叫你打嘛。好了,我不舒服天也晚了,今夜就先说到这吧。真的你不用急,也不用慌,打井的事还可从长计议,大家合作的日子在后头嘛。

最先把打井的意义弄复杂的无疑是和西墙本人,但现在却让左月妹弄得比复杂还要晦涩多了。她说的每一句话里好像都有许诺都有暗示都有这样那样只可意会不可言传的玄机,但与此同时又什么什么都没有啊。和西墙懵里懵懂的,硬是让左月妹这个尚未入流的打井新手把他这个有些道行的打井老手给打晕乎了。他不知自己是怎样被她连哄带劝地弄下她门前的台阶的,只依稀记得她好像还给自己握了个别,道了声晚安,并摆着那纤纤素手儿说,咱们明儿个打井工地上见啊。

和西墙木木地举起手,好像也想道个晚安也想说声明儿个打井工地上见吧,门却被左月妹嘭的一声关上了。他无限苍茫地转回身,一路上都嘟嘟囔囔的,心说妈妈的,这就是鲁西的小娘儿们吧,说好玩就好玩不好玩也好玩,说不好玩就不好玩好玩也不好玩哩。

一条远道而来的狗

一、20 世纪末的最后一个秋天

20 世纪末的最后一个秋天，大哥在乡下作画，深居简出。他节制而规律地生活在我们这个缺少节制和规律的墨水村里，无意与那条来自 22 或 23 世纪的狗结仇。从字面上看，这句话有点混淆视听的嫌疑，我也不知我是否有意偏袒他。在这里，我试图努力通过还原事物本来面目的叙述，以期你能同意我的看法，即，首先是它蹿出两三百年的光阴，自顾自纠缠上了我的大哥。

其实，大哥绝非那种偷鸡摸狗的游手好闲者能比，你甚至都很难从他身上看出此地土著的迹象了。大哥曾在北京一所很著名的高校里执教多年，还去欧美许多国家游学访问过。大哥离开家的时候只有十几岁，那时我才刚刚出生。我不知我们哥俩的年龄差距何以会如此之大，只觉得也许正基于此，才使我们这对同胞兄弟走向截然不同的两种道路。真的，如果不是他分别邀我去他另设在北京郊外与青岛海滨的家里游玩过，我简直都没勇气承认我还会有这么一个不得了的大哥。当然，大哥说那只是他的工作间，算不得严格意义上的家。大哥说有可能还要在国外置一个画室，在他所去过的国度里，唯有德国的居住环境最让他心动。而现在，大哥回到了老家，他用我们废弃的青砖灰瓦砌造了一座很老气的院子，连睡榻也是泥坯垒成的。大哥说他的腿有关节炎，看能不能在老家的土炕上睡好它，弄得比我们还简朴。但大哥那里有一部我们这里都没有的电话，这才多少与我们拉开了点距离。依大哥的意思，电话也不打算装的，大嫂说装个吧，想女儿的时候可以打打越洋电话。女儿今年十八岁，已送到美国上学去了。

大哥的院子坐落在村前面的一片乱坟岗子上，系一破祠堂遗址，房前屋后都有时光之水冲刷出来的墓砖、白骨，以及棺木的朽渣和沧桑的牙齿。但这是大哥自己挑选的地方，说他喜欢这里，说在这样的布景里生活作息，会随时感到自己的生命也会如此老去，进而看重活着的光阴。当他在那些歪斜的墓碑和杂乱的坟丘间写生，又在腐骨成堆的院子里养花种菜，说要在此住个把年月的时候，我都揪痛了自己的耳朵，弄不清是他说错了，还是我的听觉故意难为我。

从内心说，我是不希望大哥回来的，我妻子也是。我妻子一开始并没看上我，后听人说我北京有个大哥才又续上了姻缘。在她的理解里，大哥迟早会把我接到北京去，然后我再把她也接出去。我倒是很想把她接出去的，但因为大哥没走第一步棋，我这第二步棋不大好走，首都就一直遥远在我们的梦里。妻子自此心生怨愤，说大哥这人六亲不认，还什么长兄为父呢。又说我准是我娘偷汉偷生的野种，以至于手足不亲；或者大哥是，因为据说只有杂种或私生子才可能出息。日子艰涩，谁都会有不如意，我免不了也要回骂她几句。夫妻翻脸，摔锅砸盆，日子越发艰涩得不像个日子。妻子转而求其次，改打孩子的主意。她倒也能干，新婚当年就生出来一个，因系女孩，故连续作战，不期到头来又是一个丫头片子。我都被这"一吨"的重量压得喘不过气来了，她还咬牙切齿地要生儿子，悲壮得像作背水之战。妻子的算盘是，大哥没儿子，过继一个给他，名分上是他的，根还在我们这里，他想不跟我们亲也得亲了。好在第三胎还真弄出个带把儿的玩意来，算是天遂了人意。才要写信或送到北京落实过继的事，大哥自己却回来了，实在叫我们措手不及。他见到我的一男二女惊得直摇头，连声说真没想到你都是三个孩子的爸爸了，我一直以为你也还是个孩子哩。

大哥知不知道这三个孩子其实也算是为他生的呢？

当大哥说农村的计划生育再松也不该老钻空子时，我难过得要掉泪，差点哭出来。农村的计生工作不松，钻不得空子，要钻也只能钻到套子里去。我就觉得我们墨水村的计划生育是个老大的套子。首先你想上套不必说了，人家又何尝不乐于套你。要早婚你送礼来吧，要早育也送礼来吧，生了一胎生二胎还送礼来吧，生了闺女生儿子一直送吧你。你送不起礼了是吧，那该收紧套子罚你了，早婚一笔，早育一笔，闺女一笔，儿子一笔。罚也罚不出仨核桃俩枣的时候，那你响应国家号召去绝育吧。把你家男的也割了，把你家女的也骗了，好腾出指标给那些还能送得起礼交得起罚款的人家。送送罚罚间，财源滚滚，对于设套的人，岂不是一桩好坏了了的生意！反正大家都这样，我们也这样，我们比大家更多的一番苦心是，想叫大哥把其中一个孩子救出农门，救出这水深火热的墨水村。现在大哥只字不提过继的事，我和妻子都有些悻悻。她为这三个孩子的出生饱受妊娠分娩之苦，自然悻悻得更甚，见到大哥大嫂还爱理不理地甩脸子。我私下里劝她说，我见大哥大嫂他们衣食朴素，也许像传说的那样，给分流下岗了也未可知，等他们好起来，再提这事不迟。我妻子立即冷笑了，幸灾乐祸地说，你还指望他会好，都他妈跑到乡下来了还能好到哪里去？我早知道他这人靠不住，这会儿在外面混不下去了不是？活该。又酸溜溜地说，我那会也就说说，真要把自己的骨肉送这号人，老娘还舍不得哩。

妻子的话让我心冷，让我深为大哥忧虑。我想是啊，我好歹还有一亩二分地呢，他可怎么办？兴许眼下还有点余额聊以维持，长此以往还不得坐吃山空？我都在自己这个虚妄的想象里剪不断理还乱了，大哥那里却还看不出什么，依然深居简出，且还不苟言笑，除购物什么的以外，大哥只在太阳还没升起的黎明和月上柳梢的傍晚这两个特定的时间里，携大嫂去乡间的小路上走走转转，偶尔遇到村人，也只是笑一笑，慢一慢步子，就算打过了招呼。妻子说大哥这是羞于见人，我不信，找个机会问大哥，大哥笑了说，我还没找回咱墨水村方言的感觉，跟同乡人说话，我咋好操南腔北调的口音嘛。

这我就信了。

但是大哥不知道，在他还不能用方言土语和村人交流谈天的时候，作为一道醒目的风景，他已被村人关注上了。大哥大嫂出则成双，入则一对，而且还居然没红过一次脸，没吵过一次架，这在墨水村人的理解里，太不像一对夫妻了。及听说大嫂已是一个十八岁女孩的母亲时，一个个眼都瞪圆了说，她看起来不也只有一二十岁嘛。

什么事到了墨水村人的嘴巴里，都能扯到那上面去。说来说去说出了奥妙，说大哥大嫂肯定有非凡的采阴补阳术，要不咋恁青春永驻？夜间便有半大不小的后生翻墙入院，扒了门缝瞅窗棂地关心起大哥大嫂的夜生活来。更多的时候，他们看不到大哥大嫂床上的姿势，而是各捧了一本书读；或者大哥面对着画架静静思索或挥毫泼墨，大嫂则整理收拾着另一些画；又或一起听听音乐下围棋什么的，话都很少说。大哥偶尔会在深夜的静谧里觉察到一点窗外的动静，笑望大嫂一眼，转身去开门。大哥想是要叫他们来屋里坐会儿吧，他们却像一窝受惊的鼠样窜跑了。跑时不择路，踏倒了花草蔬菜，墙也被蹬掉好几处豁口。大哥大嫂也不恼，第二天一早，就把草木们扶起，把墙补住。但隔不了几夜，又会有人扒豁墙，刚刚恢复一点元气的花草，重新一塌糊涂。我去帮大哥垒了几次墙，觉得不是个戏，想了想说，我给你弄条狗来吧。

二、我亲戚托亲戚地辗转几处

我亲戚托亲戚地辗转几处，终于弄来一条据说是进口品种的小母狗，才尺把高，四五个月大。它通体黑亮，除腿上略泛一点红色外，别无杂毛，算得上眉清目秀哩。大嫂很喜欢，牵着它在院子里兜了一圈，就起了个别致的名字，叫梦卡。我觉得又好听又上口，觉得一切本不出众的东西，到了大哥大嫂这里，便也跟着不同流俗了。

梦卡虽然小，却耳聪目明，无论那些夜来偷窥的闲人怎样蹑手蹑脚，还没靠近院墙就被它老到地发现了，三声两声就能咬退下去。赖于它的呵护，大哥又得以潜心地读书作画了。

但也没平静几天，就有人知道了大哥还乡的消息，还都有头有脸的，诸如县长、市长，以及县市书画界的名流和大款巨富者流。虽然他们多为求字索画而来，或邀请大哥出席个会议举办个讲座家教个孩子什么的，但作为地主，他们无一例外地表示要尽地主之谊，但凡有事，打个招呼即可。不料大哥对那些达官贵人的态度一点也不卑躬屈膝，反还半开玩笑半当真地说，我都跑到死人堆里来了，大家还不放过我吗？

大哥的兴趣不在他们身上。每次目送那些豪华的凌志奥迪桑塔纳走时，大哥都会自言自语地说，也不知阿一快回来了没有？

阿一是大哥的一个记者朋友，曾和大哥一起去塔克拉玛干采风。在那儿，他们先后和37只狼遭逢，各自被狼群撕咬得遍体鳞伤。当二者共同剩下最后的半瓶水时，他们竟像热恋的情人那样，你强迫我喝一口，我又硬灌你一口，以至于那水成了魔水，怎么喝也喝不尽。在风沙肆虐的荒漠上，营造出一份野性的亲昵和温情。就是仗着这份惺惺相惜的精神，他们背对着背打退了狼群的一次次反扑，几度置之死地而后生。现在，阿一又只身一人去了青藏，大哥后悔没再与他同行。他说阿一的身体不那么棒了，会不会因为高原反应倒到"世界的屋脊"上？大嫂笑说不会的，他不见你瞑不了目。又说，我倒担心他听说我们回到了乡下，会不会傻着一股劲徒步跑来？大哥也笑了，说，阿一他干得出哩。

大哥阿一阿一地说，大嫂也阿一阿一地说，我就想阿一何许人，未必比一个县长市长的官还大吧？我不懂，我实在理解不了。但正因为弄不懂大哥的地方越来越多，我也会做转念一想了，就转而想到他可能像古代隐士一样，为了寻求清静才来的农庄。一经证实，我便觉得我们哥俩还真是一对亲兄弟了。我愚蠢，他迂腐，简直就是孪生嘛，我和他谁都不可能是我娘偷汉偷生的野种。大哥真是好笑，他不知道这里也许没市嚣，但这里绝对充满了村嚣，想想看，这世界上哪还有一尺一寸的净土？

问题果然就出来了。

问题出在小梦卡身上。它虽然出口不凡地咬走了那些夜来偷窥的闲人，却咬来了一条青灰色的大狼狗。那些人还只是在夜深人静的时候悄悄地来，大青狗则在光天化日之下公然对梦卡进行性骚扰，一来就照着梦卡的臀部横冲直撞。梦卡还小啊，还不懂得情为何物啊，再说大青狗用的也不是情，而是典型意义上的施暴，不讲一点情调，也不讲一点策略。才四五个月大的梦卡哪见过这阵势，就一边左躲右闪着大青狗的进犯，一边惊叫连天地寻求救援。大哥见梦卡没有与它亲昵的意思，就一边赶它一边说，我们梦卡还小呢，等它要你的时候，你再来行不？

大嫂也说，也不能太强人所难嘛。

二人连哄带劝的，好容易弄走了大青狗，还没把一身的狗毛弄干净呢，忽听有谁敲打门，乒乒乓乓的，不成个节奏。大哥说来了来了，一边去开门，隔门缝一瞅，竟是大青狗，又赶忙把门顶死了。它再这样敲门时，大哥就不理不睬它了，还给惊魂甫定的梦卡说，有我们在，你就不用怕。大嫂说，不过也够难缠的。大哥说，再难缠也难缠不到哪去，敲累了它就不敲了。话音落去，敲门声果然稀落下来，终于不敲了。大哥以为负隅顽抗不失为计，有些小得意，自顾自走进屋去。也不知拿起笔或书没有，忽听扑通一声响，梦卡又尖声锐叫起来。正门不通邪道通，那家伙复从墙上跳进来了。

大哥哭笑不得地说，还真狗急跳墙啊。

大嫂说，这也太不检点了吧。

二人说服教育了一阵子，效果不佳，想是都觉悟到了对牛弹琴的道理，方知对狗亦弹不得。大哥怕伤着大嫂，示意她去开门，自己挥起拳头向它示威，告诉它人不是好欺负的，也不能欺人太甚。大青狗真是狗胆包天，反嫌这人碍手碍脚地耽误事，张牙舞爪地向大哥发起淫威来，又扑又咬个不止。大嫂忙递给大哥一把扫帚，自己抄起一条拖把助阵。夫妻携手，同仇敌忾，总算打退了敌人的又一次反攻。

吃一堑长一智，这回夫妻俩没敢立即退出临阵状态，把家伙器械放到顺手的地方，各自在院子里严阵以待。不知大青狗尝到了苦头还是怎么的，一等不来，二等不来，各自心神就有些松懈。彼此看看都灰头土脑的，还一身的狗毛和污秽，就互相扮一个鬼脸，去厨房里洗换。还没把身上的肥皂泡弄净呢，稍事休整的大青狗就又气势汹汹地二番头杀来了。这回二人赤身裸体的，不敢与它立即交手，它才得以专对梦卡施暴。梦卡本就没它力气大，又拴着，左躲右闪躲闪不开它的进犯，忍不住又悸叫连天。大哥大嫂这才仓促穿衣，胡乱应战，一时全乱了章法规则。人与狗的战争断断续续地演绎了三昼夜，不仅墙上千疮百孔，地上的花草也不堪狼藉了。夫妻俩面面相觑，这才想起搬救兵，大哥一脸疲惫地来找我说，你去看看那是谁家的狗。

三、我一眼就认出了那条青灰色的大狼狗

我一眼就认出了那条青灰色的大狼狗。它有一个很大气的名字，叫狗头，意即狗中领袖。它得算墨水村的一个角儿，和它主人一样，天天横着身子在村子里走。看见谁家的女人或母狗有几分姿色，就趴到谁家的女人或母狗身上。狗不会说话，但人会说。人说趴你身上是看得起你了，你不叫看不起你还行。迄今为止还没听说过谁敢叫这二者看不起过，狗如是，人复如是。如今这家伙看上了大哥家的小狗梦卡，大哥不知利害地敢叫它看不起，但我也敢吗？

是谁家的就给谁家送去吧，大哥把原拴着梦卡现拴着大青狗的铁

链子从一棵树桩上解下来，边往我手里递边说，叫他们拴住。

我说放了吧，狗不懂事，人跟它计较啥？

大哥说，这么凶的一条狗，不拴住怕会伤人的，再说放了它它还会再来。

我知道放了它它还会再来，可我更知道擅自给它上绳意味着什么，就讪笑说，它要来就让它来呗，它怕是看上咱们的梦卡了。

可我们梦卡看不上它。大嫂说。它生得倒还壮实，可性子太野了，把我的裙子都撕扯烂了。别说梦卡现在小，还没那想法，就是有，也不要它这样的狗。

大嫂的话逗得我想笑，又笑不出来，这才觉悟或发现，给大哥弄这么一条小母狗来，实在是我不经意间犯下的一个错误。要不就让梦卡跟它走吧，我想了想说，我再给你们弄一条小公狗来养着。

大哥说你怎么了，这到底是谁家的狗？

化肥家的，我说，化肥是村长。

我抬出村长化肥的牌子，是要吓吓大哥大嫂的，免得他们一意孤行下去。大哥哦了声，说，怪不得这么大块头，倒是个养狗的主。他平时给它吃什么，怎么配的料？

我想既已抖搂出了一个头，索性再抖搂抖搂吧，也好叫他们见识见识这是怎样一条不可小觑的狗，照直说配什么料啊，就给它鱼啊肉啊的吃，最次也得是鸡蛋了，而且除了这两样，它什么都不吃。

大哥狐疑地看了我一眼，不知是童心大发呢，还是要求证一下，示意大嫂把喂养梦卡的食盆子拿来。梦卡的饲料是专门为它买的麸子谷糠及残汤剩饭等调配成的，已比一般人家的狗食强多了。像我自己喂的狗，只给它吃我和老婆孩子们拉的屎，谷糠麸子什么的，还得喂鸡喂鸭哩。大青狗则另当别论，它只是不屑地看了看，就用嘴拨拉到一边，头昂得高高的，像受了多大的屈辱。

大哥又说，那再给它拿个馒头来吧。

大嫂蒸的馒头，小巧玲珑，晶莹剔透，像精心制作的工艺品，像我新婚之夜见到的妻子的小奶子，赏心悦目。我曾一口气吃过13个，吃了13个还想吃时被大哥笑着制止住了，说你下一顿还可以来吃嘛。现在，大嫂把我一口气吃了13个还想吃的馒头放到大青狗面前，大青狗也仅限于略感兴趣地嗅了嗅，嗅出不过是面粉做的馒头时，便傲慢地拨拉到一边去了，再一次高高昂起它的头。

大嫂惊得眼都瞪圆了说，这个村不是还没脱贫吗？狗都如此奢侈，那人又该吃什么？

这得看什么人。我有些卖关子地说，它的主人吃啥喝啥不用说了，至于我这样的小老百姓，逢年过节也没它最平常的一日三餐吃得好哩。

大嫂说是吗？

我说可不是咋的。八月十五那天，大哥不是让我去叫大河一起来赏月吗？我去时，他正在左一刀右一刀地切一个月饼，切成了四块仍不够一家人分的，就又斜过来切了一刀，看上去还要再斜过去切一刀的，见我来了，才讪讪地放下菜刀说，月饼也就吃个味，多了还有啥好吃？

大河全名叫刘大河，是大哥儿时的玩伴。两个人一起光着屁股长大，又一起上的小学，好得像一块掰不开的烂姜，但为了争看一本连环画，两个人却大打出手，连环画也被撕扯得支离破碎。那以后两个人本来谁也不理谁了，大哥却又在一次放学后拦住了大河，说，还你的画册。大河接过去一看呆了，那是大哥凭借记忆在作业本的背面摹画的，但好像已比先前那本更活生生了。此后的日子里，两个人就经常凭借记忆讨论这本与那本之间的得失，又共同改进增色了不少。一晃经年，往事遥远，大河现在已是五个孩子的爸爸了，炕上还躺着一个瘫痪多年的老母亲，而大哥只有一个女儿，且已送到美国上学去了。大哥可以辞去大学教授的公职偕夫人云游天下，大河则面临民师清退的危机而急着给人四处送礼。他看上去比大哥至少要大20岁，他们之间的那种差距你去想象吧。但大河前几天走投无路来向大哥借500元钱的时候，大哥还是犹豫也没犹豫地就给了他，只在送他走时，才仿佛像问他又像自言自语地说，下岗分流，大势所趋，这民师不当不行吗？大河说不行。你不在农村生活，你不知道农村的摊派任务有多重，责任田里紧抓慢挠也抓挠不出什么，要再丢了民师那一点补助，我这一大家子还咋过？大闺女年底出嫁我可以厚着脸皮不陪送嫁妆，可二闺女明年高考，我不能再不管呀。大哥又说，上面不是还有点扶贫款项什么的吗？大河凄苦地笑说，咱们村的扶贫款从来不扶穷人。气死人窝囊死人的事多了，你要能多住些日子，慢慢就会知道了。

现在大哥知道了一些什么呢？

大哥脸色铁青，不知啥时没了血色。他忽然从我手里夺过去狗链子，边往树桩上拴边说，你不用给他们送去了，我来养养它。

我说，大哥？

你去吧。大哥挥挥手说，我看看它除了鸡蛋和肉，是不是什么都不吃。

四、在墨水村的世界里

在墨水村的世界里，大青狗横冲直撞了许多年，从没被人拴住过，它蹦啊跳啊怒号啊，把链子挣得哐啷啷响。大哥一声不吭，静静地与它对峙着，但也没食言，从不忘在喂梦卡的时候也喂喂它。它不吃，它屈辱地昂着它贵族阶级的头，两眼喷火，仿佛在说傻小子你就等着吧，等我主子来了看我们怎么收拾你。

就这样过了一天，又一天也这样地过去了。至第三日，大青狗已不在养尊处优饱暖思淫欲的状态上了。它被一种来历不明的饥饿折磨着，不再那么嚣张那么盛气凌人了。它悲伤的哞叫喑哑了许多，呜呜咽咽的，像哀求又像在哭。我叫它哭得心事重重，好几次忍不住对大哥说，你就喂喂它吧，你又不是没有肉。

大哥不理我，挥手赶我走。但他拴住了村长的狗，也就拴住了我的心，我实在搁不下这条狗啊。我妻子也搁不下，三番五次地问情况，听我说大哥和狗依然较量着，急得又是跺脚又是搓手地说，大哥这是咋了哩，大哥这是咋了哩。

依照妻子的脾气，大哥若早几天这么干，她准会不由分说从大哥手里抢过去狗链子，不由分说地把大青狗放了，而且放了还不算了，还会照准引狼入室的梦卡狠踹上几脚，一边声色俱厉地说，你小婊子浪喊浪叫地把人家勾引来了，又充什么假正经？未必还要给你立一个牌坊？但现在她不敢了，现在的某些迹象表明大哥不像在外面混不下去才落难农庄的，一些固有的想法又开始在她脑子里蠢蠢欲动，至少也是重新点燃了过继儿子的念头。所以她还克制着不肯找大哥的茬，只能这样一遍遍地冲我嘟哝说，大哥这是咋了哩，咋了哩？

我又怎能知道大哥这是咋了哩？

妻子见我比她还没主意，少不了又要骂我几句窝囊废，最后才拿出我们只给刚断奶的小儿子吃的鸡蛋说，大哥不舍得喂，咱先将就着喂喂它吧，饿死它，就不是几个鸡蛋的事了。

我深以妻子的话为然，选了几个小点的来，二番头来到大哥的院子里，但我还没扔给狗，大哥已经发现了，他目光锐利地瞥了我一眼，说，你干什么？

大哥是有点不怒而威的力量的，我手中的鸡蛋失落到地上。蛋清蛋黄们夸张地溅了一地，满院里弥漫一股腥甜的气息。这东西之于大青狗也就是将就性的食物，但眼下它显然也不能讲究太多了，低呼了一声，就扬着脖子贪婪地舔。我从没想到大哥会那样残忍，他对着狗头猛踹了一脚，竟用铁锨埋住了碎烂的鸡蛋。

大哥埋了也不让它吃，这行为也太过分了。我不满，回家跟妻子一说，她也被深深地激怒了，一把推开在怀里拱奶吃的小儿子，将其扔到炕上说，不行，我得给化肥说一声去。

我知道妻子是能干出同室操戈的事来的。于我自己，又何尝没有悄悄告密的念头？只是对方系自家的一娘同胞，手足兄弟，才一直如鲠在喉，决心难下。早几年村里有一个负责计生工作的小媳妇，叫左月妹。她看不惯化肥那一套，跟他顶着干，化肥就总给她小鞋穿。一次在村委会开会，大约意见又分歧了吧，出来门就被跟在后面的大青狗咬了一口。左月妹转回身踢它，化肥得理说，你踢它，它还不咬你吗？左月妹无言以对，低头一看，裤腿上和鞋上已血淋淋一片殷红了。她痛得昏厥到地上，等化肥给她打破伤风针或狂犬疫苗。化肥说他的狗不是狂犬，比如某某也被它咬过，没打那玩意儿也没发病发疯。但他答应给她打，一转身却没了踪影，说是上县里汇报工作去了，结果还是左月妹的男人万能胶把她背到镇卫生院，劝她别在这里碍手碍脚的了，干脆另谋生路去吧。小两口就砸锅卖铁地变卖了一些盘缠，果真双双外出打工去了。一个干部都能被一条狗咬得背井离乡，何况我们平头百姓！我妻子的愤怒是有一定的道理的。现在，她不大在乎跟大哥翻脸了，因为过继儿子跟一家人的存亡大计比起来，实在太没法比了。两害相衡择其轻，她显然要走出卖大哥这步棋了。我见她冲动得厉害，忙拽了她一下说，你胡闹什么？

谁胡闹？我妻子猝然转过头来说，你家大哥才胡闹哩。人家那狗从小到大吃肉，他偏要人家吃糠咽菜，人家能吃吗？不吃就得饿死。饿死了谁担得起，你，还是我？

大哥不怕，我小声地嗫嚅着说，咱怕什么？

你别傻×了，我妻子说，你真是比天底下最傻的傻×还要傻！到时化肥问罪下来，他可以拍拍屁股溜人，咱拖儿带女的往哪溜？你给我说说咱拖儿带女的能往哪溜？

我妻子向来伶牙俐齿，每次吵架都是她胜，说出的话不仅入木三分，而且还一针见血哩。我的心一阵刺痛，两手捂住了胸口，见她又转身要走，慌得上前抱住她说，姑奶奶，好姑奶奶，你听我说几句行不行？

我说得语无伦次，颠三倒四，但妻子还是理解了我的意思。我的意思是大青狗已饿得半死不活了，咱现在才去告诉他，不见得化肥领情，怕还要怪咱早不说哩。所以最好的办法是把它悄悄地放了，让他不知道是谁饿了他的狗。我想大河是大哥儿时的玩伴，他自己也还看重这份童年的情谊，让大河来劝劝，或许能劝下来也未可知。咱自己去拆大哥的台，别人怕也要笑话哩。

妻子气得一屁股跌坐到地上。

我踽踽到大河家的那条胡同时，一抬头看见村委会的几个人正好从他家出来。真是做贼的心虚，我完全是出于下意识的防范心理躲闪到一棵树下，等他们拐向别处，才悄悄地溜到大河家。天已黄昏，大河正在往外牵他那头怀胎六甲的老黄牛，打算用下午放学的这点空闲去放牧它，听我说明来意，惊得咋舌说，怪不得他们在我这里东瞅西看的，原来为这事。我还以为他们是装样子访贫问苦哩。

在不收敛提留或名目繁多的摊派款的情况下，村委会的人是很少光顾寻常百姓家的，现在光顾了，显然是找狗。看来他们先找的是重点对象的家，我不知自己在不在其列，但无论在不在，头一遍找不到，第二遍就会找到我那里，乃至大哥那里。大河觉得事态严重，也顾不得放牧他的牛了，立即跟了我来。可是，他还没开口，大哥已先发制人地问上他了，说，村里有这么一条不守狗道的狗，你不知道？

大河有些汗颜，怔了下说，村里何止这么一条不守狗道的狗？但知道了又怎样呢？不瞒你说，我正是看不惯村里的老多事，才一直舍不下丢掉那个破民师的活哩。

大哥轻轻地摇了摇头。

大河又说，现在情况紧急，别的都先别说了，趁他们还没找到这里来，还是赶快放了吧。

大青狗像是听懂了大河的话，知道有人在找它，且很快找到这里来，又有点飞扬跋扈的趋势了。它兴奋地仰天长啸了两声，像是发出内应的信息。大河一听慌了手脚，我也是，大哥却还平静如水地说，他们要找来就找来吧，我想他们也该知道它在这里了。

你这是咋了？大河吃惊地看着大哥说，虽说这条狗该死，该千刀万剐，为虎作伥地榨干了一村人的血汗，可毕竟没吃没喝过你的，你跟它较的什么劲呀？

我想大河不愧是教师，会说，的确是一村人都可以恨这条狗，独独轮不到大哥恨啊。不料一旁的大嫂也平静如水地插嘴说，大河老师你不必说了，我们就是想跟它较个劲哩。

我和大河默默无言，面面相觑。

五、新的一天开始了

新的一天开始了。

新的一天到来的时候，大青狗已俨然处在生死攸关的绝境上了。它不明白它的主人为何还不来营救它，更不明白面前的这个人何以敢跟它如此僵持。它饿得四肢打晃，站都站不稳了。这时大嫂拿着一个馒头来喂它，却不似先前那样把整个馒头都给它了，而是掰下一小块，不及一个核桃大。大青狗嗅了嗅，样子为难而犹豫，它用爪子扒来挠去好一会儿，才慢吞吞吃了，如咽药渣。大嫂复掰下一小块，它皱皱眉，还是不那么情愿，但毕竟开了先例，想想就又吃了，一边望向大嫂手中的馒头。大哥在一旁插话说，够了，它知道人吃的馒头它也能吃，知道得晚了，再喂喂它梦卡的食吧。

梦卡的食显然不如馒头好吃，这从色泽上就能见出质地。大青狗也没看，顾自拱到一边去，又抬头望向大嫂手中的馒头，好像说还是凑合着给我吃药渣吧。大嫂哼一声，没把它这巨大的让步当回事儿。

人和狗依然较量着，那股认真的样儿就像两国交兵。最后还是大青狗睿智地低下了它贵族阶级的头，仿佛知道来日方长，就别跟人一般见识了。它哀叫了两声，求助地望了望大哥和大嫂。这次走过来的是大哥，手里端着梦卡的食盆子，却也不像先前那样把整个盆子都给它了，而是拨拉出来一小团，蛋黄般大小。大青狗嗅了嗅，样子为难而犹豫。它用爪子抓来挠去好一会儿，才慢腾腾吃了，味同嚼屎。大哥复拨拉出来一小团的时候，它皱皱眉，还是不那么情愿，但毕竟又开了一个先例，想想就又吃了，一边望向大哥手中的盆子，一副屎也多多益善的样子。大哥却站起身来说，够了，你知道别的狗能吃的东西你也能吃，知道得晚了。转手将盆子给了梦卡。

下午，大哥让我领着我的小儿子来玩，说要给他拍几张照片。大哥用相机拍了又用一个 8mm 的摄像机拍。因他这里没电视，我那里也没，他只在寻像器里给我们放了一遍。那上面的小家伙把我们的小家伙高兴坏了，我也很高兴，我从没想到我们这样的凡夫俗子上到电视画面上会这么好看，还带彩哩。我后来知道这是大哥大嫂作画之余用来摄制纪录片的，他们拍的片子还获过好几次国际大奖哩。而大哥不显山不露水地放了这么久，直到今天才让我见到。我当时就想，它是不是给这条非蛋肉不吃的狗也拍了片子哩？

这一天，大哥跟我静静地说了一会儿话。

大哥说，他也看出在这村里不大好生活了，打算送我们这套设备，去镇上租个门面，农闲时给那些婚丧嫁娶的人家拍个照、录个像什么的，兴许日子会好过些。又说，你嫂子本有意把你带出去，但我觉得你不合适，那次让你去北京时我就这么觉着了，现在看还是。别的我们也帮不了你，就送你这套器材吧。

我汗颜得不行，这才觉悟大哥那次让我去北京、青岛，并不是纯粹邀我游玩的，作为一个扶不起的阿斗，哪还有脸要他这好几万元的东西？不说摄像机，单那个相机也比普通相机贵好几千元啊。我又高兴又惭愧，我高兴而惭愧得声音都发颤了，我声音颤颤地说，大哥！

大哥摆摆手说，好了，你先跟你嫂子熟悉一下机器去吧。

大嫂手把手教我摄影摄像的时候，大哥在一边逗他的小侄子玩，教他喊伯伯，伯伯。小侄子伯伯没喊出来，倒响亮地拉出一泡屎，黄黄绿绿的，还溅到了他伯伯的鞋和裤管上。我一惊，慌得跑过去呵斥他，大哥把我推开说，行了，你别吓着孩子了。一边掏出纸，撅着屁股揩他小侄子的屁股。

我不知大哥让我领小儿子来玩是不是早就有心的，只见他铲起那泡屎，客客气气地端到了大青狗面前。那是真正意义上的屎啊，而大青狗也真是英雄末路了啊，它虽然被熏得直往后退，眼也悲哀地闭了又闭，可终是抵不住空腹的抗议和需求吧，又慢慢地凑过来看，直看得两眼昏花，也就两眼昏花地伸出舌头来舔了。大哥这才点点头，却又轻轻地叹息了一声。我觉得大青狗总算被大哥改造得又像一条狗了，长吁一口气，赶忙说大哥，它已经很乖了，快点放了吧，不知化肥找它找得有多急哩。

大哥面无表情地看了我一眼，像对我又像自言自语地说，放了它，又是放虎归山。

我一下子蒙了，我真不知道大哥究竟要怎样它了。大哥也不理我，转向大嫂说，好了，成全了它吧。

大嫂说，哦。

一切都来得那么平静，浑然天成，一对高级知识分子，预谋好了要杀一条狗。大嫂转身进了屋，接着端出来满满一大盆食物。那盆食显然是精心调配成的，比平时喂梦卡的还要好，不仅有掰碎的馒头，还漂浮着零星的肉渣、油星和蛋黄。胃口娇贵的大青狗实在饿疯了呀，只一声欢呼，就狼吞虎咽个不停。大嫂爱怜地摸了摸它的头，像跟一个人握别时那样摸得语重心长。你慢慢吃吧不用急，大嫂说，送你上路呢，还能不叫你吃饱？

我想大青狗有没有听懂大嫂的话呢？如果它坚持下来非蛋肉不吃，或者早一天什么都吃，那情况会不会好一点呢？又想，在大青狗蒙难的这几天里，大哥是不是一直在等化肥来找，而化肥是不是一直在等大哥自动放出去呢？说来说去一条狗，他们打的什么冷战呢？

我认定狗也是有灵性的。灵性的狗闻言一怔，抚今追昔般地好一声喟叹，像是想起许多逝水的年华和往事。它无言地沉思着，抬头望天，两颗浊泪一左一右地次等滚出。它从天空的表情里读到了什么样的禅机呢，又一声喟叹低下来头颅。它迟疑地望了大哥一眼、大嫂一眼、我和我身边的小儿子一眼，然后把目光远远地停在了梦卡身上。它对它别致地摇头摆尾了几下，像告别又像在致意。梦卡是一条多么冰雪聪明的狗啊，它也对它别致地摇头摆尾了几下，仿佛没有过前嫌。大青狗又一次双泪长流了，唏嘘着，深刻地把头伸向盆内。那时已有半盆多的食物被它裹入腹中，它完全可以不吃剩下的那些居心叵测的食了，可它为什么还要吃呢？它颗粒不剩地用完了这份最后的晚餐，又举目浏览了这世界最后一眼，便把身子卧下去，慢慢地蜷起腿，蜷成了一个首尾呼应的圆。

多无辜的狗哟，但望你来生不这么无辜。

六、我们那天的晚餐也很丰盛

我们那天的晚餐也很丰盛，香喷喷的狗肉吃得我妻子和孩子们的脸上红光满面，顺嘴流油。大嫂给大青狗的食物里只是拌了几滴酒，几片安眠丸，它死在沉实酣畅的梦里边。大哥说它为虎作伥一生，吃尽了几代狗都吃不尽的美味，这么着处理也算善待它了。

你就别说你多侠肝义肠了，大嫂笑着嗔了大哥一句说，正好弟弟弟媳都在，还是多说说怎样帮他们谋生找出路的事吧。

我妻子有一张表情丰富的脸，生动起来的时候，简直能东边日出西边雨哩。一听说大哥要送我们一套摄影摄像器材，并帮我们去镇上开个照相馆，立即变得贤淑乖巧起来了，又是盛碗又是递筷子的，像个可人的猫儿。她一口一个大哥地叫着，一口一个大嫂地叫着，叫得比我还亲还甜。大哥就又叮嘱了我们一些具体操作的细节，说摄像机这东西娇气得很，乱碰不得，一定要拿它当自己的眼睛一样爱惜。我妻子立即接上说，俺就是那种眼里揉不得沙子的人哩。

大哥大嫂就笑了。我和妻子相觑一眼，也跟着傻呵呵地笑了。总之这顿饭我们一家人吃得很开心，也很和气，兄弟妯娌间洋溢着一股股亲昵温馨的气息。大嫂边给我们添汤加肉边说，这么多，我们又吃不了，是不是给别的邻居也吃一些？

大哥想想对我说，你一会儿给大河家送去一些吧。

因为饱餐了一顿美味，又因为生活的希望有着落了，我妻子昂扬的情绪，持续到深夜还昂扬着。那晚她破天荒地爬到我身边，柔声慢语地说，你觉没觉得你今天有点不一样？

我说我觉出来了，大哥心里真有我哩。

我妻子循循善诱地说，还觉出点啥哩？

我说啥哩？

傻样儿，我妻子难得地难为情着，竟有些娇羞地说，人家，人家把狗那玩意儿放到你的碗儿了哩。

我想这就是妻子啊，要有多少小心眼就有多少小心眼，她表面上大哥大嫂叫得那么亲，背地里还是对她自己的男人留了一手。据说狗那玩意儿壮阳补肾，我也果真感到了一股股蓬勃而生的雄性之力，激动着，翻身把她骑了上去。我们绵长而酣畅地做了一回爱，我们在爱中发现自己还那么年轻，那么喜欢这世界。我们觉得今夜的月光水一样可人，觉得窗外的星星和风儿都无比温馨。而在生活的重压下，我们曾把这门夫妻必修的功课荒疏了太久，原因在妻子，她总不让我上床，不让我在自己的田地里施肥浇水。自从一口气炮制出那三个孩子，她就不再需要我这个种庄稼的人了。日久天长，我业已习惯游手好闲的懒散生活，面对一张不再奏效的合同书，我们都自动放弃了承包与被承包的责任和义务。而今我们温故知新，从中懂得三个孩子的爸爸妈妈才刚刚摸清一点夫妻同夜的门道，懂得生儿育女以外，还有恁多劳动本身的欢乐。我们好幸福，这幸福折磨得我们一夜都没能睡好。

刚刚觉得迷糊点的时候，忽听有隐约的敲门声响起，我以为是幻觉，翻个身想再迷糊过去，而敲门声还在持续。我又听了听，只好丢下怀里的妻子，揉着眼睛去开门。

我没想到来人是大哥。大哥把一串钥匙递到我手上说，他的朋友阿一从西藏回京了，虽然没像他担心的那样客死路上，但患上癌症住进了医院，半夜来电话想见他们一面，他和大嫂这就得走。因为很可能是最后一面，所以摄像机什么的也得带上，但给我留了一些有关摄影摄像方面的书。你先从书上熟悉吧，他说，还有院里的花草别忘了浇水，也别忘了喂梦卡，有什么问题可等我们回来再说，也可给我北京的家中打电话。

大哥说完就行色匆促地走了。

我错愕地倚门望着，都忘了应该用自行车把他们送到公路上。我觉到我流泪了，临时才只穿上一条裤头的身子倍感黎明时分的寒意和清冷。我多害怕我刚刚依赖上的大哥一去不回。这时我妻子也起来了，她也只穿着一件临时才穿上的裤头，阴阳怪气地拍了我一下说，怎么样，哭都来不及了吧？

我叫她拍得兴起，猛一下甩脱她的手说，看我哭你他妈高兴？

老娘能高什么兴？我妻子说，老娘是看你可怜哩。他脑子一热吃了人家的狗，这会儿害怕吓跑了吧？还他妈什么朋友得了病？

这想法大约也在我的脑子里盘桓过的，但一经她说破反激起了我心底的委屈和反抗的劲头，厉声说，你就少放点屁吧。

我说过我妻子这人伶牙俐齿，她立即反唇相讥说，你才放屁哩，屁都放不响。你还说他不怕化肥的话不，还说他会帮你谋生找出路的话不？你说呀？见我不说，她更加老气横秋地说，我早说过他这人无情无义，他啥时候心里有过你？他不光把说好送你的东西又带走，还给你留下一堆屎吃。他在狗梦里杀了狗，也算在你梦里杀了你，你他妈就老梦不醒地等着化肥来收拾你吧。

我说，你还有完没完？

她说，完了，完了，还能不完？

我妻子说着一阵怪笑，笑得两个瘪塌的奶子在胸骨上夸张地乱颤。她连衣服也不穿，就那么光溜着身子翻箱倒柜地收拾起包裹来，一任那两个瘦得只剩下乳头乳皮的玩意儿乱晃乱颤。我想这就是才跟我缠颈叠股颠鸾倒凤深入浅出不尽恩爱地热火了一夜的妻子吗？我觉得她那对奶子比我初夜时看到的难看死了，丑陋死了，它们的难看和丑陋使我蓦然生出一种要搦碎的罪恶感。真是山雨欲来风满楼，后院率先起火啊！我恶狠狠地走过去，一拳把她打倒到地上说，你他娘的要干什么？

我他娘的要干什么你他娘的不知道吗，她活蹦乱跳地扑上来，又抓又挠着我的头脸说，你他娘的说说我他娘的还能干什么？你们自家兄弟戳的祸，犯不着把我也扯进去。未必你一个人等着化肥来治嫌不够，还要亲眼看着他咋的日我？

我双手抱头蹲到了地上。

我妻子很快收拾好了一个小包袱，又动作幅度很大地把儿子从炕头上弄醒，说三个孩子中她将带走最小的一个，因为留下来我也养不活。又说她跟我夫妻一场，一天福没享，一分钱不带走，也算尽了情分了。至于包袱里的衣物，全是她娘家陪送的，来时还新，走时已一堆破烂了，问我要不要留下，留的话，她也可以不带的，就那么光溜着身子走还不行吗？我听得热泪涔涔，双眼迷蒙中看到她临时穿上的裤头穿反了，不仅把里面穿成了外面，还把前面穿成了后面。我脑际掠过许多镜头，因为刚刚接触过摄像机也学会了使用电视语言。我看到她在烈日下累了，一屁股坐到锄把上；又在麦场上热晕了，就地坐到石碌上；孩子吸奶吸不出水咬住奶头了，她和孩子都哇的一声哭坐到地上；另因为交不起计生罚款而让人把猪牵走了，她呼天抢地地出溜到猪槽上。这一切的镜头穿过岁月，穿透裤料，穿凿到她的皮肉上，以致她的两个腚蛋子常年黑紫，又板又硬，裤头上也布满大大小小的窟窿，举手投足间，闪烁如星星。其中有两个洞最大，也圆，明明是这两个圆圈上的布料没有了，看起来倒像她在臀部上架了副墨色眼镜。现在，这墨镜从腚后转移到腹下两侧的腿根上，挤眉弄眼的，变成了变色镜，还变了形，它们挤眉弄眼地望着你，望得你心寒，望得你全身发冷。我一下子哭出声来，我哭着说走吧走吧你走吧，不论你走到哪里，又不论你跟谁过日子，我都会在有钱的时候，先给你送去一个裤头。

我妻子也哇的一声哭了。

夫妻抱头哭起来，惹得我们的一男二女也跟着懵里懵懂地哭。哭声浩荡，泪水鼻涕满屋里流淌。就这样我妻子又不肯走了，说是死是活一家人一堆儿听天由命吧。我虽然不愿意她在这个时刻离开我，可也更不愿意亲眼看着化肥那狗日的咋的日弄她呀。有一句很经典的话说，夫妻本是同林鸟，大限来时各自飞。我想我既然保护不了她，还是狠着心肠把她赶走吧，能逃脱一个是一个啊。我妻子呜呜咽咽地说，要不你也跟我走，当俺娘家的上门女婿去吧。我说我不，我还是等等大哥吧。

七、大哥趁着天亮于未亮时走了

大哥趁着天亮于未亮时走了，妻子也趁着天亮于未亮时走了，真的人去楼空以后，我才空落落的有些受不住。我无心看大哥留给我的书，喂梦卡也喂得三心二意，因为我都常常忘了喂自己，乃至我的一对丫头。我总担心化肥会从天而降，一恍惚就看见他揪着我的衣领扇耳光。我知道化肥早就为他的狗寝食不宁了，还特别把村里的治保主任骂了个狗血喷头，骂他看护不好他的狗是严重失职，是根本治不了他妈的保。治保主任有苦难言，不敢说"我要成天跟着你的狗到处盯梢，你不也早有意见了吗"的话，而是立了军令状，保证活能见狗，死能见狗毛狗皮狗骨头。他立即组织人四处出击，日以继夜又夜以继日地把全村大大小小的人家几乎都找遍了，却不知何故单单没去大哥那里找。没去那里找，别的地方又都没找到，那里就显得十分可疑。据说治保主任很敏锐地觉察到了这一点，却让化肥臭骂了一通。化肥说，你他妈找不来就说找不来呗，还疑神疑鬼地瞎猜忌什么，他又不缺吃不缺喝的，还用得着偷老子的狗？主任讷讷地说，我也没说就是他，只是他那里还没找。化肥说，那里净他妈的坟头子，你去那里找死吗找？又说，算了算了，大不了一条狗，你找不来我也不用你找了，我看我还是另换条狗来养着吧。

我不知化肥什么意思，也不认为他的智商还跟不上他麾下一个喽啰的头脑，只隐隐觉得这事悬着。从化肥这方面说，他还从未在村里掉过这么大架子，栽过这么大跟头，岂肯不了了之，怕是在放长线钓大鱼也未可知；再至于治保主任，领会化肥的指示多了，理解起来不免要宽泛些，不免要想他末尾那句话的所指与能指，他有理由担心，化肥实际的意思是要把他这个狗腿子换了，那他怎么能干？两个人都不干，事情就不可避免地演绎到我们眼前头来了。

事情出在大哥走的第二天，出在大河家的小四妮身上。我在前文说过，大河是个很会过日子又很孝顺的人，不舍得把我们送他的狗肉一下子吃光，就精选出来一些，欲给瘫在炕头上的老母亲细水长流。因为此前村委会的人已经搜查过他的家了，他没想到这么做有什么不妥。这样一家人都没吃尽兴，几个小点的孩子尤甚。小四妮和她奶奶睡一个炕头，祖孙俩显得最近，次日早起上学的时候，奶奶就给她撕了一小块肉。实在是一小块，小四妮三口两口就吞完了，吞完了才后悔忘了品味，又使劲挺胸收腹地往上提气，终把早已咽下喉咙的肉提到嗓子眼外面来，牛一样反刍。如是咽下吐出，吐出咽下，把小四妮幸福坏了。她觉得自己是把一两肉吃成了一斤肉，十斤肉，一百斤肉。小四妮就这样任性地往上叠加着，一路上都陶醉在这个无师自通的游戏里，欢快得要蹦高。这时有个调皮的男学生从后面悄悄地潜来，猛地拍了一下她的书包说，你偷得什么乐子呀？

小四妮本能地惊了下，一个趔趄差一点跌倒。她没跌倒，但是她嘴里的那一团肉却跌出来了。肉其时已很不像肉，肉早被她颠三倒四地嚼成了泥糊，颜色也灰白得不堪入目了，但那个小男孩还是夸张地叫了起来，咋咋呼呼地说，哇，好香的肉啊。

这一声喊正好被疯狗样围着村子乱转的治保主任听到了，立即俯下身来拨弄着察看。那会儿化肥已明确勒令不用他找狗了，可他愿意找，愿意继续围着村子疯狗样转悠，就终于转出名堂，转到一个小儿吐出的肉上。尽管肉已鉴别不出是什么肉，但老到的治保主任还是感到了可疑，决不相信穷得叮当响的大河会在非年非节的日子里给孩子们买肉吃，又见小四妮对肉的来历支支吾吾，愈觉得不只是可疑，简直就真理在握了。治保主任显然是因其非凡的治保功夫才当上治保主任的，一面飞报村长喜讯，一面二番头去大河家的旮旯墙缝里找，就找到了证据更为确凿的狗肉，而对大河迅速展开的突审，进一步拨云见雾，他承认是他偷吃了那条狗日的狗。

治保主任顺藤摸瓜，连战连捷，自是功劳赫赫，成绩卓著，立即组织召开了一个群众公审大会。治保主任险些因一条狗而治不保，愤怒起来就有些夸张，他慷慨陈词又壮怀激烈地说，一条狗看似事小，实际上却不小，往深里说，就是蓄意破坏我们墨水村的治安秩序和力量，想想看，没有那条狗的昼夜巡逻，我们一村的人还能这么安居乐业？还能这么天下太平吗？他把一切分内的功劳都划到了大青狗名下，仿佛它是全村最大的功臣。而现在，治保主任话锋一转又说，个别别有用心的人妄图向我们的大好形势发难，妄图颠覆我们一村的和平和安宁，其动机是险恶的，其目的是不可告人的，长此以往，村将不村，家将不家，全体群众的利益将无以维护和保障，故此，决不能姑息迁就，听之任之，必须发现一起，纠正一起，逮住一个，处理一个，以纠民风，以正村纪。

具体办法就是把大河家的牛宰了。

治保主任又说，刘大河品质恶劣，枉为人师，虽然他一个人把村长家的狗独吞了，但村长大人大量，决不跟他一般见识，决定把牛肉分给大伙吃，给咱一村的人改善改善生活，也还分他们家一份哩。乡亲们，这就是村长啊，让我们为处处想着群众的村长热烈鼓掌。

还真有稀稀落落的掌声响起来，但不热烈，反因为个别人拍得太响而显得格外做作和勉强。大家都不相信大河会真吃了那条该吃的狗，也有不少人见过它死前曾在何处转悠，但大河自己不说，别的人能说什么？从表面上看，一条牛换一条狗，大河也不算太亏。据化肥说，他那狗至少值两三千元，而大河家的牛，加上它肚里的崽，至多也就这个数。但两三千元只是村长家的一条狗，却绝不止大河家的一条牛，所以大河还是亏。他当着那个可用可不用的民师，却一天课都不敢耽搁，剩下的老的老小的小，只有老牛是当仁不让的劳动力，是一家人的顶梁柱，是老少三代厮守的传家之宝，他们还得靠它拉犁耕种厮屎积肥下犊卖钱呢，怎能不亏？

尽管如此，牛在这里仍是一个毫无意义的殉葬品，是一个不起丁点作用的替罪羊。它的死绝不意味着大河家的倒霉日子会结束，而恰恰是开始。大青狗生当作狗杰，死亦为鬼雄，它会阴魂不散地运用起自己的力量，先把大河那个民师给清退了，接着把他辛辛苦苦侍弄好的责任田换成一块凹凸不平的盐碱地，进而降压他上交的公粮或棉花的等级。再至于挖河筑路一类的义务活儿，更得叫他一遍遍返工。这还在其次，死在花下的大青狗也必定是个风流鬼，它得把自己的兽欲附到某个人身上，把大河那两个行将出嫁和高考在即的闺女给摆平了，否则它瞑不了目。

所有这些大河想没想过呢？

牛被牵出来的时候，大河家的那个惊啊，拽着牛尾巴打滚哭。牵牛的拉扯不开它，就去戳牛的阴部，牛就惊一般地跑，大河家的也跟着跌跌撞撞地哭叫了一路。哭得大家也都眼圈红红的，一种情绪在悄悄地萌动。

牛很快被赶到村委会的场院里。场院里人声喧嚷，热闹得有些不正常。有人在磨刀，有人在砌锅灶，有人在捆牛，一时都能各司其职，要多忙活有多忙活。而老牛仰天长啸，悲愤的泪水河一样奔流。它用角把人抵倒，用蹄子把人蹄倒，用尾巴把人扫倒，就是用唾沫也能把人溅倒。它在冲锋陷阵中寻找着它的主人，努力地突围着寻找一条出路。人畜相望，目光里都有一种生离死别的苍茫。大河走到他肝肠寸断的妻子面前，边给她抹泪边说，我们走吧。

治保主任阴阴地说，慌啥哩，等吃了牛肉再走哩。

大河说不了，我还得给学生们上课。

就这么平平常常的一句话，不知怎的竟使围观的人群躁动起来了，躁动着一股无声的愤怒。那是千万颗牙齿在咬的声音，是无数个拳头在握的声音，是一颗颗心要蹦出胸膛的声音，是一股股血要咆哮着挣破脉管的声音，他们箭在弦上，他们呼之欲出，只需要一道闪电一粒火种一个引子，他们就会成为野火成为山洪成为把这个世界炸毁的雷啊。

雷声隆隆地滚动。

滚动的雷声中，一村人挡住了大河夫妻俩，一村的人要他俩转过身去走。大河摇摇头，轻轻地说不。大家一下子都唏嘘了，泪眼望泪眼地给这对夫妻闪开一条通道。大河搀着他的妻子走出了人群,他的妻子一步一回头望牛。就在这时有人在他们背后高喊了一声,这个人说,大河你不能走。

这个人是我。

我没想到这个人是我。

我意识到这声喊是我发出来的时候,已经来不及收回来了,索性一不做二不休,凭着一股古怪的意志跑到牛跟前,边给它解绳子边说,大河你要走就把你的牛牵走,你又没吃他们的狗。

我那会儿成了墨水村的亮点,我像一片磷火聚集了所有人的视线,但我也只是一星一闪即逝的磷火啊,我看见高高大大的村长化肥从办公室里走出。这以前他一直在幕后操纵。化肥比他那条出类拔萃的狗更具威慑力,他的块头和气派使你无形中觉得他不仅仅是个村长,还是个别的什么更大的官。他铁塔般地矗到我跟前,厉声说,你吃的狗?

我即刻感到自己的卑琐和渺小了。在这样的巨人面前,我觉得我就像一条刚刚下生的狗崽,而他俨然一条独步天下的老狗。我不堪一击,我舌头筛糠似的筛出声音说,我我我不敢我。

谅你也不敢。化肥说,还以为你狗日的要冒充侠客劫法场哩。

化肥说着一摆头,便有人把我扔到一边;又一摆头,便有人把重新捆绑好的牛扔到屠宰锅前了。我看见刀子已高高地举起来,它磨得太亮的锋芒令人绝望,我绝望地一跃而起说,放下屠刀。

有人扇着我耳光说,你他妈又怎么了你?

我大哥吃的狗,我说,我大哥敢。

八、化肥要等着大哥回来算总账

化肥要等着大哥回来算总账,是他自己说的。他虽然暂时还没怎么我,但我还是重重地病倒了,高烧烧到四十余度。我差不多昏迷了整整两天，次日深夜醒来的时候，一对已然懂事的丫头在陪着我哭。她们无师自通地懂得不少简易退烧法，比如往我手心耳根后脖颈处滴凉水等。那会儿大丫二丫正在合伙拧一条湿毛巾，想是要给我敷上吧，却总也拧不净，因为她们的泪水总会把毛巾淋湿；我揽过我的一双女儿，给她们擦泪，也总是擦不净，因为我自己的泪水总要滴到她们的脸上。两姐妹哽咽着说，爹，你可醒了，你老是说胡话，吓死我们了。

我说，我说胡话了？

大丫说，你一会儿问俺娘藏好了没有，一会儿又催俺大爷快点跑快点跑，跑慢了就杀头哩。

二丫说，俺娘俺大爷会不会真要给杀头哩？

我悚然一惊，这才意识到大哥还一点也不知道村里的事情，他这会儿要在北京还好，要是在回来的路上呢？我被自己的这个想法吓坏了，忙一手扯起一个女儿的手说，恁娘还可能没事，主要是恁大爷，咱赶紧给他说一声去吧。

夜很黑，我们父女三人在很黑很黑的夜里跌跌撞撞地走，深一脚浅一脚。越接近那片鬼影幢幢的乱坟岗子，我的两个丫头越往后拉扯我。一个说她看见了一个有头没身子的怪物，一个说她凭空看见了一只毛茸茸的大手，弄得我眼前也幻象横生起来，毛发倒竖。我惊叫着跑到大哥院里，抓起电话就汗泪横流地说，大哥大哥大哥。

那头开始没动静，有动静的时候我吓了一跳。那声音分明就在耳边，怎么可能是在千里之外的北京呢？接电话的是大嫂，她显然一副没睡醒的样子，懵里懵懂地说，哦，你，你声音大得我都听不出你是谁了。

我说我怕你们听不到。

大嫂在我耳边轻轻地笑了，说，你大哥这会儿在医院里陪阿一，你要给他打传呼，或我另外给你个电话号码吗？

我说我不给大哥打了，我就给你打吧。我说大嫂你们还能在外面混得下去吗？要能混得下去的话，可就千万别回来了，千万千万啊。

大嫂说你怎么了？我不知你要说什么，你还是给你大哥打吧。哦不，你先把电话放下吧，我这就叫他给你打。

我迷怔着有点反应不过来，再想说点什么那头已没有动静了，才迟疑地放下话筒，电话铃就响了。这次是大哥，我就哭开了，我说大哥我不是人，我把你给出卖了。

大哥说你慢慢说，你能慢慢说吗？

我慢不下来，我没法慢，我说反正我是把你给咬出来了，你要咋骂我就咋骂我吧。我对不起爹娘对不起祖宗，大哥我真不是人哪。

大哥说你不用说了，我想我知道是咋回事了。

我说你知道了就好，你要还能在外面混下去就好。但这事肯定不会完，他们要是等不来你，怕还要去北京找你的，我没给他们说你在青岛也有房子，你这就赶紧带上大嫂去青岛吧。

大哥说，你呀，你呀。

大哥第二天黄昏就偕同大嫂一块回来了，而且是径直从千里之外的北京直接坐小车回来的，车主是他的另一位朋友。大哥说他本要等办完阿一的后事再回来，好歹朋友一场，值此尽点心意，况离京日久，再顺带见见别的人，办点别的事，但现在阿一一闭眼他就告别他的遗体奔老家来了。我看到大哥大嫂张大了嘴，心都蹦到了嗓眼上。大哥不理我，倒是大嫂走来拍了拍我的肩膀，直把我的心又拍回到了胸膛里才说，你可真逗，昨天晚上都快把我给吓死了。

昨天晚上快吓死了今天怎么又回来了呢？

大哥前后走了不过三五天时间，但院落已显得很荒芜，梦卡又饿又亲地围着他们团团转，花草也多已枯萎，更别说一地的残枝败叶有多少了。大哥大嫂顾不得料理这些琐事，搁下行囊就双双到大河家去了，还带了礼物，分别是给大河母亲的一些药物和给大河二闺女的一些高考复习资料。在去大河家的路上，大哥大嫂一改往日的不苟言笑，一个逢汉子爷们就散烟，一个逢女人孩子就散糖，还不时地致意道歉说，真对不住，让大家跟着受连累了。

大哥送我的礼物是一套崭新的摄影摄像器材，外带一个21寸的彩色电视机，说他原打算送我的那套设备，现在又舍不得了，他和它们待出了感情，所以此番进京专门给我另购了一套。还说这套器材比原先那套便宜些，但性能也挺好，反正做买卖又不是搞艺术，用不着那么好的机器。而在我，大哥说的便宜或不便宜都是一个不敢妄猜的数目，因为别说墨水村，就是整个墨水镇也还没谁玩过摄像机。我立即忘却了危险，屁颠屁颠地跑到邻村的丈母娘家去。我妻子再也不说分手或叫我倒插门的话了，也屁颠屁颠地跟了来，来了才想起问我大哥大嫂知不知道我俩吵架闹翻的事，我说我正是怕他们发现才这么快把你叫来的哩。妻子很洋气地亲了我一下，连个招呼也没打就把一只还在下蛋的老母鸡杀了，说要给大哥大嫂接风哩。

我认定全墨水村的人顷刻间就知道大哥大嫂回来了，化肥又不聋又不瞎的，且耳目众多，更该在那顷刻间里就知道了。我知道一村的人都在为大哥捏把汗，我也捏着，他毕竟只是一介夫子啊。但是，化肥按兵不动，他没像兵书上说的那样，趁敌人喘息未定，迎头击之，显得很老谋深算。大哥就比他更沉得住气，又开始悉心地读书作画了。

很多天后的一个黄昏——我不知为什么会是很多天以后——化肥背着双手踱进了大哥那个墓院一样的院子。我看见他进去的时候心开始发紧，我不知这个总账他将怎样跟大哥算清。按惯例，他首先会活剥了那条叫梦卡的狗，再把大哥揪到村部，像突审大河一样来一顿突审。所谓审也就是打，大哥很快就会被突审得人事不知。然后就轮到大嫂了，我曾听他亲口说过，一村的娘们加起来也好不过她一个娘们。现在，大嫂自送把柄上手，他还不趁机把这个一村的娘们加起来也好不过她一个的娘们日弄个够，日弄个死去活来？

真是越想越不堪想象啊。

化肥进去那会儿，大哥大嫂正在院子的一条矮几上下棋，落日的余晖在他们思想的脸上闪闪反光。一世界静谧无声，时间有如停住，连梦卡也像个裁判似的半卧在他们之间，默默地观望着，涵养有素。一杯绿茶站在棋盘边上，馥郁的香气袅袅飘浮。墨水村的人一般喝不起茶，喝得起茶的，也只喝花茶。那种黑红的颜色与眼前这杯绿得青翠的液体也许使化肥感到了区别吧，甚而还感到了等级品位层次什么的更为复杂的东西。他表达不清地咽了口唾沫，目光竟有些苍茫。而大哥大嫂还在潜心地下棋，棋子在各自的食指与中指尖上滑落无声。一个轻轻布局，一个悄悄伏兵，一白一黑间俱已物我两忘。偶尔他们会抽身局外相望一眼，一个会心的微笑便涟漪般荡漾在彼此的脸上，二者心知肚明，外人却悟不得要领。作为村长，化肥见过不少世面，却从未遇到过这样的弈人，不发一言，不出一声，风平浪静间已运筹帷幄起惊涛骇浪。化肥不可能不想起身边的弈者，不是互骂破棋篓子，就是高声嘲笑对方的牌臭，而这还仅限于象棋扑克或麻将，眼前白得透明黑得凝重的两色棋子，不知怎的竟有一股让人难以靠近的力量。化肥仿佛忘了自己的初衷，就那样收住了他迟滞的脚步，斯时斯刻，斯情斯景，他大约要问自己和这样的人交锋是不是对手？

化肥不仅收住了脚步而且开始往后退了，放在身后的两只手不知何时也显得没着没落，无意中撞倒立在门后的一把扫帚。扫帚轰一声倒地，化肥也一个趔趄，刹那间脸上汗水密布。其实扫帚落地的声音绝不是什么巨响，是被化肥的感觉夸大的，是相对于大哥大嫂营造的氛围而言的，我想。他情不自禁地去扶那把扫帚，巨大的身躯因为从没弯曲过而显得格外牵强和笨重，像一头表演杂技的猩猩。梦卡率先扑叫过来，大嫂轻声喝住它，一边招呼说，是村长？

化肥说我路过这里，看看你们下棋。

大哥手里还捏着棋子说，也来杀一盘？

化肥说不，我不会，我正要走哩。

大嫂说村长轻易不来，来了怎么就走，坐一坐嘛。

化肥说不了，我还要去办点别的事哩。

大哥说，你事多那不好多留你了，只是你到这里来，是不是也有点啥事？

化肥说没事，没事，就是听他们瞎说你前阵子吃了一条狗，我不信，他们瞎说哩。

大哥说，你是说那条打22世纪来的狗？

化肥一下子蒙了，怔怔的，未置一词。

大哥的神情像玩笑又不像玩笑，不像玩笑又很像玩笑。你来得正好，他说，我不大熟悉政治，还要去请教你，咱们国家的奋斗目标是不是在本世纪内消除贫困现象，下个世纪达到小康水平？化肥机械地点点头。大哥又说，我想小康水平的人也不能天天吃鱼吃肉的，更不用说狗。只能往后推，乐观地看，推到22或23世纪，人也许有吃不完的鱼肉给狗吃。我吃的就是这么一条除了鸡蛋和肉啥都不吃的狗，竟是你的？

化肥这回有点听懂了，讪讪地说，你开玩笑呢，那哪能是我的狗？

大哥说，我觉得咱这贫困村里没人能养得起这样的狗，也不是咱这个世纪能养得起的狗，它提前两三百年的光阴生活在今天的社会里，显得不合情理，不如杀了吃肉吧，但你这一来，我倒想起忘了送你了，也许只有你这当村长的才可以养得起这样的狗哩。

你看你又说笑话了不是？化肥说，我还不跟大伙一样，哪能养得起那样的狗哩。

我听着他们的话，觉得非常不真实。我不知这个世界究竟是怎么了，这个世界上的人，怎么都不按规则出牌啊。那么一条耀武扬威的狗，那么一条险些叫我妻离子散的狗，那么一条叫村里人视若洪水猛兽的狗，怎么跟儿戏似的，谈笑间就灰飞烟灭了啊。

九、大约过了小半年的样子

大约过了小半年的样子，我的照相馆已基本在镇上站住脚跟了。就像先前大哥给我们策划好的那样，农忙时忙农活，不忙时给人家拍个照录个像什么的，生意还挺过得去。清汤寡水的生活，一下子有滋有味起来。当我们来来回回奔波在乡间的小路上，我和妻子都看到了奔头，也一天比一天更恩爱了。

转眼跨入新世纪，迎面吹来凉爽的风。这时村里破天荒搞了一次选举，镇上县上都来了人。选场设在墨水村小学的校园里，给学生们放了一天假。大河那个民师终于给清退下来了，却意外地当上了村委会主任的候选人，拥护者众多。我不知大哥在没在其中做手脚，他虽没参与选举，却睁一只眼闭一只眼地捧着他那个摄像机在各个选区里走来走去，说要纪录一个村子的演变哩。

唱票声还在持续，我们每个人的心都在唱票声中紧绷着。

叶子的书

螳螂现在混抖了，意欲搞个中学时期的同学聚会，通知到我。我因为许多年不与他来往，也从内心里不愿赶这种时髦，或者因为自己没能混抖，故有些许酸葡萄情结也未可知，胡乱敷衍他说，到时说吧，没特别的事我就去。他怪笑着说你啥事啊，我告诉你，年水叶小姐都专门从纽约赶过来，你还啥狗屁事哩？

我说谁？

年水叶。他依然怪笑着，并且大声地说，就是你梦里乱叫的那个小叶子，你来劲了不是？

我不知自己是不是真来劲了，只觉得血液的流速一下子加快了许多，一晃十几年过去了，我怎么可能一点也不来劲呢？幸亏这家伙是用电话约的我，不然不知他更要笑得怎样怪了。我慌得放下话筒，思绪无可挽回地向往事飘去。

我和叶子的结缘起始于书，印象最深的是一本破破烂烂的《格林童话选》。这本书的封面封底都没了，尤其后面缺得更多，怎么传到我手上的已全然不知，只能从残留的一小片扉页上辨认出几个手写的圆珠笔字："叶子的书。"叶子是谁，谁是叶子，这对我还不太重要，重要的是这本书使我知道了物质世界以外的另一个世界，并对那个世界上的一切深深地着迷。我几乎会背了那上面的每一个故事，并常常讲给身边的每一个人听。每天上下学的路上，我身边都会簇拥着一大群比我大或比我小的学生，缠着我给他们讲灰姑娘、七个小矮人，以及勇敢的王子和美丽的公主。现在回想起来，我仍然觉得那是一本艺术上思想上都不可多得的书，它在开发启蒙我们那些乡下孩子的想象力和对美好事物的认知力方面，功不可没。

然而究竟谁是叶子，叶子又究竟是谁呢？这个问题再一次浮出水面是因为我再一次碰到了一本同样在扉页上写着"叶子的书"的书。它给我的冲击虽然不如《格林童话选》大，但却使我牢牢记住了叶子这个生动而又亲切的名字。我想叶子一定是个很美丽很天使的女孩，温情、恬静、善解人意，不然怎么会任凭这么多的好书在认识或不认识的人手上传着？我开始想认识叶子并被叶子所折磨了。

　　但是我们村里没有叫叶子的人，至少我就读的那所村办中学里没有。我就把希望寄托在了买书上。一则叶子流传在乡间的书毕竟有限，二则想没准能在书店里与叶子邂逅。那时书价还很便宜，一本上百页厚的书也就三五角钱，但对于一个乡下孩子来说，三五角钱也很不好到手。一旦拥有了一元钱，我都会像拥有了一笔巨大的财富，凑个星期天去镇上买书。从村子到镇子往返一趟约20里路，我徒步来徒步回，从不嫌远，也不觉得累，然后像叶子那样，在买来的书上写上"华子的书"。其间我在书店里遇到了一个个女孩，我觉得她们都是叶子，又都不是。营业员是一位三十八九岁的大婶，说话和气，面带笑容，顾客少的时候，总是拿着一个流光溢彩的鸡毛掸子，扫扫这本书，拂拂那本书，再井然有序地一一放回书架。所以从她手里买的书，不用担心缺页破损，更不会有蛀虫。我那时最大的梦想就是有一天也能像她这样静静地卖书，看书，呵护书；或者能跟她攀上亲戚，什么时候都有书读。

　　与书店大婶几乎攀上亲戚是八年级那年秋天的事，我一篇作文在全镇中学竞赛上获了一等奖。谁能想到叶子竟是她的女儿又正好参加了那次比赛呢？我们是同级不同校的学生。不记得她获的是二等奖还是三等奖了，反正我们就在那次领奖时认识并结下了友谊。说成认识也许有点言过其实，我们早在书店里见过面，只是到那天才互通了姓名。天哪，谜底揭开得如此突然又如此诗意，真叫我表述不了我那一刻的幸福。我在心里一遍遍说，叶子，叶子，你可叫我找到你了。

那以后我再去书店就不再是个普通顾客了，不管叶子在不在，大婶都会很客气地特许我到柜台里面去挑选书，顾客少时，还会给我个凳子，倒一杯开水。书店里同时经营着文具和一些办公用品，大婶一个人忙不过来的时候，还会很随意地让我帮顾客拿东西，包括收款找零钱等。我多半是周日或周六去，先前不大在书店出现的叶子，现在也心照不宣地常来帮她妈妈的忙了。

叶子显然比我看的书多，至少比我知道的书多，一见面就会开心地告诉我又进了哪些新书，哪些书比较有趣或好看。叶子那时在镇中心初中读书，我则还在村办中学里读，她希望我也能到镇上来上学，我自己更想。家里人开头不支持，耐不住我软缠硬磨，总算在那年春节过后把我转送到了镇中学。我母亲说，这么冷天雪地的，偏偏要跑到那里读，那里有妖精缠着你啊？我高兴得疯疯癫癫的，说那里哪有什么妖精啊，那里有天使哩。

我来到了镇上，和叶子成了同学，我去书店更方便了，与叶子母女俩的关系也日愈亲密起来，已跟个亲戚差不了多少。到后来，大婶家里来了客人或因其他的事要离开，也从不锁门，就把那一大摊子交给我和叶子照管。现在想来，那真是一些美丽得叫人心动的日子，我和叶子一对两小无猜的少年，总是欢天喜地地卖书、读书、呵护书，交流各自的学习心得和身边趣事，书里书外都充满了笑声。

有那么一天，真记不起来具体是哪一天了，我在书店里读书读过了头，早过了平常关门的时间，我慌得要走，叶子笑了，说，天都黑了还往哪走啊，就在这里吃饭吧。我说不好，大婶来了会怪我的。叶子低了一会头，又慢慢地仰起脸来说，我妈她今晚回不来了。

我后来知道大婶那天上县城进货去了，第二天才能返回来。我那晚便留在了书店，身前是书，身后也是书。我想叶子留我的目的也许不一定只是让我看书的，但除了看书我不知自己还能做一点什么，与天使的零距离使我丝毫也不敢大意，我怕一不小心就把这份意境给破坏了。后来我们试着有一搭没一搭地说话，说到了遥远而又空茫的未来。我说我以后也要写书。叶子说好啊，那我就给你卖书。我说我不要你卖，我只要你在扉页上写上"叶子的书"，然后流传到民间去。叶子又说那好，那我就等着在你"华子的书"上写"叶子的书"，那多好啊。我们就这么漫无边际地聊了大半夜，怎么睡着的都不知道了。

如果故事就这么发展下去多好啊。故事自己却花明柳暗起来，我与叶子同宿的事不知怎么传到了学校里，而且传得沸沸扬扬，非常离谱。我一直以为责任在我这里，我虽然没明确给人说过，但保不住梦里也不说；或者是在校门前的小酒馆里让同学们灌多了酒，一晕乎就吹嘘抖落了出去，后来才知是睡在上铺的螳螂偷看了我的日记，添枝加叶地说给许多同学，并报告了老师。这虽已是 20 世纪 80 年代末的事了，但在我们那个天高皇帝远的小镇中学里还很不得了，老师先后审讯了我们好几次，非叫我们务必交代清楚那晚都干了些什么，连"坦白从宽，抗拒从严"一类的话都用上了。好在这审讯里还有侧重，因为叶子是公认的受害者，我自然是批判重点。我的态度大约不够老实，被警告再不深刻反省的话，就得开除学籍。我真给折腾得狼狈透了，正穷于应付，要收拾书包走人，忽然传来叶子已先我之前自动退学的消息。我想事情搞得太大太复杂了，悲愤地找到班主任老师，说，你把叶子叫来，我回家。班主任根本不理我的茬，我又去找校长。校长还不知这事，也说班主任有点小题大做了，亲自去叶子家道歉，并动员她回来。叶子没来，原因是她在部队当团长的爸爸转业到县城，他们一家就要搬走了。尽管如此，我仍然觉得我对叶子的退学负有不可推卸的责任，再想到她的走，心里更是充满无限的伤感。其间我把那本倒霉的日记撕得粉碎，又一把火烧为灰烬，从此不敢记日记，记也只用自己看得懂的话记了，像密码似的。我想跟叶子解释几句，出于这样那样的顾虑，还是没去。直到叶子一家要走的那天，我才旷了一天的课，打算把我获作文奖时奖的那支笔送她。

但是，我没想到送他们的人会那么多，不仅有我们班上的同学，还有老师，还有镇上的一些有头有脸的人物，甚至还有狗日的螳螂。我多么害怕在这人多嘴杂的地方和她话别啊，便远远躲到一棵树后，把手中的钢笔攥得水湿。叶子磨蹭到最后才上车，上车前还在人群里望来望去，脸色显得十分忧伤。我想她那不是在等我吗？我能让她就这么失望地离开吗？就在送行的人们纷纷散开，车子鸣着喇叭开始启动的时候，我忽然诈尸似的蹦跳而出，一路怪叫着叶子跑了上去。叶子看见我先是笑了，接着就满眼满脸的泪水。她也是连连叫着我的名字，根本说不成一个连贯的句子，但她真是在等我啊，她从书包里拿出了她那次获作文奖时奖的笔记本，她在那本子的扉页上早写好了两行字：

记住，我从来都没有怪过你
我等着在华子的书上写叶子的书

一晃经年，往事遥远，我和叶子就此别过，竟是天各一方，再无从谋面。尽管那以后她又给我寄过书，并在信上邀我假期里找她玩，但县城离我的家足有150余里路，我徒步到镇上还行，徒步到县上就困难多了。等我后来也来到县城读书的时候，叶子父亲的官却越做越大，又由县城搬到省城、由省城搬到京城里去了。这一切都使我明白，横在我们之间的障碍已不仅仅是空间上的距离了。但我还是不甘心，数年后又借钱去北师大读作家班。我所做的事都是为了寻找我少年时期的天使，人到了京城却又变得虚荣起来，我这样自欺欺人地安慰、哄骗自己：反正已天涯咫尺了，也不在乎这早一天晚一天，等等吧，等发些作品再见她不迟。当我终于觉得可以或者说勉强可以和她对话的时候，命运却说不可以了，那天我拿着刊有自己小说的几本杂志去找她，她竟于半小时前飞往美国留学去了。

机缘如此咫尺天涯，我的心灰如灯灭，冥冥中，究竟是谁在左右着这份总是慢了半拍的情感？我后来知道叶子在回国的时候又跟我联系过，奈何我苦于生计四处奔走流浪，居无定处，使得这份机缘一错再错，终止于渺渺茫茫看不见了。如今突然从天上掉下个同学聚会来，去还是不去？

我是26岁那年才结的婚，已够晚的了，不料叶子到现在还依然单身着。尽管单身贵族在高层的知识女性中越来越多，可我还是忍不住要想，如果我们早几年联系上，这一切会不会是另一种结局？好在我听说她在大洋彼岸发展得不错，做着很大的跨国生意，不然混抖了的螳螂也不会想起约她来，他大概也想开辟国际市场了吧？既如此，我一介书生又去瞎掺和什么？其间螳螂又叮嘱我一次，别忘了准时赴约，因为叶子特别问到了我。又说你不是还在靠手码字吗，多原始啊，要是叶子小姐一念旧情，赞助你一台电脑可不成问题。我想这叫什么话，别说叶子，就是他念念旧情，赞助我一台电脑又成什么问题？当年我们睡上下铺时，他无偿地听了我多少故事？

往事已矣，少年不再，我终于还是没赴那天的聚会，倒不是要在心中保留少年时期的天使形象，刻意回避什么，而是那次聚会根本就没有搞成，或者说搞得很不像样，因为叶子提前打了个越洋电话来，说很抱歉，她一时还不能回国。我们那位最富有的叫螳螂的同学便有意取消那次聚会，有些人不答应，他才转而求其次，降低了那次聚会的规格，闹得同学们意见很大，胡乱吃喝他一顿作鸟兽散了。

后来，叶子给我也来了个电话。她只说了一声"是文华吗"，我就听出她是谁了。我紧握着话筒，就像紧握着叶子的手。我说水叶你在哪里，你回国了吗？叶子在我耳边轻轻地笑了，说，还没呢，不过我想我们很快就能见面了，我们现在不是已经联系上了吗？这句话让我感慨万千又唏嘘不已，让我觉得一直被我夸大了的物质距离实在太微不足道了，恍惚间仿佛她不是遥远在地球的那一头，不是隔着十几年的岁月,而是又回到了当初那个同宿书店的夜晚。但我们都没就这个话题多说什么,我们毕竟不再是小孩子,我们在沉默中把一切都交流了。她又问我还写不写?我说还写。她说那就好,那我就还有在"华子的书"上写"叶子的书"的那一天。我只说了一句是啊,声音便已哽住,泪水涌满了脸。

如果我们倒叙爱情

一、暑假才过去

暑假才过去，又该秋收了，按惯例还要放个假。农村学校都这样，不忙时放假，忙时更得放，加上节日星期天什么的，学生在校还没在家的时候多。墨水村中学的阿一老师先前在外面求学流浪过，他的地一直由两个兄弟种着，刚回来时他还跟着收收种种什么的，苦于两个兄弟都已娶妻生子，他当大哥的还孤家寡人着，在一起干活反多了些不便和尴尬，所以想照常上课，不放自己这个班的假了。十来岁的毛孩子还不懂时间贵重，叽叽喳喳地说，人家都放假了还叫俺们学，那人家开学了还给俺们补放个假不？阿一笑了，说，大家说呢？语文课代表是个很厉害的女班干部，伶牙俐齿地抢白说，大家有没有搞错？阿一老师是义务给咱们上课，咱倒好意思讨价还价起来了，我告诉你们，假期里谁爱来就来，不来请随便好了。

阿一教的是九年级毕业班，时间紧任务重，觉得有理由这样做。但九年级并不是他一个人教，数学什么的由石悄悄老师教。石悄悄是个女的，爱在小节上表现得巾帼不让须眉，说你这么干什么意思？我放了你不放，光叫学生学语文不学数学？阿一说，我正要跟你说呢，假期里你抽空来上课，平时我带着还不行吗？石悄悄乜斜了眼说，你以为我跟你一样，一个人吃饱全家不饿？

就这么点事，险些吵起来，阿一觉得没意思透了。校长大河来劝他，说，也别说放假不放假的了，反正你假期也住校，让学生有问题来问你不也一样吗？阿一还是想不通，大河兀自岔开话题说，对了，寡妇的事你想好没有？

　　寡妇是大河家的给说的，36岁，一男一女两个小孩。但寡妇家的人不可能让她把男孩也带过来，所以只能算一个女孩。大河家的说，女孩养她几年就出嫁了，算什么负担？又说，打寡妇主意的老光棍多着呢，我可是最先想到的你。阿一心里嘀咕，想自己才二十五六岁，竟也被她列入老光棍的行列了，有些心酸地说，我老了吗？大河家的说，你不老，人家就老了？我告诉你，女人三十如狼四十如虎，她这个年纪正合适你哩。说时暧昧地笑起来，笑得阿一想吐她一口。

　　说了也就说了，阿一本没当个事，不信自己真得屈就一个拖儿带女的寡妇。但现在他想当个事了，他不想再听"一个人吃饱全家不饿"的诅咒。大河就嘱他做点准备工作，理理发，刮刮胡子什么的，至少也得买双高跟鞋穿上。阿一个子有点袖珍，一米六不足，放到学生里面看不出他是老师。所以阿一母亲也忙赶来劝他说，只要人家没意见，你就别挑三拣四了。

　　见面时间定在秋假的第二天，地点在镇子东头的一个小餐馆里。大河夫妇的意思是，都老男寡女的了，也别搞得太忸怩了，有意思大家就坐下来吃顿饭，同时把喜事定下来。但阿一还没走，梅欢欢就抱着课本来了，说有问题请教。梅欢欢就是那个语文课代表，她入学晚，又复读了一年，使她看上去人高马大的，不像个学生。大河看看表，问她改天来行不，阿一老师上午有点事哩。梅欢欢不吭声，只望着阿一。阿一说好吧，什么题我看看。大河有点不耐烦，说，你快点，我去打个电话。梅欢欢开始问问题，一道一道的，有些题还要问好几遍。阿一也有点不耐烦了，说，我真是不懂，你怎么会连这么简单的道理都不懂？梅欢欢说怎么了，不就是去见一个寡妇吗，值得发这么大火？我是不懂，可又有谁不是越简单的道理越不懂？阿一懵懂了，说你说啥？梅欢欢说我说啥，你都要急着处理给一个徐娘了，我还能说啥？

阿一到底还是去见了寡妇。因为迟了些，寡妇不高兴，嘀嘀咕咕地说，那么点个儿啊，可比你说的还要小。大河家的就去瞅阿一的脚，见他没穿高跟鞋，恨铁不成钢地剜了眼，转脸赔笑说，你别看个儿小，本事却不小，不光学教得好，文章也写得没人比哩。寡妇笑说，你就替他吹吧，真有本事还能到二十五六说不上媳妇？大河家的说，他平时不是总爱划拉个小说什么的吗，顾不上哩。寡妇又笑，大河家的也没啥好说的了。

　　介绍了双方认识，大河夫妇出去了会儿，留下二人说话熟悉。阿一叫梅欢欢弄得心猿意马的，迟迟进入不了状态，倒是寡妇放得开，问他最近能不能转正了？阿一只是个代课教师，不存在转不转正的问题，但他不知大河夫妇怎样跟她说的，支吾着说，这个说不好。寡妇说，那就不要再教了，养鸡喂猪什么的，干啥不比教书挣钱快？阿一点点头，说，到时说吧。寡妇情绪好起来，说，你倒是听话。对了，听说你一天到晚的就爱画小雪？阿一说，没事的时候穷划拉，玩哩。寡妇又说，她是谁？阿一说，谁是谁？寡妇说她啊，小雪啊，她长得好看是不是？阿一乐了，索性跟她瞎掰说，还行，要不也不会老放不下哩。寡妇拂袖站起来，严肃地说，你心里装着个小雪，还来见我干什么？

　　回到学校里，阿一看见梅欢欢在门口等他，形容像妇人一样憔悴。她打量着他，慢慢地笑了，说，贱卖人家也不领情吗？阿一说欢欢，你这究竟是咋了？梅欢欢忽然两眼是泪，抽抽搭搭地说，我怎么知道我这是咋了？阿一俯下身，轻轻抚去她腮边的泪说，其实，其实，其实。阿一终于也没能"其实"出个所以然来，梅欢欢在无望的等待中哭得更厉害了，整个人倒到他怀里。阿一说不行，欢欢不行，我都比你大了十岁，而且你还是个学生。梅欢欢说怎么不行，那女人不也比你大了十岁，而且还是个寡妇。阿一不觉悲从中来，泪眼迷蒙中和她拥吻到一处，心里却想坏了，麻烦大了，别人能看不出他假期坚持上课的潜意识里是为了跟一个女学生幽会吗？

　　欢欢再来的时候，阿一又把脸板成老师的脸，告诉她放假了，应该帮家里干点活，有问题可等开了学再说。梅欢欢扑哧笑了，指指脖颈一侧的一块红瘀痕说，你看你狠的。阿一惊一跳，脸绷不住了，上前捏了捏又吹了吹说，痛不痛，有没有人看到？梅欢欢说，这么大一块，谁会看不到，不是人家问我还不知道哩。阿一吓坏了，说人家问你了？欢欢甩了甩头说，问又咋了，我说我一道题没答对，俺阿一老师生气咬了我一口。阿一也气急败坏地笑起来，说，你这个鬼丫头。

　　欢欢天天来，功课已成了幌子。阿一知道校是不能再住了，事情不会总局限于只咬一口两口上。家里倒有一座破屋，但有母亲和妹妹住着，当初搬出来容易，再搬回去就不大方便了。这时老同学天放又来了封信，仍讲他已跳槽到外企，并为阿一联系了一份美差。天放当初还和阿一共同创办过一个文学社，后靠一个亲戚的关系进了城。进城前有一次招工考试，是阿一替他考的。此后多年没联系，近来倒常在信上说起这段往事，连什么"情人是新的好，朋友还是老的可靠"的话都有，叫阿一看着挺难为情。阿一也不是舍不下他这个无足轻重的代课教师岗位，而是天放介绍的那份工作有条件，得交 3000 元押金，所以回信婉拒了。天放倒也够朋友，这次信上讲他替阿一解决 1000元，可别再错过机会了。阿一想反正要躲梅欢欢这一劫，干不干的，先去看看再说吧。

二、天放大约也没混多好

　　天放大约也没混多好，租住在市郊一间半民房里，说是单位在盖宿舍楼，住这里临时过渡。天放妻是个很会来事的妇人，伶牙俐齿的，说，阿一老师你不知道，我们天放天天念叨你，说你人怎么好，文章写得怎么棒，这下好了，你们先聊着，我打酒买菜去。阿一忙说你别忙，随便吃顿饭就好了。天放说，你看你说的，老同学多年不见，还不该好好喝一壶？

　　酒菜果然很丰盛，花花绿绿一满桌。阿一不胜酒力，远非天放对手，因又说都老同学老朋友的了，还这么讲究干什么？天放妻在一旁斟酒，闻言笑说，阿一老师怕是简朴惯了，真没特意做什么，我们平常也这么吃哩。阿一醉眼蒙眬，但也看得出屋内陈设简陋，值钱的摆设几近于无，心说这俩人也太爱吃了。天放涵养地笑说，家具都在单位里，搬进来根本装不了。阿一吓一跳，不晓得心里话是不小心说了出来，还是他看了出来，觉得这样想朋友不好，忙喝酒掩饰。天放仰脖干了一杯酒又说，等你工作了拿到大钱，就会知道喝酒吃饭都是小事，这能算什么讲究？因问阿一还写不写？阿一说，有空了还写。天放说，我倒是听说了你还在坚持，好像还把小说发到了《十月》《收获》上去，但那才挣几个钱，能发大财吗？阿一说，发财不敢说，但慢慢总会好一些。天放说，还慢呢，现代人都恨不得一年当十年过了，你还慢。天放妻说，就是。听人劝吃饱饭，我看你也别写了，跟我们天放一起干，保证一年比你教十年书爬十年格子挣的钱多。阿一说，是吗？天放说，可不是咋的，我这两天正着急呢，我都给你报上了名。阿一说，你给我报了名？天放妻说，3000元押金也替你交了，用的还是我们要给孩子买钢琴的钱。阿一说，我还没来你怎么就……天放妻说，我还说他呢，也不知阿一老师干不干，可他说从老外手里弄个名额不容易，过了期想交也交不上哩。阿一不知酒喝多了还是着急，有些口吃地说，可我只只只带了2000，再说啥单位啥工作我还一点也不不不知道啊。天放说，我说给你垫1000就垫1000，孩子买钢琴慌啥哩。吃过饭我就领你去单位里看看，全市最高的那栋楼就是。

　　全市最高的那栋楼的确是一家外资企业，但却不是天放供职的公司。天放供职的公司是一个没有公司的公司，说是理念上如此。天放的所谓跳槽到外企，不过是传销外国人造的一种性保健药，据说可壮阳补肾，催情延时，还附带治疗男阳痿早泄女经血不调什么的。阿一的2000元钱只换了这么一堆破胶囊，只可惜还单身贵族着，壮了阳又能去哪里滋阴，结果还是给天放夫妇吃了。夜里他睡在外面的半间屋里，听着里面猫狗一样的叫床声，恨不得把那对鸟男女宰了。

　　药是四盒，1600元，加上80元个人信息管理费，共计1680元。之所以叫人拿3000元来，是用以生活食宿费。可以想象，天放根本没给阿一垫什么1000元，因为第二天他就不摆阔了，让阿一啃了顿咸菜馒头，便把他送到传销者聚集的据点里。据点租住的多是郊外一些民房，一屋十好几个人，明明像个战俘集中营，却还天天上课什么的，煞有介事。目的是让你在这里写信或打电话邀约人，诱饵也都是介绍好工作之类。多数人都是这样给蒙上船的，想想钱没了，亏吃了，便也跟着人蒙人。阿一在外面流浪时见过一些传销方式，但都没这一种厉害，连一句真话都没有了。因说天放我真没想到，几年没见你连老同学都敢玩了。天放说你怎么还转不过弯儿来，我这是好事叫好朋友分享。阿一气歪了脸，天放说好了，我明给你说吧，我早从单位下岗了，拖家带口的，不干这个咋弄？阿一说，单位不叫你这种人下岗那倒怪了，但干这个就能养家糊口？天放说，怎么不能？谁谁，成了公司几星，谁谁，最近拿了周薪（据说周薪11000元），一月好几万，发大了。阿一说，你现在拿多少？天放讪笑说，我才刚拿一点钱，但你来了就好了嘛。你教毕业班，手下有那么多学生，你当老师的叫他们来，谁能不信，谁能不来？阿一说，你叫我去坑我的学生？天放说，什么坑啊骗的，说那么难听干吗？阿一说，你把钱给我。天放说，那我办不到。

　　阿一江郎才尽，真是狼狈透了，想不明白一个同学，怎么就对另一个同学下得了手。让人愈陷愈深的传销，既害人又害己，显然是不能做的，但眼下也没钱没脸回家了。这里是地区所在市聊城，阿一在文艺圈里还认识几个人，大家商量了一下，觉得他再回乡下也没意思，不如就在这市里伺机发展。阿一想想，实在没有更多的路好走，就又像先前似的过起流浪的生活。这个朋友家蹭顿饭，那个朋友家借一宿，一时朝不保夕，颇像一个乞儿。

几经辗转，阿一经人引荐到市北郊的一所私立中学。他面试课讲得不错，仍被安排教八年级的语文课。数学老师是一位名字叫伞的女孩子，大学才毕业，因没联系好对口单位，临时来这里代课。伞生得粉面桃花，一说话就笑，隐约有两颗小虎牙，一闪一闪的，还隐约有两个小酒窝。阿一对伞这个名字感兴趣，觉得又好又别致，想想就想笑，碰巧伞也对他有兴趣，头一句话便说，他们说你叫阿一？阿一点点头，伞又说，是不是常写点小说散文什么的，也署名阿一？阿一又把头点了点，伞就伸过来手说，认识你我很高兴。

伞读大学时读过阿一发表在某些杂志上的文章，尤其对他发在省刊上的一组题为《人在路上》的诗印象至深，其中有两首诗的结尾几句，她至今还记着，并能一字不错地背出，"也许我们用不着去海角天涯／只要有片林子曾经难忘／我不信能度过今夜的这个码头／就不能度过一生的时光"；另一首的收尾四句，"千楼万厦不全部坍塌／就总有一扇窗子等我敲响／长夜里常有一位意味深长的女子／起伏于我怀乡的梦中"。

阿一是在旅途中完成这组诗的，写了也就写了，发了也就发了，从没想到会被一个女孩如此声情并茂地背出，而且感觉起来是那么好，那么的生动。念到"总有一扇窗子等我敲响"那儿，伞还半举起她的纤纤素手在空中轻拍了两下，感动得阿一差点去捉她的手，痴痴地说，你读得真好。伞笑了，说，还是你写得好。

有了这个基础，两个一见如故，且又是桌对桌面对面地办公，自然谈了许多。伞说你们这些人，招蜂引蝶的，女朋友一定一大把吧？阿一夸张地叫起来，说你太不了解乡下了，我在那里就像个鸡蛋。伞说，鸡蛋？阿一说，连苍蝇都招引不来哩。伞扑哧一声笑了，觉得这个比喻又妙又暧昧，鸡蛋，无缝，真是亏他想得出，但想想还是不信，故说没有那份情，也写不出那些诗，你哄谁哩。阿一就说有过，一个寡妇。一说，伞把泪水都笑出来了。

转眼到了中秋节，学校放假三天，伞要回她市里的家。阿一是为逃避假期才到城市来的，不期这里也放假，送伞走时就有了点由衷的依恋和怅惘。伞看出来了，却不说，只问他过节不打算回家？阿一不好说自己连回家的路费都没有，推说假期里清净，看能不能写点东西。伞说那好，开了学先给我看看。阿一说，假期里你就不会来？伞笑了笑说看看吧。

假期里，阿一觉得自己恋爱了，他随时都渴望伞来，一有点风吹草动就疑是伞的脚步，可偌大的校园里只有他和他的影子，伞还是没有出现。再见到伞时，脸上不由换上一副纯同事的神情，惹得伞也不笑了，一整天没理他。还是阿一先觉得是自己没道理，悄悄地把脚从写字台下面伸过去说，握个手行不？伞觑眼别的老师没吭声，但也没抽回他脚里的脚。他便又得寸进尺地写了张纸条递过去，说，十五月亮十六圆，今晚我请你赏月。

晚上出来，阿一给自己伪装的淡漠道了歉，但也怪伞不来看他，害得他心里没着没落。伞笑了，说，还怪我呢，我把我们家树上最大的石榴偷偷给你摘来，你那样子，我就扔窗户外面喂狗了。阿一捏了捏伞的手说，狗吃了比我吃了好，狗吃了说明你的爱与恨都到了一定份上哩。伞说美的你吧，举起拳头要砸他，拳头一落，阿一手心里多了颗石榴。

两个坐下吃石榴，月光一片明媚。阿一推推眼镜说，你看这月亮。伞说是比十五的好。说了又用手掩住嘴，扭转脸去吃吃笑。阿一去扳她的脸，说你笑什么，难道它不是真好？伞给他拉到了怀里，羞得索性撒娇说，你呀，比起月亮来就太坏了，说话总叫人上套。

伞其实不热衷文学，也就一点兴趣而已，她常读的书是一本本的

《世界数学名题欣赏》，在阿一看来如同天书。但这也正是阿一着迷的地方，因为从互补的角度讲，这比两个人都舞文弄墨更为理想。伞见阿一追得紧，又避之不及，匆忙中带他去了家一次。伞的父母自然看不上阿一，客气了几句，又顾自忙起别的事。晚上再出来，伞沉默了许多。阿一问她怎么了，她有些苍茫地说，我在想，我们家里人怎么把你接受。阿一说坏了，爱情还没有开始就蒙上了阴影。伞抬头望天，说你怎么想？阿一本已怯阵了，却还坚持着不肯松开伞的手，给伞也给自己打气说，我以为这是我们两个人的事情。伞说那不妥了。

月亮高挂当空，朗朗的光华水一样流动，无所不在，又无从捉住。阿一摊开手掌，月光洒满手上，拳住，手心里已空无一物。阿一被这个奇妙的现象搞懵了，想一切是否都像这触手可及又远在天际的月光？伞就偎在他怀里，可他仍没有那种"妥了"的感受，倒怕她随时跑了飞了蒸发了。他把她放倒，搁平，俯上她耳际悄悄地说，伞，伞，我们今夜就夫妻了行不？伞开头没听懂，听懂了差点没吓跑，之所以没跑是因为她被"夫妻"这个字眼的暧昧而温情的动词指意搞笑了，扭着身子幽幽地说，这也太快了吧，我们还谁都不大了解谁啊？阿一又说，那我们就倒叙吧。

三、阿一和伞好上了

阿一和伞好上了，饭都一起吃，你递我一口菜，我喂你一口汤，脚还不时地在桌子下面踢腾着握手。校长不知阿一用了什么魔法，何以这么快就把伞那么好的一个姑娘给搞到手了。因为据他所知，校里有好几个条件比阿一好得多的老师追求过伞，他自己也出面撮合过，都没见伞动过心，这回怎么了，是伞脑子进水了吗？尽管想不通，可也犯不着反对，因为老师与老师结合，校里的人才就不大容易流失了。就笑着答应会尽快给他们解决一两间房，或先就近租个民房也行，房费校里报销。阿一领着伞见了自己的几个熟人朋友，伞也领着他见了她的一些女伴同学，商量住到一起后，再请大家来坐坐。

倒叙的爱情看起来就这么成功了，并且朝好的方向发展着。可阿一还是很没钱，觉得很对不住伞，心想应该给她买点首饰什么的，至少也得买几件衣服，结果还是伞给他买了一双鞋，又织了件毛衣，尤让他心里愧得慌。阿一知道那2000元的传销款是要不回来了，只想跟天放借点。天放先是致贺，接着说钱不好弄，又说亏我把你叫来了吧，不然你怎能找到伞这样好的女朋友？阿一不否认这一点，想想认了吧，钱的事就没再提过。

到周末，阿一又多请了一天假，想领伞回家里看看，让母亲高兴高兴，同时把结婚证领了。阿一找伞商量，伞觉得有些急，更有一些亏，可想想人都给他了，不领个证反倒师出无名，就给自己父母扯了个谎，说外地一同学病了，她去看看，这个周末就不回家了。不用说，喜烟喜糖都是伞张罗的，乃至回家的车票。伞的家在市中心住，车过她家门口时，伞脸上涌出一抹戚色。阿一知她心里不好受，说我给你唱支歌吧。就唱了《牵手》。《牵手》在此刻是支多么煽情的歌，况唱者投入，听者也专注，两个的手又慢慢地握到了一处。汽车哐哐啷啷地开了两三百里路，开了四五个小时，到站时天已黑了。这里离阿一的家还有两三里远，伞正愁怎么走过去呢，就见阿一已把腰弯下来，捉住她的手说，来，看我用这个世界上最好的车子娶你回家。伞是那种典型的窈窕淑女，但也比瘦小的阿一高、重，说你行吗？阿一也不多话，背起伞就走，背得伞一颠一颠的，嘻嘻哈哈疯笑了一路。

阿一家人还为寡妇都不要阿一沮丧呢，乍一看见靓丽的伞，不免都有些发蒙。尤其母亲，好半天说不出话，高兴得险些要晕过去。阿一看着错愕不已的家人，笑着问怎么了，是不是像电影里的狐仙或白蛇娘子？大家笑起来，忙着张罗吃的住的。阿一嘴上那么说，心里的感觉同样像做梦。饭后，母亲和妹妹分别住到两个兄弟家去，他让伞把一切脱光，连一支发卡都不要带，连一点脂粉都不要涂，只为了好好地看看是不是真实地拥有伞。阿一虽与她"夫妻"过，毕竟有偷情的嫌疑，身体从没全裸过，如今面对一个雪白如凝脂的尤物，反不知从哪里下手，好半天才说，伞你真傻，怎么好好的就给了我哩？伞说，还说我傻呢，你不傻能说这话？阿一笑了，伞也笑了，又说你不知道，一开始我也矛盾呢，可我们屋里几个女老师都挺喜欢你的，我怕她们把你抢了。阿一说，那还是傻。人家喜欢的可能是我某些文章，谁像你，本末倒置地把人也喜欢上呢。伞说爱屋及乌吗，谁不是这样？再说也首先得人好，作品才可能好嘛。阿一说，你倒是会说。

第二天，阿一和伞去照相，稍后又去镇上领结婚证。领证时有个细节阿一一直记着，就是发证人看看他又看看伞，复对二人开来的证明端详了半天，才剔着牙缝问伞说，你家里人也同意吗？阿一心里发虚，倒是伞反问了一句说，有规定让他们也出具意见吗？那人没趣，嘭一声把钢印砸到照片上，姿势夸张，声音也凶猛。阿一肩膀因一阵虚幻而逼真的重创倾斜了一下，仿佛真砸了他人似的，感觉起来十分宿命。伞敏感地察觉到了这一点，出门问他怎么了，是不是要反悔或溜掉？阿一决绝地否认了这一点，但也有点说不清那一刹那间的感觉，临时遮掩说，你说什么呢，我只是不懂这钢印为啥专砸男的，不砸你们女的哩？伞说那还用问，就因为你们男的坏呗。两个都笑了。

阿一家人和一些亲戚朋友们凑了两三千元钱，让他们先好歹在城里安个家，有困难再共同想办法。这里秋假还没结束，学校还没开学，阿一去大河家里辞行。大河很理解地拍了拍他的肩膀说，其实我早看出来了，有学生对你那个，估计你不会出啥事，一直没说；后来忙着给你介绍寡妇，也是出于这个考虑，现在看是下策下策下下策了。阿一心里羞愧，大河又说，这下我就放心了，真为你高兴。我也没啥好表示的，这二百块钱你拿着。大河是阿一整个中小学阶段的班主任老师，后来虽然同事了，他仍称呼他老师，眼下就也只是又哑哑地叫了他一声老师。大河笑了，说，先就这么着吧，城里好你就在城里教，不好，还回咱校里就是。

出来大河家，阿一觉得有个黑影儿跟着，想紧走几步回家，那影子一把拽住他，扬手甩了一巴掌。阿一一声没吭，人影儿涕泪滂沱，说你总算没贱卖自己，我也不多说啥了，可你叫我咋弄？阿一又感动又羞愧，一句话也说不出，听见她又期期艾艾地说，你再吻吻我。阿一想想说好吧，我们找个地方去坐坐。

四、次日回城

次日回城，阿一把钱拿给伞，说自己在经济上是个糊涂蛋，一切由她做主。伞说先张罗点什么呢？阿一说，不是说好了你做主吗？伞说两个人过日子，还是大家一起商量的好。阿一说，要叫我说呢，就先买张床。伞说床？阿一说，我总觉得我在草坡树林里亏待了你，不买个好点的床我心里耿耿。伞发狠去拧他，又忍不住抿嘴儿笑了，和他甜甜地偎依到一处。

甜甜的笑容能维系多久？伞才把结婚证拿给父母看，准备依照阿一的倒叙方案先斩后奏时，父母脸黑了，一把夺过去撕得粉碎。其时阿一还在睡梦里，路上淋了雨，他发起高烧，又并发地闹肚子，折腾了大半夜，好不容易才睡着，哭成泪人的伞就把他推醒了，身后跟着她的姐姐和弟弟。伞弟体校毕业，在另一所中学里当体育老师，个头在一米八以上。阿一曾问过伞的弟弟有多高，伞说反正不会跟你一样，如今见这么个人高马大的家伙虎视眈眈着，心里怦怦跳。伞抹把泪说，你们去我屋里收拾一下吧，我跟他说句话就走。一边关了门，给阿一穿衣服。伞是辞行来的，她父母已不许她再在这里教书了。她一会儿问阿一在别的地方还能不能生活，一会儿又说咱们还是分手吧。阿一被这突然的变故搞得措手不及，懵里懵懂地说，伞，伞，怎么了伞？

伞哪还能说出所以然来，只是抱着他啼哭。这当儿，伞的姐弟们又过来催她，她不走，他们就架持住她往外拖。伞哭得柔肠寸断，一步一回头。出门时又猛地挣脱跑回来，把一大把钱塞到阿一怀里。阿一有些犹疑，钱已被伞的弟弟夺走。阿一恼了，不知是惜钱还是惜媳妇，抱住伞死活不松手。奈何力气不行，三脚两脚就让人家踹倒了。

姻缘来得快，去得也迅速，阿一木待了两天，人才从噩梦中惊醒，想也许这才算正常，才叫生活，否则总才子佳人下去，倒显得不大可靠、不大真实了。阿一记起一个外国人死前刻在墓碑上的一句话："所有的事情都让我快乐，包括这一次。"两下比较，他心里放开了一些。

伞走了一个星期无消息，大家都很关心这桩现代年代里的经典爱情，问他怎么办？阿一全无主意，说，是死是活只能靠伞了。一位姓吴的女老师和伞要好，她去伞家里做工作，没做通，回来批评阿一这样消极太不负责任了，伞现在连自由都没有，你还指望她什么？阿一默然。吴老师又说，你们草率成婚是不对，可他们棒打鸳鸯也不对，你说是把她抢出来，还是上法院起诉，我们全都跟你去。都什么年代了，还由他包办婚姻咋的？阿一心里感动，却自知经不起这样的折腾了，凄笑了下说，多谢大家好意，我心领了。吴老师火了，不依不饶地说，阿一你想过没有，你以后的生活里还可能有张伞李伞，可伞这辈子恐怕只有你一个阿一了，那么纯情的一个女孩子，你叫她漫漫一生怎么过？阿一蒙了，如遭雷击，伞姓王，叫王伞，但大家都只取她后面一个字叫。他怎么就没料到这一层，他的潜意识里是不是真有个张伞李伞在等着才这么不在意王伞？

转天星期一，阿一上午没课，借了辆单车去伞家。心想这事究竟怎样了结，是该听伞说句话才是。伞的母亲上了些年纪，但腿脚还灵便，见他来立即把伞关进院子一角的耳房里，同时把院门反锁了。阿一料想伞的父母正在气头上，心里有些准备，但这阵势还是叫他怵头，忙在嘴上卖乖说，爸，妈，我来看看二老。伞母劈手打掉他的眼镜说，叫你看不清人胡叫。阿一眼镜碎了，更有点看不清人了，慌得改口说，我来给老人们认个错，我们不该不经老人同意就结婚。这回上来的是伞父，指指戳戳地说，你他妈认个错就不错了，谁稀罕你认错？你不该结婚，谁又跟你结婚了，你有结婚证吗给老子看看？阿一知道话是不能再说了，任打任骂吧。但不说也不行，伞母厉声喝道，你小子怎么不说了？阿一说，老人们说吧。伞母喘口气，不知是临场发挥的，还是早就编排好的，一二三四地说，那你狗日的听好：第一，伞早和你一刀两断了，你和她之间没有一点关系，不许你在任何地方任何人面前说这事；第二是我们家的人都不认识你，不许你再踏进这个门槛半步；第三是你赶快滚回你的老家去，否则砸断你的狗腿；第四是我们为啥没收你的钱，俺好好的闺女你给弄成啥样了，钱的事你连想都不要想。这些你都听清楚了没有？阿一机械地点点头。伞母又说，那好，那你给我写个书面保证。

阿一想这叫什么事啊，这保证书怎么写啊，书呆子气一犯，就冲外面屋里的伞喊上了，伞，伞，你说我写不写这保证书？伞父一脚踹过来，阿一跌倒到地上，伞母趁势扒下来伞前几天才给他买的一件480元的羽绒服，说，你狗日的也配穿这种衣裳？买时阿一还劝过伞，说自己祖祖辈辈都没穿过 50 元以上的服装，这都快 500 了怎么行？是伞执意买的，结果给扒了去。扒了也就扒了，阿一也没说啥，不配穿嘛。但伞母扒了还不算了，还要把里面的毛衣一并扒了。阿一想这事完就完，算就算，独独毛衣不能扒。伞怎么说都是他生命里极为重要的一个女子，留下来毛衣也好做个贴心的纪念，所以坚决不从，躲来闪去间，招致新一轮猛揍。这行为大约也太过分了，激得耳房里的伞破窗而出。阿一的脑子还没完全被打坏，瞅个空子说别管我了，你能设法出去就行。这边给伞打掩护，与二人争夺起毛衣来，等毛衣再回到伞父母手上时，伞已趁乱在跳窗后复跳墙走了。

伞慌里慌张地跑出家，不知再往哪里跑，正在焦急，竟迎面撞上了在街上闲逛的天放，忙把这事跟他说了。天放那回表现得倒挺够朋友，让伞去他家里避一避，自己来伞家里看情况。这当儿，伞的姐姐和弟弟等人也赶来了，一家人商量了一下，可能觉得这事也不必搞得太张扬了，没再打骂阿一，听说伞在天放那里，就差伞的弟弟等人去领伞回来，这边喝令阿一说，你他娘的也滚吧。

阿一巴不得滚呢，但那一天的经历，他怕是一辈子难忘。伞后来说，她在等消息的过程中，等来了从幼儿园接孩子回来的天放妻，问她真打算跟阿一走了？伞泪眼婆娑地点点头。天放妻又说，要是你家里人硬逼你回去呢？伞倒没料到这一点，心下警醒，随口说我就死给他们看。天放妻说，那怕吓唬不了他们，倒把我们孩子吓住了。伞凄然，抹了把泪说，嫂子我不打搅了，你看好孩子。这样阿一和伞就失去了联络地点，伞找他，他找伞，伞的家人则兵分几路找他们俩。他们是怕阿一看见伞回来再说什么动摇其心的话才叫他滚的，现在觉悟失策了，只要捉住一个就能捉双。常常是伞才从某个熟人朋友家走出，他后脚迈进去，他刚离开，伞的姐姐和弟弟等人又后脚跟进来，真像演电影似的，千险万悬都是只差了一步。一伙人疯了似的绕着城市转了大半天又大半夜，阿一才在众多友人同事的帮助下突出重围，于晚上 11 时跟伞接上了头。

天道人心，有情人终成眷属。

五、城里是不能待了

城里是不能待了，阿一又扯着伞的手回到了乡下；家里当然也不好待，暂时避居在他的一个姑姑家里。伞的母亲和弟弟很快找到乡下来，还以拐卖妇女的名义去派出所告了阿一。阿一只拐没卖，罪名不好成立。闹腾了几天，也没闹出啥名堂，事情不了了之。

毕竟还在新婚蜜月中，又毕竟是失而复来，做爱就仍是小两口每日必修的主要功课。在阿一，不安全感一直笼罩着他，总害怕伞的家人会从天而降，一恍惚就看见他们又把伞从他手心里夺走，所以他能多做一天就多做一天，能多做一回就多做一回，乐得伞嗔他说，看你这么贪，好像我过一会儿就不是你的了。阿一说，我真这么想。我在你身上，知道你还在，我怕我一下来，你就没有了。伞抱紧阿一说，不会的，伞死了都是阿一的鬼哩。阿一记起一个细节，那晚见到伞，伞手心里攥着几片尖锐的玻璃，以防有啥不测，好随时划断自己的静脉。伞说，我想我死了，他们也不会霸着我了，不给你个活人，还能不给你个尸首？说时流出泪来，阿一跟着唏嘘。伞又说，我死了，你要再跟我做一回事，再把我埋了或火化了。伞不习惯说做爱，说做事，阿一受不了了，泪水夺眶而出，蠕动着嘴唇去堵伞的嘴唇，说，我们不说这话，我们还要好好地活，好好地爱，好好地生儿育女哩。

当下两个瞎掰，生他一大群儿女，就在自己家里开学校，教育他们长大成人。说到家，阿一又凄惶起来，栖身之地尚无，家又何在？因问伞真在农村过一辈子，能不能过得住？伞说我这不是都跟你来了？

话是这样说，阿一心里还是不踏实，想给另一些城市的朋友写信求援，让他们好歹帮着联系个生计。也是巧，安阳有个朋友的朋友叫张雨，他的将军爷爷想写战争回忆录，找了几个人都不理想，就拐弯抹角地找到了阿一。将军眼不大行了，耳朵也靠助听器，只有笔挺的坐姿与大幅度的手势还依稀保持着当年的虎气。尽管回忆时多是他和阿一两个人，可还是在自觉不自觉中就用上了那种统帅三军的粗嗓门，仿佛炮火仍在他耳际纷飞。阿一受他情绪感染着，眼前也幻化出那个年代的枪林弹雨，不觉文思泉涌，汪洋恣肆中一泻千里。读给将军听，将军脸上露出由衷的赞许，说，你这个小年轻人真是写到我心里去了，咱爷孙俩算是有缘哩。

张雨听说伞的数学不错，有意让她做自家小妹妹的家庭教师。小妹妹就要考高中了，数学方面把握不大，伞来教她，也是巴不得。伞辅导得用心，张雨妹妹进步也挺快，下次考试，成绩明显跃了上去。消息传开，又有邻近的人家找来，让伞再兼着教教他们的孩子。这样一个写书，一个家教，收入暂时有了来源，夫妻俩都很感激已成为好朋友的张雨和他的将军爷爷。

而在这一切表象之外，另一种情况依然在运行。伞家里人找不到阿一和伞，就去找天放要人。天放开头对问题估计不足，今天说去这里看看，明天说去那里瞧瞧，结果吊起人家胃口，给他施加压力。天放妻就骂他多事，害得老婆孩子都不安宁。他反过来骂她聪明反被聪明误，当初就不该撺伞走，否则哪有今天这些苦吃？当下两个扯不清，伞的母亲和弟弟等人又来了。天放妻正在气头上，抓起一只茶杯砸到天放脚跟前说，你他娘的给我滚出去。伞母更不是好惹的，抓起另一只茶杯也砸得粉碎，说，你砸谁呢，谁该你砸？我告诉你，找不来俺闺女我就把你们家砸了。

夫妻俩见矛头真对着自家来了，再内讧下去也没意思，最后就一致了意见，由天放速回老家找阿一去。阿一家人不知他是干啥来的，如实说阿一现在安阳的张雨那里。天放不认识张雨，怕自己一个人弄不来阿一或者伞，倒有可能打草惊蛇，他们再藏匿转移到别处就更麻烦了，又二番头叫了自己的妻子和伞的弟弟等一干人来。张雨家住军区司令部，门口有岗哨，这么一行杀气腾腾的人自然被拦到门外，电话通知张雨来看看是谁。张雨本没打算叫阿一一块来，是他自己说朋友大老远来了，不见见不合适，结果一出门就被天放妻和伞的弟弟各执起一条胳臂，厉声问他把伞藏到了哪里？张雨气得要叫门卫把他们铐起来，那俩人才算煞了点锐气。一伙人执意要见伞，张雨不许，最后同意他们电话问问伞的意见。伞弟在电话中劝姐姐迷途知返，且不说阿一个头小又是农村的这些外在因素，单搞文学这一点就不能姑息，现在普天之下都是人养文学，哪还有文学养人的道理？你迟早会后悔。伞在电话那头说，那就等我后悔的时候再说吧。

姐弟俩谈得很艰难，天放妻在一旁着急，又是递眼色又是做手势的，暗示伞弟说咱妈已病危住院了，咱爸也不吃不喝好多天了。这情况大约与事实有出入，难为伞弟老大不小的一条汉子，转述起来有些口吃。天放妻见他词不达意的，干脆把电话要了过去，仿佛经过专业训练的寻呼台小姐，温言软语地说，喂，伞吗，是我，我这些天好想你哩。

二人轮番动员伞的当儿，天放也没闲着，说他为阿一吃了多少苦，受了多少连累，不把伞交出去事情就没法了结。阿一听着，心里有过矛盾，但最终还是回绝了天放，说，我是当事人，有些话不好跟他们说明白，你就不同了，你完全可以说清楚自己。天放又叫苦，阿一一字一句地说，天放，我不管你还拿不拿我当朋友，我一直都当你是好同学好朋友的，但如果你非让我在朋友与妻子之间作出抉择，对不起，我只能选择妻子。

这一次仍然有惊无险，张雨护着阿一撤出了包围。他本意是要教训教训那几个人的，阿一没让，并留下随身带的百多元钱，让他们吃饭和做回去的路费。但天放没走，他找了个旅店住下来，开始不停地打张雨的电话和呼机，要求单独谈谈。张雨火了，说，阿一你怎么交了这么个软骨头又难缠的朋友？气冲冲去了旅店，逮住天放大骂了一顿。天放一直忍着，还赔笑，弄得张雨像骂一个稻草人，慢慢没了骂的劲儿。天放这才说张雨你是条汉子，够哥们够义气，但好钢应用在刀刃上，用别处怕不值当哩。因说兄弟你知道阿一什么人吗？教学时和一个十来岁的女学生鬼混，险些把人家肚子给弄大了，我看不上，给他在城里找了份工作，谁知引狼入室，他又不务正业地倒卖起什么老外造的壮阳药来，吃我的喝我的不说，还还还，还对我妻子也动手动脚。天放妻立即在一旁哭天抹泪地印证说，这么见不得人的事，你给人家说啥说？他不知廉耻，咱还嫌丢人哩。又转向张雨说，真的张先生，一开始我还以为他是闹着玩哩，谁知越闹越过头，那天把我的裙子都撕扯烂了，还偷偷给我那种药吃。好在我们是平头百姓，丢人也丢不到哪去，张先生名门望族的，可也别养虎为患，后悔都来不及了。

张雨出身军人世家，血易热，偏他夫人平时爱读书报杂志什么的，有事没事愿意跟阿一聊聊。不，现在看不是她愿意，而是被那小子勾引的结果。不由邪火冲天，要急着回家把阿一赶走。天放忙说你赶走他是对的，养这种人还不如养一条狗，但我们的目的是救良家妇女伞，她现在被他灌了迷魂汤，跟他一起走了反倒不好。伞她弟弟已回家叫他母亲去了，明天就能赶过来，你看是不是先把他们稳住？天放妻说张先生，这么着也是为你好，伞她妈明天见不到人，不知会怎样跟你闹，到时闹得沸沸扬扬的，影响不好不说，就怕把你家老爷子气出啥毛病来了。张雨想想也是，问那夫妻俩的意思，那夫妻俩说，坐下说，坐下说。

六、张雨要把阿一夫妇卖出去

张雨要把阿一夫妇卖出去，却在爷爷那里碰了钉子。老将军大约也被阿一灌了迷魂汤，不认为他真有那么坏，就算自家怕麻烦不再用他俩，也不能在自己家把那么一对无依无靠的小爱人给拆散了。张雨坚持说，我已答应了人家。将军深为孙子的莽撞懊恼，也为来历不明的阿一生气，想了想说这样吧，你去问问伞的意思。

张雨怕惊动阿一，让自己的妹妹去叫伞，说有一道难题请教。当时已是深夜，张雨妹妹又叫得急，伞只穿着睡衣趿着拖鞋就出来了，不期是张雨跟她说这事。凡男人没有不怜香惜玉的，望着在睡衣睡裙里袅袅婷婷的伞，张雨觉得伞跟一无是处的阿一实在太亏了，照直把天放夫妇的原话说与伞知。伞哪里肯信，只把头摇了又摇，泪水不觉盈满了眸子。张雨说，可这是事实。伞把头摇得更厉害了，唏嘘出声说，即便是真的，那也是以前，我想以后他不会。张雨觉得她是迷魂汤喝得太多了,一时扯不清,回头问爷爷咋好?爷爷说,那还啰唆什么,连夜送走人家就是。

阿一走投无路,只好领着伞回到自己那个破败的家里。这时已到了年底,阿一前段时间写的几个小说稿,现在已大多发出来,觉得这好歹也算点成绩,就让伞给她家写信,顺便把这几本发有他文章的杂志寄过去,不是让他们也读他的小说,而是意在告诉他们,他和伞都好好的,且还不时有点稿费收入,不必太挂记。他自己也写,除了给伞的父母一再认错请罪外,也给伞的弟弟写。兄弟,他在给伞弟的信上说,我觉得我对你的回避是对你的一种尊重,真见了面又能怎样呢,你可能会把我一拳打倒,但那以后呢?

信写好后邮寄是个问题。因为信中说了谎话,地址自然不能如实写上,况写信的目的是转移对方的注意力,是一种缓兵之计。阿一在北京一所大学读过作家班,觉得把地址选在北京较可信些,也蒙人些,就在信封右下角写上北京×区×路,也不敢太详细。然后装到寄稿子用的大信封里,先寄到在京的朋友们手上,再让他们给帮着转寄。这样从邮戳到信封再到信的内容就比较吻合了,把伞家里的人蒙得云里雾里的,着实搞不清他们具体在哪里,乡下这边就不大来找了。

这年阿一大妹妹出嫁,村里没勾她的地,算是划到了伞名下。及麦熟,阿一领着伞去地里割麦子。伞还没割过麦子,以为就挥挥镰刀的事,没啥大不了,谁知越挥越沉,才割了几米远,腰就直不起来了。这时烈日当空,四下里像着了火,麦子上淤积的灰尘在镰刀的起伏中满世界乱飞,伞一个明眸皓齿的小媳妇,眨眼间就蓬头垢面了。阿一看着不是滋味,劝她找个树荫歇会儿去,她艰难地笑了笑说,学学吧,要不就总也割不好。

阿一也没怎么干过农活,但比起伞来,还是娴熟得多,知道怎样一手握麦子,一手握镰刀,把力气使在刀刃上,伞就不行了,她那架势不像割麦子,倒像在割她自己的腿,惹得旁边地里的人乱笑。伞一紧张，还真把脚割破了，血从鞋里往外冒。阿一心疼也没法，只是找了几株据说可止血的野草，挤出汁水给她涂上，说，麦子你就别割了，歇一会儿，可以把割好的麦子装到车上去。

割麦子，捆麦子，装麦子，运到场里再翻晒麦子，一天下来，别说伞，连阿一也累得饭都没力气吃了。两个草草洗漱了上床，话没说几句便各自睡去。睡梦里伞身上奇痒难耐，迷迷糊糊着乱抓乱挠，人却还困乏得不肯醒来。倒是阿一让她给折腾醒了，拉开灯一看，伞那冰清玉洁的肌肤上竟密密麻麻一身红斑。阿一倒吸一口凉气，伸手攥住伞的两只手说，伞你醒醒，伞你醒醒。伞睁开眼一看，吓得哇一声哭了，感觉自己十分恐怖，连声说阿一你把灯关了，我不要看。

阿一连夜去请医生，医生说是中了麦秸毒。阿一从没想到麦秸会有毒，而且还这么厉害。医生调笑说，谁让你小子福气，讨了这么个细皮嫩肉的好媳妇？当晚注了几针，次日没见轻，反倒更严重了，过敏反应至全身的角角落落，头脸肿胀得变了形，眼和嘴也细小得合了缝。医生也不说他对症状估计不足，只说毒气得发作排放完了才能好，一边改换大瓶子输液，输了好几天。阿一也顾不得忙麦子了，给两个兄弟打声招呼，自己留家里陪伞。伞有些苍茫地说，没想到倒是我把你拖累了。阿一说，你再这么说，我就要哭了。伞只好不说，揽镜照视，又赶紧放下，连声说自己丑死了，丑死了。阿一心里难过，嘴上还寻开心说，我倒巴不得你丑点呢，咱俩好平衡。伞说，你瞎说，可心里的感觉还是很受用，因问阿一现在还想那事不？阿一说啥事？继而又笑了，说，想，只要是你，我什么时候都想。伞笑了，招呼阿一上床上。阿一临阵又有些犹疑，说你行？伞说行，反正我也想。两个真就慢慢做起来，因有顾忌，反比平时长久了许多。伞说你好吗？阿一说我好，你呢？伞说我也好，充满全新的感觉。

伞出了一身汗，水洗过似的，等沉沉睡醒，身上的疙瘩竟消了许多，再照镜子，脸上竟也又有粉面桃花的趋势了，忍不住拍手大叫说，阿一你快来看我，阿一你快来看我。阿一没睡，他拿了本书坐门口想心事去了，进来不由两眼一亮，抱起伞满屋里疯跑，一边傻呵呵地说，怎么说好就好了，怎么说好就好了？伞给他颠得嘻嘻笑说，我猜，我猜，我猜。阿一知她其实是想说什么了，把话接过来说，要知道这样还挂的什么吊瓶，叫我打一针不早好了？伞说就是。阿一虽觉得纯属巧合，可也不见得一点道理都没有，伞在房事中出那么多汗，没准就是病好的缘故。伞高兴，他更高兴，又说那再打一针如何？也不知哪来的力气，就那么抱着伞把爱做了。

七、房中情事如画

房中情事如画，患难夫妻也自有患难中的欢乐。麦子收后种上了玉米，农活暂时不那么紧了。阿一就想趁这空儿多写点东西，挣点稿费聊做贴补。这时他的作家班同学在京搞了个聚会，来信来电约他去。阿一本不想凑这种热闹，后又想到自己在信上给伞家里人扯了大半年的谎了，说自己在北京怎么怎么的，不如真去北京一回，因为伞还没去过北京呢，就带了她一道去。

两个转道濮阳上的车，下午四点，到达北京时正好是第二天天亮。聚会地点离永定门汽车站挺远的，两个也不舍得打的，要乘电车到复兴门再转乘地铁过去。早班车挺挤，乘务员态度挺凶，明明才二十来岁，说话却像到了更年期，还有好几个人没上去呢，车门就开始哧哧地关，一个夹在门缝中的人嗷嗷叫说，挤死了，挤死了。乘务员老气横秋地说，这些年北京就是人多，挤死个把人有啥了不起。但车门还是裂开了一条缝，阿一忙扶伞上去，自己再要挤时，车门已哧哧地关上了。阿一大惊，这么大个城市，掉进去个人还不跟掉进去一粒尘埃似的，连一点涟漪都不会起。阿一枉然地跟车跑了几步，终没跑过车，不知自己给没给伞说过在复兴门下车及到达目的地的整条路线，更不知这是否预示了某种结局。此时的士也挺忙，阿一也顾不得破费了，扬手拦了几辆，一辆也没拦住。好在第二班车终于开出来了，阿一头一个上去，沿路翘望每一个站牌，心里无限焦急，想，万一在复兴门见不到伞，就要写千千万万的纸条，写上：伞，我在找你，见到此条就在此处等阿一。然后贴到沿途的每一个线杆上，再折过头来一个个找，循环着找，重复着找，直到找到或找死为止。这样想着，阿一差点要为自己这个颇有几分悲壮的行为哭出来了，他仿佛看到了自己疲于奔命地呼唤伞的样子。结果伞毫发未损地在复兴门那儿眺望着他，四目对接，就一个往车上冲，一个往车下跳，也不顾人流如潮，便紧紧搂抱到一起。

两个有惊无险，但感觉上仍像是经历了一次生死别离，从此制定一些措施，万一再冲散了怎么联系。作家班同学五湖四海的，根本凑不齐，来的已多半寻着好窝窝了，不是在所属省市文联作协任职，就是在各级报刊做编辑记者，还有的弃文从商或从政，数来数去就阿一寒碜。但他们这个班在文坛上闹出大动静的还不多，还都指望着最可望出息的小才子阿一呢，问他带没带啥好作品？阿一说，好不好的我不说，倒是带了一部对我来说很重要的作品。就把伞介绍给大家。大家拍手叫好，一致说伞了不起。在新华社北京分社工作的老胡是作家班的班长，也是此次聚会的一个主要召集人，他扛了个摄像机来，说要给阿一和伞拍个纪录片，以后还要跟踪到他们的农村老家和他们生活的任何一个地方去拍。又说，我原以为我们这帮浪人骚客没指望了，但看到阿一我又看到了奇迹。我提议，为我们的患难情侣捐点款，为我们这个没有爱情的年代里的爱情出点力。大家又拍手称好，也不待阿一和伞说什么，各自解囊出资，并叮嘱以后有困难随时联系。阿一觉得这钱不该要，可也不便退回去，就从中拿出 1000 元，让伞给她聊城的父母寄过去，说，我们这次真到北京了，不用麻烦朋友转寄了，汇点钱过去，也好叫老人们宽心。

另一个召集者是苏醒。苏醒现在给一个叫老妖的书商当枪手。老妖在京郊十三陵那儿租了个院子，雇了好几个枪手，专门炮制长篇畅销书。老妖让苏醒组织此次聚会的目的也是再找几个人来，阿一被选中。老妖只看了他一个小说的开头就说，你可以留下了。阿一心里嘀咕，留不留我还没想好。

阿一心存顾虑，主要是畅销书这个概念不好界定，本来好书也畅销，像《红楼梦》《百年孤独》等，但现在则多指言情、武侠，甚而至于淫秽的书了，老妖干的自然是后者，所以有点举棋不定。再一个是这里离京城远，基本属农村，伞的工作就不好找，白吃白住十天八天还行，时间久了怕也不好说。与伞商量，伞也同样拿不定主意，只说这地方倒是个避暑的好去处，山连山，峰连峰的，景色不错，气候也宜人，至少比家低了几度，更没想到小时候在课本上学过的十三陵水库就在眼前，推窗可望。阿一知她其实是想留下了，挣钱毕竟最重要啊。

八、老妖租的院子在德陵山脚下

老妖租的院子在德陵山脚下，大小有十来间房，枪手们每人一屋一桌一椅一床。老妖的妻子据说还读过鲁迅文学院的研究生班，精明得赛过市井妇人却还戴着副眼镜。阿一很怀疑那是不是近视镜，即便近视也不一定是读书学习所致，怕是盯着钱或利益一类的东西盯得太用功的缘故。阿一觉得这种人犯不着非要把自己打扮成知识女性的模样，自己效颦起来麻烦，别人看着也别扭。阿一看到她的唯一的作品是她列的一个值日表，字无法用好或不好来说，而是根本都没有成型。她给大家做饭，洗碗扫地一类的杂活则由枪手们轮流做。阿一曾给老妖提到过伞的食宿问题，老妖说兄弟们到一起就是缘分，你这么客气就显得生分了。阿一知道，朋友的家里可以避雨，但不可以久居，何况老妖还不是朋友，就坚持还是生分些好，伞的食宿费可在自己的工资稿费里扣。老妖摇头笑说，其实你多写点东西就行了；要不先叫她帮我们带带孩子吧，等以后有了电脑，再安排她打字行不？

阿一留了下来，领到的选题是一个有关跨国恋情的故事梗概。说是几个慕名来北大、清华等学府求学任教的洋女人，先后看上了住在圆明园废墟上的某个画家或被画家所勾引。画家来者不拒，多多益善，吃了她们喝了她们再玩她们，风月高手般游戏于众多洋女人之间。洋妞们无一例外地坠入情网，各自和自己的洋丈夫或洋情人一刀两断，漂洋过海地携巨资或家业来要与他做长久夫妻时，谜底揭开了，画家一脚踢开她们，义正词严地控诉说，他现在是在报国仇复民恨雪百年之耻，因为他的奶奶或外婆曾被她们的人在晚清时期的圆明园里糟蹋蹂躏。阿一看到这里时差一点喷饭，说，老妖你真厉害，能不能再给我换个？老妖也笑了，说，这一组选题都这样，跟出版社签约好了的。

阿一又看了几个选题，的确大同小异，也就不存在换不换的问题了。但就这么点事，却要发酵成一部几十万字的长篇小说，阿一心里还是犯难。老妖说没事，变着法儿往床上加戏就是。阿一又去问苏醒。苏醒说，你管那么多干吗，挣钱才是目的。苏醒这个名字是他半年前给自己新换的一个笔名，原因是他老婆嫌他没写出名堂，倒把家写穷了，所以跟了一个不大穷的野汉子远走高飞。苏醒盛怒之下换了这个笔名，不写成款爷就决不换回本来的名字，大有在哪里跌倒就在哪里爬起的气势。苏醒的态度挺悲壮的，可阿一的感觉却更像是自暴自弃，想想自己也有一本难念的经，没再说啥，只暗中要求自己可别写得太肉麻了。试着写了万把字给老妖看，老妖很满意，连声说不错不错，照这个样子写下去，你这本书非写火了不可。阿一笑笑，说，那我就这样写下去了？老妖说，就这样写下去吧，注意再多放点作料味儿。

畅销书还是比正经小说好写得多，它的读者群体决定了你不必写得太吃力。老妖说阿一的质量关已经过了，应把数量也赶上去。又说这批书稿别人都快收尾了，出版社又催着交货，阿一来得晚，可适当加快些速度。阿一觉得伞在这里毕竟算个闲人，也想尽量多写点东西，以免老妖妻那不近视的眼睛装近视，所以干得很辛苦，别人都睡醒一觉了，他还在灯下造字。阿一能看见自己的头发在字里行间一根根飘落，却看不见自己的脸已有多黄有多灰。伞心疼得不得了，劝他注意休息和饮食，他连在伞身上的爱欲都没有了，哪还有什么食欲，故吃饭像吃药一样吃力。到后来还索性颠倒了作息时间，一熬一个通宵，每晚都能东拉西扯七八千字甚至万余字，仿佛一架机器。

阿一是投进去了，却不知伞在这期间受了多少苦又受了多少气，义务承担起老妖儿子的启蒙教育不说，还得负责给他端屎倒尿揩屁股。其实老妖儿子都6岁了，这些事完全可以由他自己做，他不做，还一天到晚地缠着伞给他讲故事。伞实在没故事好讲了，他就老气横秋地说，你再不听话，我就不准你吃俺家的饭了。接下来是老妖妻借故忙别的让伞做饭，又随意支使她扫地洗碗倒垃圾。枪手们都是些游手好闲的家伙，明知把自己分内的活转嫁给伞不合适，可还是能自在一会就自在一会。伞做好饭总想叫醒阿一一起吃，看他睡得那么沉又会犹豫。结果饭局就在这当儿摆上了，伞再进去的时候，老妖妻会说以为你不想吃了呢，也没叫你。伞开头听这话也听不出毛病，听多了心里不免发沉，常常是噙了眼泪吃，甚至都不敢吃饱。阿一一般在晚餐和大家一起吃，他一天差不多也只吃这一顿饭，半夜里再啃个冷馒头或泡袋方便面而已。这时老妖妻又会表现得挺照顾伞，招呼她添汤加菜的，阿一也看不出什么端倪。阿一为伞饭后总是刷锅洗碗的事说过她，值日轮流做，至多把我和苏醒的替了，都揽下来干啥？伞望着别处说，反正也累不着。

阿一真成了机器，一个月下来，一部30余万字的书稿脱手了。他写完一本往抽屉里放一本，如今一一摆起来，倒把自己吓了一跳，那么高，又那么厚，太让他没心理准备了。阿一揽镜照视，觉得自己状如野鬼，30岁不到的人，脑际已有隐约的空白了，觉得这一个月真比平常一年还摧残人。老妖看了两天，连声说好，又当即拿出一个装有3000元现金的信封说，这是一部分稿酬，3000元，你数数，另一部分等书出来后付齐。

阿一也没数，转手给了伞。钱毕竟不是假的，夫妻俩心里得些许慰藉。与此同时，伞也终于和她聊城的父母通了电话，如实说了现在的情况，让他们别再担心。父母说已收到他们汇去的钱，态度也不似先前那样敌对了。父母最担心的就是他们的生计问题，如今生计问题似乎解决了，也只好默认了这桩婚事，并嘱咐他们夫妇来回北京的路上，顺道去家里一次。长期以来，二人从没放弃过与聊城的单线联系，但直到今天才算有了着落。阿一摩挲着伞，有些沧桑地说，这些日子亏待你了。伞差点涌出眼泪来，嘴上还笑说，我亏什么，你看你瘦的，头发也掉了那么多。阿一说，你会不会嫌我成了个小老头？伞也有些沧桑地说，我还怕你嫌我成了黄脸婆哩。是傍晚，两个人没开灯，阿一看不清她的脸，只觉得她的手粗糙了许多，处境如斯，话说多了也没用，就动手去退她的裙衫。开头俩人还勉强，后觉得今天这个日子非同寻常，实在应该放松放松，就好好地放松了一回。及事毕，阿一说坏了，怕是要有孩子了。伞回忆了一下过程，觉得与平时有区别又没区别的，乐得嗔他说，就你能，人家都是怀孕多少天后还不知道，你咋这么诸葛亮？阿一说，我有这种感觉。

九、老妖让阿一先歇两天

老妖让阿一先歇两天，还没派他新任务。阿一想来到北京就一头扎进畅销书作坊里了，还没领伞逛过北京啥样呢，不如趁这空儿去转转。天气热，长城香山就不要去了，但故宫北海几个景点应该去看看。阿一读作家班时来这些地方兜售过报纸地图纪念册什么的，当起伞的导游来，一点也不逊色于那些专职导游员。伞开心得像个孩子，又蹦又跳的，一路上笑声不断。两人疯玩了两三天，照了许多相，各自都很尽情尽兴。最后一站游的是位于北三环中段的甲秀公园，返回时路过北京出版社。阿一知道《十月》杂志社就在这栋楼上，想了想说，这里的一位编辑发过咱一个中篇小说呢，到门口了，是不是去看看？

《十月》编辑部在七楼，阿一乘电梯上去，正好那编辑在。编辑姓陈，挺年轻，不像阿一想的老大一把年纪，一说，两人还是县邻县的山东老乡呢，无形中为谈话添了些亲近的气息。陈编辑给他沏了杯茶，说还记得他那个小说，而且印象不错，坚持下来应该能写出好东西。因问他最近忙什么，怎么老长时间也没再寄个稿子？阿一照直说忙着逃婚呢，现在给人家书商当枪手。陈编辑理解地点点头，思忖了下又说，大家认识了，就是朋友，况我们又是老乡，我想给你说句负责的话，纯文学和畅销书绝对是截然不同的两条路子，你在那条路上走得越快，就会离这条路越来越远了。阿一默然，回头说与伞知，伞也沉默了一会，说，其实我早看出来了，你不适合写那种东西。

阿一有了撤的念头，苦于还有部分稿费在老妖手上，想伺机要回来了再说。等他回来，发现枪手们少了两个，就问苏醒怎么回事？苏醒说，还问呢，不都是因为你。阿一说，怪了，怎么会因我？苏醒说，你一个人赶两三个人的工作量，老妖还养那么多人干什么？你这么写下去，迟早一天我也得给他炒了。阿一听出老同学话里有气，惊觉自己无意中冒犯大家了，急问还能挽回不？苏醒说挽回？怎么挽回？未必你就舍得走？阿一知道这话已不仅仅是气话了，心绪一下子很坏，抬头看见老妖儿子又在纠缠在水管上洗手的伞讲故事，伞说好好好，你叫我洗把脸行不？老妖的儿子也很有点妖气，大家都叫他小妖，他蛮横而决绝地说，不行，我就叫你现在讲，不讲我就不准你吃俺家的饭了。阿一一股无名火起，一步跳到门外说，小妖，你跟大人讲话要懂一点分寸。阿一说得很严肃，小妖懵懂了一会，耍赖皮哭了。老妖妻忙从屋里走出来，讪笑说，小妖这孩子怕是几天没见他伞阿姨，亲哩。伞过来扯阿一的手，阿一还气急败坏地说，那是亲啊，我怎么就没看出来哩？老妖也从屋里出来了，说，小孩子，跟他计较啥，他还不懂事哩。阿一又犯上了牛脾气，不依不饶地说，这倒是我的不是了？真是小孩子说不出来那样的话，大人不说，他能知道伞在白吃他家的饭吗？老妖赔笑说，你看你说的，我回头好好教训他就是。阿一说，教训不必了，你们这孩子我们带不了，你另找个人带吧。老妖说，这都好说。

　　阿一说到做到，坚决不让伞再带小妖了。小妖倒也没敢再放肆，见了他乖乖地叫叔叔，见了伞乖乖地叫阿姨，事情不了了之。这时老妖拿来另一个枪手的书稿让阿一改改，润色润色，实在不行就推倒重来。阿一硬着头皮看了大半截，除了男淫女，就是女淫男，人物几乎没穿过衣服，次日还给老妖说，我没法改造。老妖笑了，说，你们俩正好相反，他是床上戏多了些，你是太少，我想你改改也许能行，不行就重来吧。阿一本想郑重跟他说说选题策划方面的事，意见还是先前的，好书也畅销，但眼下心情不好，也就懒得多说了。

　　伞到底是怀孕了，她都忘了这事，因例假迟迟不来，饮食上有了反应，才想起去昌平医院看一看，一查，还真是怀上了，不由很惊叹阿一未卜先知的感应能力，心里觉得更爱他了，回来问他要不要？阿一两个弟弟的孩子虽已欢蹦乱跳地快上学了，母亲也早催他了，可他自己仍没想这么早就要孩子，一则婚姻还没稳定下来，万一有点闪失，孩子跟谁都是问题；二则经济基础也不稳定，两个大人，清汤寡水的也能凑合着过，有了孩子怕就不行了，不能让人家也这么早就来跟着受罪，故采取了一些措施。那天二人一时糊涂，记错了安全期，以致有了这么个结果。但既然来了，自然没有打胎损害身体的道理，阿一决绝地说，怎么不要，我们不是说好了还要生他一大群吗？伞高兴得跳起来，搂住他狠亲了一口，她其实早想要个孩子了。

伞的妊娠反应很厉害，不仅吃不下饭，还成天呕个不停，人一下子虚弱下来。阿一不敢夜夜熬通宵了，买了些补养品，又专门造了根鱼竿，陪她去水库边钓钓鱼、散散步什么的，也去就近山林里走走转转，陡然间觉得自己成了个大人。这情况老妖夫妻大约也察觉了，一次谈天，老妖很委婉地说，我现在发现要孩子是个错误，趁年轻，还是多玩几年的好。阿一说，有了孩子就不好玩了？老妖说，一点都不好玩，且举例一二三。阿一说，你怎么不早说，我已让伞怀上孩子了。老妖说，真的？那倒没看出来，如果时间不太久，采取点补救措施估计还来得及。阿一笑了，说，补救措施就是把一个小生命杀了？老妖怔了怔，也跟着他笑了。

因为伞现在自顾不暇，医嘱多次交待注意休息，阿一只好把不知何时转嫁到伞名下的做饭洗碗扫地一类的杂活揽下来，很殷勤地干这干那。又因为不再开夜车了，他的写作速度慢了下来，从原来的每天万余字慢慢降至现在的四五千字。这也是他暗中要求的数字，他不想再因为自己的存在而给苏醒等人制造压力。如是几天下来，老妖那里虽还看不出什么，老妖妻脸上早不是好脸色了。是一次晚饭时间，大家不知正瞎侃着什么，老妖妻忽然端起老板娘的架势，推了推眼镜说，小王，你以后吃完饭就把碗刷了，让他们几个多写点东西。这话从字面上看也不是很厉害，但加上语气神情场景的配合就显得厉害了。大家始料不及，气氛一下子僵住，直到伞退出，苏醒等人才胡乱找了个借口打破局面，但气氛终于是没能扭转多少。阿一慢慢地吃着，坚持最后一个吃完，刚放下碗筷，老妖夫妻俩就争着收拾，苏醒等人也争。阿一摇摇头，把碗筷一一摞上。老妖妻跟他到厨房，又抢着拧水龙头和他手里的餐具，说，我来。阿一推开她说，还是我来吧。

阿一把碗筷洗刷得很耐心，尽管手脚有些抖，可也总算克制住了自己没打碎啥东西。他把灯关掉，又把厨房的门关上，知道老妖苏醒等人在客厅里等他，他却没看他们，顾自转向脸色不知何时变得煞白的老妖妻说，嫂子，还有啥活是该小王干的，你都说出来，我好替她干了。老妖妻有些支吾。阿一又问了一遍，老妖妻仍说不出什么，阿一径直转身走了。

伞在床上蜷卧着，不知哭没哭，阿一也没安慰她，只望着窗外黑压压的天说，你收拾一下，咱们走。

一会苏醒来敲门，说，装装样子争回点脸面就行了，怎么还真舍得走？阿一不吭声，苏醒又说，其实换我也受不了，她怎么可以那样使唤伞？但把话说回来，你能走哪去，往哪走？在这里总比你在老家侍弄土坷垃好，走什么走？苏醒现在的确是苏醒了，都这会儿了，说出的话还有那么点儿假惺惺。阿一装作听不出，只淡淡地说，我们不陪你了，你多保重。苏醒松了一口气，说，老妖叫我来叫你。阿一收拾着书桌说知道了，我一会就到。

相对于苏醒，老妖的挽留真诚了许多。他给阿一道了歉，让他别跟女人一般见识，连工资待遇都可改善的话也提到了。阿一说啥都不用说了，我去意已久。我不是还有点稿费在你手上吗，我想也该够伞这段时间的生活费了。老妖说，兄弟们好不容易到一起，就不能再商量商量吗？阿一说别商量了，等我后悔的时候，再来找你行不？

邻居家有开出租车的，阿一叫了来，老妖苏醒执意送他们一程。路上又说了些话，黑灯瞎火的，谁也看不清谁的脸色。车到积水潭站，地铁还没停，伞说就坐地铁过去吧，可以省点钱。阿一说好，转身与另二人作别。老妖握住阿一的手说，兄弟，让你们在我这里受苦了，以后请别放心上。阿一笑说不会的，我做得也不够好。老妖又说，希望我们还能有机会合作。阿一说，我也这么想，有机会还要与狼共舞。大家笑起来。老妖把阿一拽到一边说，在我这里干一年，我叫你带十万块钱回去。阿一这次没说啥，只把头摇了一摇。

乘地铁到复兴门再转乘无轨电车过去，到达永定门汽车站时已是22点多了，来得早不如来得巧，正好有辆开往家乡方向的卧铺汽车开始检票。伞说，豪华型的啊，是不是再等等？阿一说，这是长途呢，就奢侈一回吧，不为我们，而为我们的宝宝。一边扶伞先上去，自己在下边买了点吃食饮料。等他再上来，车就开动了，正在徐徐驶出闹市。夫妻俩对望一眼，同时给北京挥了挥手。

抱不动女孩的男孩

三行是我朋友的一个兄弟，喜欢摄影，每到节假日都会去一些深山老林里拍回一大摞照片。我那时在县城编着一份刊物，发过他一些作品，一来二去也熟了。

那天是周六，三行骑车去了县城西面的马西林场。刚刚下过一场雨，林子里草木葱茏，鸟语花香，三行又兴致勃勃地拍了一组在他看来很满意的画面。当他满载而归地钻出林子，天也差不多快黑了。正想蹬车返回，他看见林子边上横着一辆被撞得龇牙咧嘴的木兰摩托车，路旁的树坑里蜷卧着一个泥头血脸的女孩子。看来女孩摔得不轻，都不会说话、不会求救了，唯有气若游丝的一两声呻吟表明其生命还没有停止。三行一惊，本能地跳进坑里，要把女孩抱上来，然后再拦一辆出租车将其送到医院去。可不知怎的转念一想，他还没抱起女孩呢，就又慌手慌脚地从坑里跳了出来，后背渗出些许冷汗。时下不断有司机撞了人驾车逃逸，当事人反把救人的人当成肇事者的传闻；还有更玄乎的，说是当事人既不曾被别人撞着，自己也没有摔着，之所以打扮成一副伤痕累累的模样，不过是为了赖上某个好事的傻子，借以敲诈一笔钱财。思想至此，三行后怕得不得了，心说难怪别的路人见了也只是往这边探探头，瞟一眼，谁都不肯停下呢，自己也别多事了。

三行是个优柔寡断的人，这一点我早有领教。比如给一张平平常常的照片取名字，他也要绞上好几天的脑汁。有时我们的刊物要付印了，他还会跑来，给发排在即的照片另换个标题。当下三行骑车行驶了十多米，心里却还有点放不下奄奄一息的女孩。他想她若真是装得还好，可万一不是呢？三行思来想去想不出主意，直到接了一个家人问他啥时回去的电话，才下意识地想起用手机给120呼救。从城里到林场的这段路很不好走，况且又刚下过一场雨，天也说黑就黑了，呜呜哇哇的救护车用了半个小时才赶到此处。如果再晚上半个小时，主治医生说，他就无法保证女孩还能不能获救了。

三行心里说真玄，女孩的家里人也都说真玄，接着要给救命恩人钱物表示他们的谢意。三行没要。三行发现洗去血污的女孩很漂亮，心里就想得比钱物更多更远了些。女孩说她那天开车开快了，本想绕一个水洼，不期撞到了树上，树又把她反弹到坑里，头给摔蒙了。出院后，三行还经常去看她；出于感激，女孩也不时地约他看场电影喝杯茶什么的。两个人好像都彼此有意，只差一层纸没有捅破了。在女孩21岁生日那天，三行特意买了一大束鲜艳欲滴的玫瑰花，想在这一天里把爱意谈开，把关系明确了。

两个人是在一个酒吧里见的面，三行和女孩都如约而至。女孩羞红着脸吹灭了21支红烛，给他切了很大的一块蛋糕说，谢谢你给了我第二次生命。没有你，就没有我今天这个生日了。女孩说得很动情，声音哽咽，眼里汪满了滢滢的泪光。三行也很感动，觉得这一切可真是天定的缘分。他拉住女孩的手，郑重地向女孩献上了那束花，郑重地表达了自己心中的爱意。他原以为女孩听了会更感动，更幸福，不料女孩却悄悄抽回自己的手，幽幽地说，我还没想过这个事，你去问问我妈妈吧。

三行想女孩也许是不好意思，转天去了女孩的家。女孩的妈妈对三行一直心存感激，见他来又是开饮料又是削水果的，很是客气。女孩的妈妈客气地说，我女儿说了，因为这样那样的原因，她可能会喜欢上一个抱不动女孩的男孩，但决不会将终身托付给一个抱不动女孩的男孩。

三行蒙了，怀疑自己是否听清了对方的话，女孩的个头虽不算小，但至多也就百把斤重，他一个一米七多的大小伙子，怎么会抱不动她？疑惑间听见女孩的妈妈又说，说说那天的情形吧。三行不知女孩的妈妈啥态度，但人家主动谈到这个话题上来，他的神态就自如多了，就把怎样发现的女孩、怎样拨打的120、怎样跟医生一起参与了急救的过程说了一遍，有条有理，有先有后。女孩的妈妈一边听着一边点头，沉思了很久后才说，我知道那条路上行人不多，但按你说的时间看，估计还能拦到出租车吧？

三行说能啊。

女孩的妈妈说，小伙子，那你为什么不直接把她抱到出租车上呢？你抱不动她吗？

三行无言。三行后来跟我说这件事时说怪了怪了，我怎么就成了个抱不动女孩的男孩？我觉得这个问题太复杂了，我回答不了，就一个字也没回答他。

头一个架子

一、墨水村一带要成为油区

墨水村一带要成为油区，是一桩很突然的事。那高高的钻井架几乎是一夜间生长出来的，直冲云霄，巍峨得有点不真实。所以好多人都说这儿的天要塌了，国家才给立了这么一棵大柱子，擎着哩。

安在墨水村西头的头一个大铁架子，落成于那个遥远的旧历年底，引来了方圆几十里地的人看稀奇。那天下午我刚从县一中放假回家，也被二壶、老一、南瓜几个儿时的伙伴拉去看架子。架子那儿委实热闹，人山人海的，像长胳臂的吊车和长鼻子的挖土机，以及带把儿的过滤嘴香烟和说普通话的男人女人啦什么的，使土生土长的人们大开了眼界。二壶还嫌不过瘾，不等人家安装妥当，他便嗖嗖爬上去，任凭头戴安全帽腰系保险带的工人们如何警告他危险危险，他都不理。众人见了，也一窝蜂往上爬，气得工人们草草拧上最后几颗螺丝，即去停在架子一侧的餐车那儿喝水抽烟去了，准备稍事休整后离去。

二壶那天出尽了风头，谁也没他爬得快。他下来比比画画地说，日他娘不得了真不得了，从上往下看，人小得像蚂蚁，房子就像洋火盒。

特别是你们几个，稍停他又强调性地补充说，都比蚂蚁还小哩。把我们三人气半死。不过我从小就有恐高症，气了也白气，验证并推倒二壶的话，还得靠老一和南瓜。老一虽能爬上去，速度却慢得惊人，二壶上下两三个来回，他才能爬到顶层去。据他说上面风沙大得像驴叫，只觉下面黑压压一片，根本就看不清哪是房子哪是人。

实际上，老一的话已很形象地说明架子有多高了，但他既没澄清人是不是小得像蚂蚁，房子是不是像洋火盒这两个根本的问题，我们就还是觉得他失职，觉得他徒劳无功，不得不仰仗南瓜了。南瓜才爬到二层，二壶就呼呼撵上去，猛地撅腚放了个响屁说，就你这笨猪样，不是照顾你，怕连我的屁都吃不上哩。

南瓜索性不爬了，下来问我说，华的，我不知你有感觉没有，跟这种没文化没教养的人在一起，真是要命。说着掸掸身上的土，同时把上衣兜里的几枝金色银色的钢笔插周正。这时二壶也下来了，见状不由撇嘴说，你猪鼻子上插葱装啥象呀，人家华的还没你大呢都上十一年级了，你不就才上八年级吗？

你别说，老一跟着起哄说，还真看不出是从哪国进口的象哩。

不论哪国进口的象，想必都是洋相吧，逗得旁边的好多人乱笑着凑趣。南瓜脸上挂不住，思忖着从插钢笔的兜里摸出一棵烟来，做要吸的样子。那二人见了，果然上钩，笑嘻嘻地过来要。老一馋涎欲滴地说，好南瓜叫我吸一棵吧好南瓜，我有烟的时候，一棵还你两棵。

一棵还五棵。二壶也信誓旦旦地说。

南瓜是成心叫他们也出出洋相的，更知道他们很少有有烟的时候，有烟的时候又决不会这么大方，自不会给，只问我抽不抽。我那时尚未染上烟瘾，说不抽，你给他们抽吧。

这样吧，南瓜看看我又看看烟，从中间折断说，这棵烟我抽一半，另一半你俩比赛爬架子吧，谁爬得快谁抽。

半棵烟抛来，二壶就乱了阵营，很踊跃地邀请老一比赛。老一的态度虽不踊跃，但也难说是为了坚守阵营，又央求了几句不见南瓜收回成命，噗地往地下吐口唾沫说，老子费偌大劲抽你这半根破烟，还不如去捡人家油田人的烟头，人家那烟头也带把哩。说着丢下我们，骂咧咧地往汽车那边捡烟头去了。

南瓜本想看看他们狗咬狗的，不期老一自动放弃了角逐，便也在他后面吐了口唾沫说，还他妈吃不到葡萄嫌葡萄酸哩。

二壶没了竞争对手，就笑嘻嘻地巴结说，我不嫌酸，我知道葡萄甜哩。可南瓜仍不肯白给他，抬头看见另一些人已爬上架子的三层，就说你不跟老一比，跟他们比吧，比过了他们，烟还归你抽。这明显是一场不公平的比赛，有故意刁难的成分了，怎奈二壶吸烟心切，又自恃艺高人胆大，竟爽快地答应说，好哩。就跳跃几下，一纵身蹿上了架子。二壶真是好身手，眼看就要追上那几个爬到半空中的人了，忽听汽车那边一片吵嚷声，循声望去，只见老一正怀揣什么东西往野地里跑，后面跟着一大群乱叫乱骂着的石油工人。

适才老一去捡烟头，见小憩的工人们一边看村人乱哄哄地爬架子，一边说笑着什么，没谁注意他，就拉开一辆汽车的门，把驾驶室里的一双帆布手套一个绿瓷茶缸一副墨色眼镜一块夜光带日历的手表以及一个电子打火机和半盒的过滤嘴烟等都一股脑地收罗走了。当时大家虽不知他具体偷了什么东西，但见他怀里鼓鼓囊囊的，就猜想他怀里的世界一定很丰富很精彩，一个个伸长脖子挥着手喊，快点跑，快点跑。其时二壶还在半空中的架子上，自能高瞻远瞩，看出老一跑的方向不对，遂把架子踩得哐哐响说，你傻×操的往村里跑呀你傻×！

老一虽然眼疾手快，却没有一双配套的腿，他罗圈，又在慌乱中听不清二壶的指示，只一摇三晃地往野外跑。野外是一片空空荡荡的大平原，他又能跑到哪去，所以后面的人穷追不舍。

二壶和老一大约是一对配合默契的老搭档了，不用商量也知道怎样救他的伙伴于危急，看着老一跑不脱，也顾不得操纵他失灵的遥控指挥了，出出溜溜地滑下架子，就地滚着跟头向汽车那跑去。不待我们反应过来，他已抓起一大把坷垃扔过去说，日你娘你们谁敢撵我？

留下来照看器械的人本已不多，冷不丁挨他一击，都有些恼，但见他穿得破破烂烂又嘻嘻哈哈的，以为是个智力不正常的孩子呢，没怎么理会他，照旧给自己的人喝号助威。二壶越发嚣张，又连抓起几大把坷垃，天女散花般地扔过去说，日你娘你们咋不敢撵我？

那坷垃是结了冰的，冷硬如石头，就有人的头脸给砸流血了。但工人们也似乎看穿了二壶的调兵计，只把两个女工人护驾到驾驶室里，仍不多跟他计较。二壶见女同志是重点保护对象，就专对女同志攻击，很快把车窗玻璃砸碎了，砸得两个女工人抱头尖叫，一边把喇叭按得惊一般响。是可忍，孰不可忍，男工人们这才气坏了，操起扳子钳子铁棍子什么的，乱骂着来撵二壶。二壶终于如愿以偿，好不得意，一边扔着他源源不断的坷垃，一边笑嘻嘻地回头骂说，日你娘看你们谁能撵上我？

那头追赶老一的人，听见这边的喇叭声和叫嚷声，不知又有什么贵重的东西被劫走，方寸大乱。老一得以调整方向，趁空儿溜了。待这伙人乱糟糟地往回跑的时候，南瓜业已明白了二壶的用心，知道他一插手，老一所偷的东西基本上就算到手了，遂把那半根烟高高地挥举起来说，二壶你放心跑吧二壶，这烟我保证还留给你抽哩。不料二壶不领情，扭回头恶狠狠地骂说，日你娘南南南狗日的喊老子的名。

二壶终没骂出南瓜的名，看看身后大兵压境，一掉头大跑。这家伙在墨水村素有贼腿之称的，当然没谁能撵上他，况天色向晚，三跳两跃就没影了。

二、一夜无话

一夜无话。次日早饭时间，我的还在炕头上睡懒觉的父亲问了我一些二壶们偷东西的细节。这事他也听说了，只不甚具体，我大致说了说过程，我父亲就笑了，说，二壶那小狗日的鬼点子不少。顿了下又说，他们没留啥尾巴吧？我想了想说，南瓜那会喊过二壶的名，不知他们听没听到。我父亲噗地啐了口痰说，狗日的南瓜跟他爹娘一样，精得邪乎。

我父亲在我们吃饭的时候讲一点卫生，不随地吐痰，而是有的放矢地吐到炕里侧的那面墙上。日久天长，那面墙就花花绿绿硕果累累的，形同一块婴儿尿布，又或将军房里的作战地图。我从前也没觉得有什么，但过了几年寄宿学校的生活就觉得有什么了，食欲顿消。正强忍着不让自己呕吐出来，卧在一侧等着吃残汤剩饭的虎却忽地一下跃出去，狂咬起来。我反正吃不下饭，也怕它咬伤谁，借故跟出来。大门外有两个衣着考究的人，正左躲右闪着虎的扑咬，脸都变色了。一个慌慌地说，刘村长家是住这吧？另一个也慌慌地说，刘书记家在这住吧？我点点头，一边喝住虎，才要领他们进院子，忽听我母亲大声地喊我华的。我母亲常年多病，从不用这么大声喊我的，以为有急事，慌得跑回屋。我母亲显然没啥事，倒是父亲问我虎在咬谁？我说，两个生人。我父亲说，屁话，不是生人虎还会咬？

虎是我父亲早年从镇上派出所抱养来的一条狗崽，算是出身名门望族的优良品种，且经多见广，阅历丰富，常跟我父亲去镇上开会或去村子里的各户人家喝酒，不仅认识这村的男女老少，还跟镇上及周围村庄的干部们混得很熟，轻易不大开尊口咬人的，故我父亲这么警惕。我想想又补充说，可能是油田上的人吧，他们说普通话哩。

那你问问他们干啥来的？我父亲说，要为偷东西的事，你就说我不在家。

我说，我已经说了你在家了。

我父亲闻言就不讲卫生了，噗地把一口痰笔直地吐我的馒头上说，日你娘你都不如虎。

具体起来，我父亲这句话的意思是说我都不如一条狗的智商高。我有些委屈，看看手里的脏馒头，更有些恶心，才要出去扔掉，屋门一黑，那两个人已进来了。我这时看见他们还提着一个大黑皮包的，鼓鼓囊囊的挺有些内容。其中那个年轻些的把包搁桌上，赔着笑说他叫左小飞，是个司机；陪同他来的，是他们工程队的巩副队长。巩副队长也赔着笑说，他们安装架子的工程已完毕，特意给我父亲辞行并拜个早年来了。我父亲一点也不难为情，从脏兮兮的被窝里伸出脏兮兮的手就和人家握，还哈哈大笑说，原来是工人老大哥来了呀，快坐快坐；日你娘华的咋不早说？

一从炕上起来，我父亲就大声地吆喝我买烟买酒去。工人们忙从提包里掏出酒肉罐头一大堆东西，说一切都有不用买了。我父亲仍不肯放过我，又支使我烧水沏茶什么的，以示惩罚或报复。他自己草草洗漱了下，就在一条只有两条半腿的凳子上入座了。在小飞忙递上去一棵过滤嘴烟，并随手把那包烟放到我父亲面前。我父亲虽没推辞，却举着那烟颠过来倒过去又倒过去颠过来地看，看得要给他点火的人都毛愣了，才咔嚓一声把过滤嘴拧掉说，这是啥屌狗日的年头，不光人穿高跟鞋，连他妈烟也穿上了哩。

工人们一场虚惊后就笑，说我父亲挺幽默。我父亲索性幽默到底，咔咔嚓嚓地把他面前那包烟的过滤嘴全拧掉了。此后很长的时间里，我父亲每抽过滤嘴烟必把过滤嘴拧掉，以示他不屑于理睬这一多余的现代文明，认定此系狗尾续貂。但是，随着地下石油的大量开采，村子暴富，过滤嘴烟像铺天盖地的洪水猛兽般滚滚涌来，我父亲再也"咔嚓"不完的时候，才无限伤感无限忧伤地凝视着那越来越长越来越花哨的过滤嘴，不胜感慨不胜唏嘘地说，日他千娘万奶奶，人就是这样想着法儿远离了人间烟火，远离了真啊。

此谓后话不提。

那二人见我父亲这样，就不知他这是幽默，还是发脾气，一地狼藉的烟嘴使他们面面相觑。我父亲却突然收回他失神的目光，大咧咧笑说，来，咱们喝酒。

寒暄中下去三五杯酒，双方都从大道理上客套，说是以后油田和驻地联袂的事项会很多，搞好工农关系很重要。但工人们毕竟是为昨天下午的事情才来的，见我父亲迟迟不切正题，也就不好总绕弯子了，试探着说出东西被偷一事来，问我父亲听说没有？

这不可能。我父亲斩钉截铁地说，别说这村里没那种小偷小摸的人，连有那种不良习气的畜生都没有。还语气卓绝地说，这村里人人都受过中高等甚或中高等以上的教育，大人小孩无不在他的英明领导下具备了较高的思想觉悟和公德意识。这个村为什么叫墨水村呢，我父亲朗朗地自问自答着说，墨水是不是就意味了文化学识教养素质品位层次呢？

在我父亲南辕北辙的高谈阔论里，人家自然不好说墨水村不墨水的，连连点头，声声称是。我父亲越发健谈，顾自云里雾里地胡侃下去，把人家的菜吃得很香把人家的酒喝得很响，谈笑间挥洒自如，唾星四溢。可人家的脑袋也不是糨糊做的，不可能总叫他牵着鼻子走，瞅个空儿提出了二壶的名字，且委婉而含蓄地说，刘村长刘书记你好好想想，贵村里是不是有这么个人哩？

事情果然坏在南瓜嘴上，他那会儿真不该喊二壶的名字的，不过还好，他们在忙乱中并没听记多清楚，依据乡下人龙啊豹啊的取名习惯，误把二壶含糊地想当然地领会成二虎了。我父亲收住他波浪滔天的话头，咬文嚼字地说，你是说二虎？

左小飞不敢含糊了，肯定地说，是二虎。

我父亲闻言开怀大笑，仰脖干了一杯酒说，这说明你真弄错了伙计。我告诉你，这村里叫这虎那虎的玩意儿多了，可就是没什么叫虎的人哟。

左小飞说，有叫虎的玩意儿没叫虎的人？

我父亲说对。不信我马上给你弄个叫虎的玩意儿来。就侧了侧脸，向卧在门口的虎叫了一声虎。虎应声过来，不料被主人忽地踹了一脚说，日你娘昨天干坏事了没有？虎不明就里，呜呜咽咽地摇了摇头。我父亲说，光你说没有不行，站好了叫工人老大哥看看。虎不站则已，一站，俨然一个牛犊似的庞然大物呢。两个适才领教过它的厉害，余悸未息，如今又见它虎视眈眈地瞪视着自己，怕再遭反扑，慌说不是它不是它，怎么会是它呢。我父亲还绷着脸说，谅它也不敢。是它的话，杀了剐了枪毙了我决不含糊。一边问人家还要不要再弄个叫虎的玩意儿来？人家知道我父亲在耍赖，俱说不用了不用了。

我父亲首战告捷，脸上始现出笑意，夹起一块鸡骨头扔到院子里说，看来真他妈冤枉你了，吃块肉吧压压惊。虎就嗖地跃出去，猛一旋身，正好咔一声接住。工人们似为讨好虎，或者讨好虎主人，也各自夹起一块鸡骨头鱼罐头什么的扔出去，并学着我父亲的样子说，虎，接住虎。孰料虎只是冷眼向洋地看了他们一眼，不为所动。我父亲就骂说，日你娘看你那熊样，人家工人老大哥都给咱赔礼道歉了，咱还装屄啥熊样？虎这才冲刺、腾跃、旋身，咔咔两声接住，并转回身来点点头。两个且惊且喜，连声说虎是条好狗虎是条好狗。我父亲说，这回二位知道墨水村的规矩了吧，别说人，狗都不食嗟来的食哩。

工人们不小心又被我父亲兜进一个老圈子里了，一时颇尴尬。尴尬了却没有要走的意思，我父亲就不耐烦了。他动作幅度很大地站起身，又动作幅度很大地打开炕头上的扩音机，呼呼地吹了两声，呼呼地又吹了两声说，歪歪化肥，歪歪化肥，快把全村花名册拿来，快把全村花名册拿来。

村里每有大事小情，我父亲通常都是这么"歪歪"着发布下去的，高音喇叭就架设在我家厨屋的房顶上。此次被喊的化肥是村会计，掌管着村里的财务和一应文件档案等。也不知他此刻正忙着什么，反正是一听到吆喝就抱着一大摞灰头土脑的旧本子来了，慌慌地说，村长啥事？

我父亲说，我不知这村里有没有个叫二虎的家伙，你狗日的知道不？

化肥擦着满脸的汗说，我不知道村长。

我父亲严厉地说，你真不知道？别他妈知道装不知道？

我真不知道村长，化肥说，我只知道你这条狗叫二虎，简称虎，它哥哥大虎在镇派出所工作。叫什么虎的人，我连听也没听说过哩。

我父亲显然很满意化肥的回答，没再骂他，复转向那二人说，我不知道，没想到他狗日的会计也不知道，没法了，只好请二位查查俺村的点名册了。

工人们起初对我父亲这一古怪的行为还有点反应不过来，到这会儿才算明白是咋回事了。我父亲就这么可怕地坦诚着，其用心真是无赖到家也险恶到家了，点名册上统计的都是村人的正经名字，而村人平时互相喊的，则无一例外不是诨号，查又能查出什么来呢？左小飞不甘心，看上去还真想查查的，巩队长忙递了个眼色制止住他，说，其实我们所丢的东西，也没啥大不了的，要不是还有左小飞的驾驶证和工作证，我们也不会来麻烦大家，刘书记你太当真了。好了，我们这次来权当玩儿，还喝酒吧。

又喝了一会酒，我父亲明显话少了。工人们还丢有驾驶执照和工作证，他预先不知道，我也不知，想是虑及这些东西于二壶们毫无用处而于别人又太有用处吧，他没来由地咳嗽了两声，说，日你娘化肥你酒也喝了菜也吃了，不能白吃白喝不干事。我估计这事是邻村人干的，你去附近几个村干部那里问问吧，别的东西先不说，证件得要来，胆敢不给的，你来叫我。

化肥心领神会地说，我就去，手上的筷子却还舍不得放掉，夹了块鱼头又夹了个鸡爪子，把两个腮帮子撑得十分突出。工人们听了心里也有底，却装着没底的样子，分别给化肥敬了烟敬了酒，又一左一右地陪送他出屋。但饶有趣味的是，这边化肥还没脱身，那边却有人大声地喊我华的。我一惊，慌得迎出去阻止，而喊我的人已然来到院里了。是时，二壶还戴着左小飞的墨色眼镜，老一还戴着左小飞的帆布手套，就是南瓜，也还把玩着左小飞的电子打火机呢。左小飞毕竟嫩了些，他这时认出认不出贼人的已没多少实际意义了，可他还是用手一指二壶说，就是他。

此刻，我无法想象我亲爱的父亲在想些什么，又该如何应对这突然的变故，连我都脸热心跳得恨不得钻到地缝里去了，他还从容坐着，泰然如初，直到左小飞又说了一遍刘村长刘书记就是他呀，他才猛地一下拍上左小飞的肩膀，朗朗大笑了几声说，我说工人老大哥哟真有你的，是他你咋不早说？他叫二壶，就是一壶酒两壶酒的壶，一壶尿两壶尿的壶，不是二虎，你这样壶虎不分，不是把简单的事情弄复杂了嘛！

三、老一偷到的东西

老一偷到的东西，当天晚上就瓜分了。墨色眼镜和电子打火机两样东西比较洋气，二壶强自要了，老一分得帆布手套和绿瓷茶缸两样相对实用的东西，也很满意。半盒的过滤嘴烟共 11 棵，两个都想多分一棵，正相持不下，南瓜赶到，硬抢去两棵，二人只好各分了 4.5 棵。几个证件本倒是没分，因为实在是屁用没有，老一当初是当作盛钱的票夹子偷的。剩下手表不好处置，它无法和另外的东西平均分配。适时南瓜的娘正在给老光棍死不了介绍一个邻村的寡妇，按墨水村一带的习俗，男方当送女方一块手表表示其爱心、忠心和倾心，南瓜就建议把表卖给死不了去。经过一番讨价还价，这块夜光带日历的手表在 27 元上成交。南瓜也想分一份，二壶们不肯，南瓜就说日他娘你们发了财，请一回客总行吧？

发了财的二壶们自然要庆贺一番的，一人 10 元得了脏，余下 7 元去南瓜家喝酒。因为南瓜的爹是屠夫，开着肉铺子，故去他家吃喝才方便。至半夜，瓶空盘净，南瓜又建议他们再出点钱买他家的肉吃。二壶意犹未尽，当真要买，倒是老一多了个心眼说，今个手气不错，没准还能发点邪财，应该去赌场上搓两把才是。南瓜的爹在一旁听了，就说要搓两把何必去赌场，他这里麻将牌九啥都有的。于是撤下残席，摆上麻将，四个人坐下来一起搓。也没搓几圈，钱都被南瓜父子搓走了。两个不甘心，又各自押下了电子打火机和绿瓷茶缸。大约也扳了几个来回，但最终还是输掉了。南瓜父子摆出一副多多益善的样子，鼓励他们下另外的赌注，譬如眼镜手套都没什么不可以的。这两人虽对牌桌恋恋不舍，但眼看偷来的一大包东西各剩下最后一样了，终是没再接受南瓜父子的动员，灰溜溜撤了。

现在已时近中午，两个才从炕头上爬起来，路上遇到南瓜，又相约着来叫我一起看架子去，不期送货上门，让人家一眼认了出来。我父亲赖到这种人证物证俱在场的地步，当然得有个姿态，雷厉风行地追缴了驾驶执照和工作证。左小飞接过失而复得的东西惊喜参半，样子上有点欲言又止。巩队长就又替他说，按说证件找回来了，别的不该再计较，可那块表是左小飞女朋友刚送他不久的生日礼物，丢了不大合适，刘书记你看，能不能叫他出点钱赎回来哩？左小飞也忙表态说，多少钱他都不在乎。可让人家出钱买人家自己的表，情理上不通，再说险些被包庇过去的二壶们实在是自投罗网，我父亲坚决表示要追回，及听说把表卖了又把表款挥霍了，也没多费口舌，径直通过高音喇叭喊来死不了，亲自把他还没戴热乎的表撸了下来。这样工人们走时就说不尽的千恩万谢，左小飞还一再表示要留点钱，我父亲淡淡地阻住他说，你以后看好你的司机楼就是了。

送工人老大哥走时，我父亲难得地客气着，转过身来则黑了脸，照着面前的几个人就是好一通拳脚。挨打挨骂最多的是南瓜，因为没他咋呼那么一嗓子，这事就屁事不算了。化肥和我也没能幸免，因为他不贪吃贪喝早行动会儿，这事也能不了了之；打骂我的理由有很多，主要怪我傻×一个，引狼入室又不知提前送个信去。——打了骂了，才大手一挥说，都他娘的给我滚吧。

大家如蒙大赦地跑出院子，我也跟着溜出去，才要喊二壶他们等我一下，忽有一个影子从后面跑到我前面说，日恁娘二壶、老一，你两个狗日的给我站住。

二壶、老一回头一看是死不了，非但没站住，反而跑得更欢了。二壶他是追不上的，因为是在村里，到处拐弯抹角的，故连罗圈腿的老一他也追不上，三拐两抹都没影了。气得死不了在后面跺着脚骂说，日你娘跑吧跑吧，跑得了和尚还能跑得了庙吗？

死不了当真去了二壶的破屋那守候。庙还在，但是一直守到天黑，也没候着二壶那个和尚。二壶是那种一人吃饱全家不饿的单身贵族，他有气没处撒，对着破屋破门狠踹了几脚，一掉头又找老一去。老一当然也不在家。老一的爹动的肝火比死不了还大。他早听说儿子弄了不少东西，但从昨天到现在，不仅没见着净啥宝贝玩意儿，反叫债主逼上门来，故一肚子恶气，咬牙切齿地说，你找到老一就给我送来，我非活剥了他狗日的不可。

可死不了又能去哪儿找呢？

一连两天，我也没见着二壶、老一的影儿，至第三日夜半时分，他两个才幽灵一样地闪到我屋里，说外面下雪了，问能不能在我这凑合一宿。我这里只有一张小单人床，而且除我以外，还有我两个兄弟，也就是二华的和三华的。我们三个华的睡一张床已够挤的了，再加上他两个，横竖挤不开。我两个深夜被折腾醒的弟弟有些不耐烦，问他们怎么不在家睡了？

老一苦着脸说，逃债呗。

二壶也苦着脸说，死不了个狗日的，咋他妈就死不了哩？

死不了死过三次没死成。一次煤气中毒，没死；一次错喝老鼠药，也没死；还有一次更玄乎，醉酒栽到井里去，竟又没死，故得此名。死不了命大福却不大，至少也是艳福不大，都四五老十的人了，还没正经搂女人睡过哩。这回南瓜的娘好不容易给他说了个邻村的寡妇，本打算显显阔气讨讨好的，没想到表还没送去就被撸走了，自然急着给他们索回买表的钱。为躲避死不了，这俩人已在麦秸窝里窝了两昼夜，今个下雪才撑不住了。我见他们手上脸上都冻得淌血流脓的，随口说总躲着也不是个法啊。两个好像就等我说这句话了，立即向我借钱。我其时还是个穷学生，平时省吃俭用攒的几个钱，根本不够他们还账的。他们就说南瓜那里有，问我肯不肯帮着借，还很巴结地说，在南瓜那里，只有我的面子大。我叫他们说得挺受用又挺不好推辞的，就踏着落雪随他们一道去了。

南瓜家住村子东头，远远就能嗅到从他家飘来的血腥气。到年底了，肉的生意有些起色，都深更半夜的了，南瓜的爹娘还在院子里点着火把杀猪宰羊。南瓜的娘叫麻花，她一见我就说，华的你也放假了？我说我也放假了。她又说，放假了咋不来家里玩哩？我说我这不是来了吗。她笑笑，说，过两天有空了，我给你说个媳妇去。

麻花这人就这样，逮住谁就给谁说媳妇，好像那成堆成摞的媳妇跟她头上身上的虱子一样多，随手就能摸出来一个。我笑笑，没理她的茬，她就又给走在后面的老一说，老一呀，你那个还需要你积极表现哩。

她给老一说的那个，天知道是哪个。老一连个鬼影儿还没见着呢，却叫老一积极表现。老一忙满脸堆笑地点头，倒是二壶拿话刺她说，是表现给鬼影儿看，还是表现给你看哩？她一时没话说，我们几个就笑了。

南瓜学习不怎么样，却有个专用的书房，比我阔多了。我见他一个人睡一张大床，就先说了说让二壶、老一跟他睡的事。他有些不情愿，可能碍于我的面子吧，算是勉强答应了。我便得寸进尺，又厚着脸皮让他借我二三十元钱。南瓜果然很给我面子，一边摸口袋一边问我干啥用。我倒忘了想好措辞，才要编排，另二人就不合时宜地给我递眼色，南瓜显然看到了，哼了一声说，他俩的破事呀，那我可没钱。

两个说你有，你那天赢得俺俩的钱哩？

南瓜说，当初分钱的时候咋不说分我一份？这会别说没钱，有也不借哩。

话到了这份上，我这个中人也不好做了。二壶、老一苦下脸，各自埋怨起架子，好像是架子让他们负债累累又无家可归似的。南瓜幸灾乐祸地独自抽了一会烟，忽然说要弄钱的话，他倒有个法子的。老一似有所悟地哦了声，二壶却急着问啥法弄钱？南瓜看他一眼没作答，只是没来由地打起哈欠来，说，日他娘真困。扭头又问我在不在这睡，睡的话，怕是挤不开哩。

我说我不，就起身离开，他们三个送我出院子。在我朝门外走他们朝门里走的时候，我听见二壶又急火火地说，啥法弄钱啊？老一抢先说，我猜还是老办法吧？南瓜说，当然是老办法。二壶说，老办法你们总是不给钱。南瓜说，那是你弄得少，弄多了还不给你钱？以后的话我没再听，听也听不到了。一股风雪斜刺里扑来，把他们的话给卷走了。我虽不知他们说的老办法具体是什么办法，但想南瓜如能帮二壶们弄到钱，还上死不了的手表款，平平安安地过个年，总是好的。

四、说着话就到了春节

说着话就到了春节，新一元触手可及。这期间我没见着二壶们的面，他们也没再来找我玩。毕竟是要过年了，写写对联、贴贴年画什么的，我的日子也忙乱起来。但就在年底的最后几天里，在这辞旧迎新的喜庆氛围里，村子里却出现了一种不和谐的杂音。这个说他的羊叫人牵走了，那个说他的猪叫人赶跑了，吵骂声此起彼伏。骂得最凶的是民办教师刘大河的老婆，大家都叫她大河家的。她喂养的一群羊里少了三只最大的，原打算卖掉换点年货，不料活不见羊死不见尸地销声匿迹了。所以她从前街骂到后街，又从后街骂到前街，骂得嗓子都哑了还骂。刘大河来劝他老婆，劝不动，他自己也很恼火，三头羊加起来等于他一年的民师工资了，便也顾不得斯文，妇唱夫和地跟着老婆一起骂上了。因为是教师，骂得就比较水平，经常出现成语什么的。说是这村里谁家的孩子我没手把手教过？没有功劳还有苦劳，到头来却恩将仇报；谁他妈偷老子的羊，谁他妈丧尽天良。都押韵合辙了。

还有一个骂得比较凶的，是死不了。死不了那几天光忙着给二壶们追要手表款了，总算追索回来的时候，才发现自己的一头大猪不见了。他一连找了三天，村前村后都找遍了才知是找不回来了。所以大年三十那天一大早他就爬到了房顶上，活蹦乱跳地高声叫骂，大有小偷不叫他过好年他也决不叫小偷过好年的架势。在墨水村，比较经典的骂街方式有两种，一是大河家的那样的，沿街叫骂，跟巡回表演一样；二是死不了这样的，蹿到房顶上骂，都是力求声名远播，不留任何一个死角。他这里正骂得手舞足蹈，唾沫飞溅，南瓜的娘麻花却一溜小跑着来了，老远就说，死不了你个狗日的快下来吧，有好事了。

好事当然是指邻村的那个寡妇终于答应嫁给他了，把死不了高兴得差点没从房顶上一头栽下来，一句也顾不得多骂了。因为一头猪比起一个媳妇来，实在太没法比了。死不了就在年三十那天上午破天荒地当了一回老新郎官。与此同时，老一的那个也有了眉目，同在这一天传了喜帖，喝了订婚的喜酒。

这两桩姻缘都是南瓜的娘麻花撮成的，使得人们对她这个从没怎么撮成过姻缘的业余媒婆不得不刮目相看了。麻花对人们的质疑做了一个非常巧妙的回答，以前村里穷，她轻描淡写地说，我磨破嘴皮也白磨，但如今不同了，如今咱村有了架子。

如今村里有了架子，实在是一个再堂皇不过的借口了。因为那个高高矗立的大铁架子要给村子带来非同寻常的运气，早已在人们心中达成共识。其实头一个说架子是摇钱树的人是我具有远见卓识的父亲，他庄严地纠正了那种"这儿的天要塌了，国家才给立了这么一棵大柱子擎着"的荒诞透顶的说法。次日大年初一，我父亲还特意率领化肥几个村干部抱了一大摞鞭炮去架子那儿燃放，说是给它也过过年哩。当几十挂鞭炮长龙似的接在一起，几乎从架子顶层垂到底层，噼里啪啦地在半空中炸响的时候，还真有点红红火火的气息，又招惹得一村的老老少少来看热闹凑趣。我父亲就势站到一个坟头子尖上，以让自己并不高大的身躯从人群中脱颖而出，进而显得出类拔萃。用不了多久，他比比画画又指指戳戳地说，在这儿，在那儿，还有那儿和那儿，都要栽上这么高这么大的摇钱树，到那时你就摇吧晃吧收钱吧，像去井里打水一样一桶一桶地来打油吧，我敢说，累死你狗日的也别想享完这福哩。

我父亲说得如此激动人心，男男女女都露出了神往憧憬的眼神。是时老一的爹也在人群里，他刚伙人承包了一台榨油机，害怕这批量而规模的地下油一打出来势必影响他家的油生意，就颇为蛊惑人心地说，村长，叫我说这地下油，未必就比咱们的棉油豆油还好吃？

放你娘的屁吧，我父亲说，比猪油都香。日你娘你不懂这个理，总得懂水吧，叫你说是坑里河里的水好吃，还是地下水好吃？

许多人都笑老一的爹没知识，连常识都没有。南瓜的爹同样在人群中，听我父亲说地下油如此好吃，亦很忧虑，担心自家今后的猪油羊油卖不出去，想了想说，村长，要说这地下油比棉油豆油还好吃我信，可咋会比猪油还香哩？咱们平常说猪油都是说大油的，难道它不是比啥油都好吃才叫的大油？

你他娘的放的也是狗臭屁。我父亲说，你知道这地下油叫什么油？这地下油就叫食油。食油就是专门叫人食用的油。你没看见油田上的人一个个男的白白胖胖的，一个个女的水水灵灵的，还不都是吃这食油吃的？

我父亲就这样，人一多他就骂，而且骂得有板有眼，有理有据。但他那里还骂兴未艾呢，人群这里却没谁再敢提这样那样的问题了，也就骂不出高潮，索性走了。临走又无的放矢地乱骂了一句说，日恁娘都给我等着过好日子吧。

我那天也去了井架那儿，并且邂逅了二壶、老一和南瓜。二壶气色不错，红光满面的，看上去过年期间没少吃喝了油水。只是还很穷，很没有钱，因为我见他一有空儿就给南瓜要烟吸。南瓜有时不情愿，他就一拧脖子说，你就说你给不给吸吧。大有耍横要挟的意思，好像南瓜有什么把柄在他手里。南瓜竟也吃他这一套，一边从兜里掏烟一边说，给你，给你，谁说不给你吸了？

因为人们从我父亲那里又深入了对架子的认识，攀上爬下的劲头也就更高涨起来。二壶仍是爬得最快的一个，他这回下来吹嘘说，架子都高到天上去了，云彩在头顶跟树叶子似的，伸手就能摘到。

南瓜说，别见了骆驼不吹牛了，能摘下来云彩，你咋不摘？

老一说，是啊，你咋不摘个云彩给俺们瞧瞧？

不知什么时候，老一又和南瓜站到一个阵营里去了，南瓜说二壶一句什么，他跟着说一句什么，一如当初二壶说南瓜一句什么，他也跟着说一句什么一样，想是南瓜的娘终于给他说成了一个媳妇的缘故。二壶叫他俩抢白得有些恼，拧了拧头说，我摘下来了咋办？

南瓜说，我给你一百块钱。

100元钱之于二壶绝对是笔不小的数目，简直就是巨款了，但云彩他肯定摘不下来，不屑地撇了撇嘴说，一百块钱太少了，不值当哩。

南瓜说，我看你分明是摘不下来。

老一说，我看也是。

二壶从不在嘴上认输的，硬挺着说，摘就摘，还怕老子摘不下来咋的？

说着噌噌蹿上去，敏捷如猴子。但猴子再机灵也只能去捞水中的月亮，摘不下来天上的云彩的，这是用不着证实的事实。南瓜怪怪地笑了笑，从兜里摸出一棵烟，照例先问我抽不抽，见我摇头，就把那烟折下 0.3 至 0.4 棵给老一，自己把那 0.6 至 0.7 棵叼到嘴上说，日他娘他在下边总要烟吸。

这便是南瓜叫二壶摘云彩的用心了，让人不置哭笑，但又想这样将二壶一军，兴许能杀杀他总爱胡说海嗙的嚣张气，未必不是好事。二壶那天显然是带了情绪的，速度比平时快多了，不仅爬到了最顶层，还爬到了顶层上方的尖塔上去，这在我们村里还没人敢。其实我们在下面看他，也比蚂蚁大不了多少，充其量算那巨型铁架上的一根头发辫子，如此而已。他影子小小地站在尖塔上，辗转腾跃着做摘云彩的架势，看起来又精彩又滑稽。我正猜想着他这回不知要用什么样的鬼话搪塞我们，忽见他一脚踩空，在遥远的高处翻起跟头来。我眼睛近视得厉害，仰望又使我晕眩，就想他该不是逞能要给我们表演什么空中飞人的绝技吧，大声地喊他说，喂二壶，当心点二壶。

南瓜看我一眼说，这一回他当不得心了。

适时老一正在一旁撒尿，他一边抖搂尿柱一边说，二壶二壶，你要摘不下来云彩老子就尿你两壶。

南瓜又说，你一壶也尿他不成了。

老一说咋了，一边抬起头看，一看，尿都惊吓得停住了，怪叫着说，坏了二壶坏了，我们咋办吧。

南瓜说，他要上去摘云彩，我们能咋办？我们只能等着给他收尸了。

我们当中还就南瓜冷静着，思路也还如此清晰。因为这以前村里已从架子上栽死过几个孩子了，不是头在架子西边，胳臂在东边，就是腿在南头，脚丫子却在北头，有些器官粉碎了，还有些零件根本就找不到。作为和二壶一起光着腚长大的伙伴，我们也只能像南瓜说的那样，尽量给他拼凑一个完整的尸首了。

这样想着再往上看，从高空俯冲下来的二壶已离我们很近了，像捆稻草似的，左晃右荡，嘴里发出的叫喊声语焉不详。许是那天的风沙太大了，二壶的分量又太轻了，以致他的摔死也跟别人的摔死不一样，浪费的时间很漫长，很富有个性。

五、加底座在内高达 50 米的钻井架

加底座在内高约 50 米的钻井架，是四棱锥形的，上面小，下面大。那天的二壶眼看要一命呜呼时，不知怎的竟奇迹般地跌落到倒数第二层的扶梯拐角上了，所以没死，只左边的一颗眼珠子给撞飞了，怎么找也没找到，当然，还有一条胳臂也骨折了。我们原打算给二壶收尸的，到此不得不修改计划，就是说他的没死而残疾叫我们有点措手不及，如何给他弄钱医伤就成了个突出得有点尖锐的问题。这家伙少爹无娘，是那种吃了上顿没下顿的主儿，指望他自己，一个子儿都指望不上。老一虽有爹娘，境况也好不到哪去，他平时都是捡别人的烟头吸，当然也不好指望。不过这家伙表现得很乖，说护理二壶的任务，他一个人包了。

这样出钱的就只能靠我和南瓜了。那天我们把血肉模糊的二壶抬到村诊所，我就和南瓜各自回家拿钱去。一路上南瓜都嘟嘟囔囔的，说真不如摔死他狗日的好。我想想也是，就安慰他说，他没死算咱倒霉吧。

说好了回家拿钱，却一连几日没再见到南瓜的影儿，显然是连倒霉都不肯认了。我的钱十分有限，也就是年关期间给亲戚长辈们磕头下跪挣的一点压岁钱，本想买点高考复习资料的，这会儿全垫进去了仍不够用。我急得没着没落的，不得已差老一去叫南瓜来一趟。他不肯来，说是他的寒假作业还没做完，现在该做了。我问老一给没给他说钱的事，老一说说了，可他说他家也没钱了。

时值年末岁首，南瓜家没少做肉生意，他们家没钱谁家能有钱？老一也有些气了，又说，这狗日的净会哄弄人，不说别的，光赚二壶俺两个的钱也没数了，却说没钱。这倒有点出乎我的意料，说，他们

家怎么赚你两个的钱了？老一怔了怔，说，不说了不说了，越说越叫人生气。我也就没多问，因为眼下出钱的只剩下我自己了，这才是最棘手最缠人最头痛的问题哩。我原本还想给二壶安装一个狗眼珠呢，好歹伙伴一场，值此尽点心意，但那是大项目，眼下能凑合着医好他的伤胳膊就不错了。其间我曾找我父亲要过钱，他每次虽然也能给个十块八块的，但给得非常不情愿。你们这些小狗日的，他说，本事大得都能把玩笑开到天上去了，还用得着给老子要钱？

勉强维持到正月十日，我实在无以为继，照直给二壶摊了牌儿，让他回他那破屋里慢慢养，我是一个子儿也供不出了。这当儿二壶已在床上躺了数十天，吃喝拉撒睡基本上都由老一照料伺候，过上了一种从未过过的舒心日子，有点小病大养的意思，听我说没钱了，才呼地一下从床上坐起来，说，你们也真是的，没钱了咋不早说？我弄钱去。说着跳下床，大步跨出门外，景况和健康的人毫无二致，甚至比健康的人还健康哩。我和老一相视一笑，明白这家伙的伤情还真是有点夸张的了。我们在诊所结账时，听到远处骤起一片吵嚷声，跑去一看，二壶已和南瓜一家人干上了。

二壶说，南瓜我日你亲娘南瓜，你叫老子摘云彩咋不给老子摘云彩的钱呀？

南瓜说，二壶我日你亲娘二壶，你又没摘下来云彩老子凭啥给你钱呀？

二壶说，好啊南瓜我日你七大妗子八大姨南瓜，你看看老子都摔成啥样了你还说这话？

这样骂着哧啦一声响，二壶撕下了左眉眼上的纱布，露出一个阴森森的黑肉洞，七扭八歪上抽下跳的，很狰狞很瘆人，着实把南瓜吓了一下，但他坚持这是二壶自找的，惹得二壶又破口大骂。吵骂声很快号召来村里所有的人，黑压压围得里三层外三层。一则年关期间该串的亲戚都串完了，二则看村西头的大铁架子也看腻了，大过年的无事可做，再没有比无事生非更刺激更好玩更提神的了。因为南瓜家在生意上擅长缺斤短两，而且还往肉里注水，自不得人心，自然要站到受害者二壶的立场上，一个个极尽煽风助火之能事地说，二壶呀不是我们说你，你也真是的，花不起钱就不花呗，干啥要给人家摘云彩？现在倒好，差点没把小命搭上，却没谁管你的事了吧？

还有些女人讲得更玄乎，她们都吃喝着说，天哪，这不是二壶吗，几天没见咋成这个样子了？前阵子我们还合计着给你说个媳妇来的，这会儿又折胳膊又瞎眼的，还怎么好叫我们说嘛。

南瓜一家成了众矢之的，脸上都有些挂不住，而二壶见这么多人给他捧场助威，无形中又滋生了许多胆量和豪气，更把另一颗孤独的眼珠瞪得溜溜圆了，用手一指对方说，你就说你给不给钱吧？

这句话我听着耳熟，恍然记起大年初一那天他给南瓜要烟吸时的架势，大有耍横夹挟的意思。南瓜的脸，不，南瓜一家的脸都有些紧张，好像有什么把柄在他手里。但钱显然不是烟，南瓜的娘就叫苦说，二壶你不知道，俺们本也有心给你点钱养养伤的，可是俺们家也没钱呀。

二壶说，啥？没钱？那你家的钱都塞到你那 × 窟窿里去了，说没钱？

南瓜的爹说，你这孩子说话怎难听，你说说俺家咋有钱嘛？

二壶说，好，你叫我说我就说。

像要搞什么重大演说或诗朗诵似的，二壶特意站到个高处，站到了凸立在街头的一个粪堆上，还极为郑重地清了清嗓子。但他还没来得及说出什么来，南瓜业已挥着拳头冲上去了。两个交起手，厮扭到一处，把一个粪堆折腾得如山体滑坡，臭气纷飞。二壶虽然机灵，但体力上不行，又新近受了伤，没几个回合就叫南瓜摁倒了。可二壶那天显然是拼了命的，邪劲冲天，一时倒也很不好制服。两个在积满冰雪的街道上翻滚缠结着，形同两条热烈交媾的蛇，又或两条疯狂做爱的狗。老一为拉他们已弄得一身泥巴鸡屎猪粪了，我也是。我就把南瓜家的一根门闩卸下来，一人砸了他们一下子说，日你娘你们看看我是谁，我是华的。

我父亲平常就是这么拉架的。我父亲拉架的时候，从不问青红皂白，就这么一人砸上一棍子，跟着大吼一声说，日你娘你们看看我是谁，我是村长。我不是村长，但我是村长他儿，村长他儿这么一砸一吼还果真起到了村长亲临的作用，两个打得火热的肉体陡地散开了。除此之外，我父亲还有很多惩治打架斗殴寻衅滋事者的办法，诸如把他们捆起来饿上三天三夜，再一人罚一笔款子给村里演一场电影，又或叫他们自己抽着自己的耳光游街示众等等，但我不想一一模仿了，我把棍子朝地下哐啷一扔说，滚。

许是他们谁也没见过我像那天一样严肃吧，一时有些发蒙，倒是老一不知何时也相应地扮演起我的副官，一人推了他们一下说，听见没有，华的说叫你两个滚。

在战争中，二壶无疑是吃了亏的，又一无所获，真的狗急跳墙起来，走出不远就穷凶极恶地咋呼开了。墨水村的老少爷们都听着点吧，他一蹦三跳地说，你们知道你们的猪羊是怎么丢的吗，全是南瓜一家给偷着宰的。像宰大河家的羊和死不了的猪时，我都还亲眼见过，亲眼见过。

南瓜一家的那个慌啊，难以形容，老一的脸也变了色。他飞快地跑过去，照准二壶的后背捣了一拳说，华的说了不叫你胡说。

我其实没给老一下这道圣旨，他在谎传我的口谕。二壶不知真假，惶惶地看我一眼，一掉头跑了。

六、二壶是跑了

二壶是跑了，但才要散开的人们却聚拢过来了。几乎每一家都丢过猪丢过羊的，没丢过猪羊也丢过鸡丢过鸭的，没丢过鸡鸭也丢过这丢过那的，如今总算冤有头债有主了，还不大兴问罪之师？男人们已在刘大河和死不了的率领下把南瓜父子揍了个血头血脸，女人们则在大河家的和死不了夫人的率领下把南瓜的娘麻花揍了个血头血脸。死不了及其夫人对南瓜一家的憎恨已远远不止一头猪，他们婚后才发现死不了多次托其转交夫人的东西都被从中克扣了，正好借题发挥，把新账老账一并清算；至于刘大河，也是积怨日久，绝不止那三头羊，当初南瓜考初中屡考不上，是他硬托人送上去的，如今偷到他头上，自是气不打一处来，出手就都出得没轻没重。但尽管群起而攻之，南瓜一家人仍很坚强，自始至终没承认一个偷字。奈何事情已到了边缘，承认不行，不承认也不行，更多的人已在哄抢搬腾南瓜家的东西了。

乱子不可避免地闹大了，我指使老一赶快喊我父亲去。但他跑到半路又折回来，慌慌地说，华的你忘了，今个一早俺大叔不是驮着俺大婶的去看病了吗？

我恍然有所醒，怪不得村里乱了这么久还没见我父亲那家伙的影儿。事实上我父亲在家也用不着谁去喊他的，那是个威风了还要威风的家伙，才不会放过这么一个可以大打出手大声骂人的机会。我有种世界末日的感觉，这才觉悟或发现，在这个布满了泼妇刁民又成天鸡飞狗跳的墨水村里，没我父亲那个处处实行黑色专政的混账暴君还真有点不大行哩。

老一问我怎么办，我哪还有一点主意。正在着急，一个披头散发的女人从斜刺里跑过来，看见我就扑通一声跪下了，两手乱摇乱晃着我的腿说，华的呀华的华。

我低头看清是南瓜的娘麻花。她虽然说得指意不明又语无伦次，但我还是明白了她乱摇乱晃我腿的意思，她在呼唤我继续挪用我父亲的权威。我想无论他们家的屠刀使多少无辜的生灵涂炭过，可也毕竟是我的父老乡亲呀，我怎能眼睁睁地看着他们家毁人亡于旦夕？

这样想着我冲进了南瓜家那个乱糟糟的院子，我觉得我就像个幽灵一样横空出世。但不管我表面上装得如何拼命，内心里却一阵阵发虚。我见过鱼儿反水，群马受惊，还有幸见过成群结队的老鼠上街横行，却从未见过人群炸营的阵势。我进去那会儿，大河家的和死不了夫人等人正在往外搬着南瓜家的一个大衣橱和一台缝纫机，刘大河和死不了等人正在满世界搜寻藏钱的器具，屋里屋外都不堪狼藉。南瓜父子已无法保卫自己的家园，他们双双倒在血泊里，头上脸上身上满是女人的唾沫和男人的脚印子。我想我必须挺身而出了，我不知怎么就操起了南瓜家的一把杀猪刀子，我对着天空晃了晃，对着天空说住手。

我那时候十六岁，因为发育迟缓，还没有到变声期。所以我那声怒吼不像是怒吼，倒像女孩子遭遇强暴时的恐叫一样尖锐和凄厉。但是我看见所有忙着劫持财物的人都怔住了，一边松开了手中的东西。他们目光惊惧地望着我，望着我就像望着一个小日本鬼子。

许多年后的一个深夜，我坐在千里之外的城市里写小说。我写这个小说的时候，身高还不足一米六，体重也才九十斤略余。我写着写着不由打量起自己，我越打量越后怕起来。我想那会是真的吗会是真的吗，我一个小不丁点的毛娃娃真敢在那么张牙舞爪的千百号人面前冒充侠客吗？我这样问着问着扭过了头，扭头看见被我问醒的妻。妻说是真的大约是真的吧，去年春节回家过年的时候不是还听好多人说起过吗？我又问那你说他们为什么会那样怕我，为什么怕我怕得就像怕一个小日本鬼子？我睡眼迷离的妻子深深地看了我一眼，啥也没说却笑了。

我明白我妻子的笑。那笑绝不是好笑，简直就很不好哩。我就又扭回头来继续写我的小说，我记起我也许早在那时就敏感察觉到了我妻子多少年后的笑意。是啊他们不会怕我，怕的只不过是我手中那把高举的刀子。其实那刀已不是刀，刀是我父亲了哩。我就感到很悲哀，我是说刀子很悲哀我的父亲很悲哀，无辜的刀怎么成了我父亲，我父亲又怎么只不过一把杀猪的刀子？我意识到这一点后不胜沮丧，我忽然觉得我手中的刀好沉，我举着我父亲好沉。我有气无力地晃了晃刀，有气无力地说，大家先出去一会儿，有啥事等我问清楚了再说吧。

这期间老一一直紧随着我，并且表现得还很有力气，出去出去都出去，他颐指气使地推搡着众人说，华的说叫你们都出去。

懵懂的人们鱼贯而退。

刘大河和死不了退得稍迟些，各自在门口嘀咕了几句，又讪讪地凑上来说，华的？

刘大河是我一到五年级的小学老师，对他我不知该不该网开一面破个例，我有些为难，老一又高声大嗓地咋呼开了，你两个头大是咋的？没听见华的说叫大家都出去？

院子里空荡下来的时候，我感到很累，我就在南瓜家的厨屋兼屠宰房里坐下来，不知下一步棋该如何持续。这时我看见天上又下雪了，看见南瓜父子在雪地里苦着脸，一边和老一眉来眼去，像是在调情，像是患有同性恋癖。然后他们又一致给南瓜的娘麻花暗送秋波，南瓜的娘麻花就哭叫起来，一边哭还一边偷眼觑我，神色十分暧昧，像是给我也要调调情似的。我想我那时还情窦未开，还不懂得情为何物啊，就扭转脸不予理睬。麻花也不便再多情了，顾自把雪地拍得叭叭响说，老天爷你睁开眼吧老天爷，你不能把坏人当好人，把好人当坏人啊老天爷，天爷，爷。

麻花哭得多起劲，简直就哭上了瘾。我想这真是一个得寸进尺的女人，她怎么可以这样快地居安忘危？门外的千百号人还在等结果呢，她就试图以哭声搅混抹杀掩盖一切的想法是多么多余？我不是她的看家狗，我不能老守在她这里，我得制止她表演给老天爷看的戏剧。我想老天爷是听不懂她这种方言浓重的唱腔的，老天爷又哪有闲心看戏？可是我站起来的时候发现我两手空空，我在混乱中不知把家伙搁到了哪里，我就大声地喊了声老一。

老一飞快地跑过来，点头哈腰地说，华的？

我说俺爹呢，你把俺爹给我拿来。

老一说，你是说俺大叔吧？俺大叔不在。

我说你胡说老一你也很会胡说了啊，你没看见我刚才还在手上拿着我刚才？

老一说，我没看见华的我真没看见，我刚才只看见你拿着这把杀猪刀来着我刚才。

我说那你还不赶快拿来？

老一说，我就拿来我就拿来。可这个，可这个就是俺大叔。

我说这都是俺爹了，还能不是恁大叔。

老一说，是俺大叔是俺大叔。

我手上就又有了刀，有了我父亲，尽管很沉，可我还是得掂着。我对着南瓜的娘晃了晃，我什么也没说。我什么也没说就吓得她不敢乱哭乱叫了，还连大气都不敢出。墨水村一时就很静，静得非常不真诚。我在这百年不遇的静谧里沉思着，想到年过了，是一元复始的正月了，可正月为什么还像腊月一样冷，还像腊月一样冰天雪地？这样地冷下去，冰天雪地下去，猴年马月是个头，马月猴年是个尾啊？还有这院里院外对峙着的人，为什么还不嫌冷，还不嫌冰天雪地？可是我嫌冷，我嫌冰天雪地，我得到屋里暖和去。我在进屋前看了老一一眼、南瓜一眼、南瓜的爹又南瓜的娘一眼，我一边进屋一边说，是等我来问呢，还是你们自己说？

老一雀跃地跑过来，小眼珠骨骨碌碌地转动着，一副越机灵越傻的样儿。他很巴结地说，先审谁哩华的？我给你叫去。

我说，老一。

老一说，是先审南瓜他爹呢，还是他娘，要不先审南瓜也行吧华的？

我又说，老一。

老一说，是一个一个地审呢，还是把他们都叫过来审，你说呀华的？

我看着老一，慢慢地把手伸向刀，伸向我父亲，我一边伸手一边说，老一。

老一说，我说华的我全说哩。

七、我的一审判决很简单

我的一审判决很简单，那案子千头万绪的叫我没法儿认真。以至于我这个毫无经验的审判长，不得不预先拟定公开审理和不公开审理的两种审判方案或方式。尽管除了死不了的猪和大河家的羊以外，其他上百头猪羊乃至数不清的鸡鸭也大多系二壶、老一、南瓜父子这四人所为，但毕竟是积攒了多年的悬案了，赔也赔不起。我穷于应付，不得已又差老一喊来二壶，让他当众宣布他是为了敲诈南瓜家的一点钱才那么信口雌黄地胡说来着。这自然哄不住人，我的审判工作也不能这么潦草地结束。鉴于偷死不了的猪再还死不了手表款的行为太恶劣，偷大河一个民办教师三头大羊的行径太昧良心，我坚决处罚他们按市场最高价赔偿损失。当然，这份赔偿是私下里进行的，市场最高价赔偿的条件就是要求对方予以保密。又鉴于二壶检举揭发有功，老一对所犯罪行供认不讳有功，南瓜父子系主犯且有教唆青少年犯罪的嫌疑，况又态度顽劣，故由他们承担主要罚款，二壶、老一各出百分之十。二壶没钱，暂由老一的爹垫付。老一的爹本有些不情愿，又怕事情闹大，把老一刚说成的媳妇弄散了，只好先吃了这个哑巴亏。到此为止，死不了和刘大河两个是心中有数了，却不能不给更多的人一个说法。我让南瓜一家公开的罪过是过去卖肉时确实缺斤短两过，而且还偶尔往肉里注过水。南瓜的娘这么当众忏悔时痛哭流涕，保证以后做老老实实的本分生意。为表示公正廉明，我还责令他们在元宵节期间开展有奖售肉活动，凡在节日前后三天买一斤肉的，他们家无偿奉送一两；买二斤的，奉送二两，依次类推。

事情料理到这儿，雪还没有停，但午饭时间早过了，我又渴又饿又累的，就息事宁人地晃了晃刀，息事宁人地说，大家散了吧，有啥事等俺爹来了再说。

我的意思是有不服我这一审判决的，可以去我父亲那里上诉，但却没人上诉。大家虽然知道我父亲惩治坏人坏事的招数更凶更狠更老辣，但决不会像我这样别出心裁地搞什么元宵节优惠售肉活动，从而人人寻一点平衡，或者说乐趣。所以等我父亲天黑驮着我母亲回来的时候，还未下来车子，就被村人围拢住了，七嘴八舌又争先恐后地说，村长村长不得了，真是将门出虎子呀，甭看你家华的平时不哼不响的，猛一装起样来，还挺唬人，挺唬人的哩。

我父亲听得哈哈大笑，他像遛马似的围着我一圈一圈地看，看得我浑身直起鸡皮疙瘩了，才当胸捶了我一拳说，看来你小狗日的还真是老子的种哩。

这以前我父亲总是怀疑我的出处和来历，一经认可，我母亲的病不知是真被看好了还是怎么的，青春焕发，红光满面，一个劲地咋呼着说，谁说咱华的呆，谁说咱华的呆，叫我说，谁也没有咱华的不呆，谁也没有咱华的不呆。

是夜，我父亲忽然对我难得地客气起来，老谋深算地告诉我，村里有了架子，很快会富得没法说的，村委会也该扩充新生力量了，鉴于肥水不流外人田的理儿，他得把我培养成村里最年轻的干部，先从团支书干起，次第替代化肥的会计什么的。他说狗日的化肥也像南瓜一家人一样，总是精得邪乎。我得说我父亲有为家庭和村子着想的意思，但我还是一眼看穿了他最大的用心，他这是千方百计地诱惑我弃学哩。我父亲总认为是学校把我教得如此傻里傻气的，只有回到他的身边来，重新经受他的鞭挞和吆喝才有望脱胎换骨。况且农村那时已开始实行土地承包制了，他这个大懒鬼需要我这个小懒鬼充当家里的劳力。我觉得我父亲也太小觑我的智力了，自然不买账，哼了一声说，这村里的官，叫我当我还嫌小哩。

狗日的，我父亲噗地吐了口痰说，说你胖还他妈喘上了哩。

这次有史以来的父子会晤就这么不欢而散了，我擦着满脸唾沫星子溜回自己房里。假期行将结束，学校马上要开学了，可我的作业还没顾上做，现在得抓紧做了。

这期间我没见着二壶们的面，他们也没再来找我玩。据说南瓜家的优惠售肉活动已如期举行，居然没我监督。只是二壶的日子还很不好过，现在又有了新的债主。老一的爹不仅不再让老一跟他这个"叛徒"玩，还成天追着讨要为他垫付的那百分之十的罚款。二壶没了伴儿，得以有暇沉思，想到这一切的不顺当和不如意都源于村西头的那个大铁架子啊，就跟架子较上了劲儿，成天攀上爬下地发脾气，还一面恶狠狠地说，狗日的臭井架，你敢把老子的右眼也撞瞎吗？

想来那钢铁铸成的井架也怕恶人，没再敢撞瞎他的右眼，倒是他攀援架子的功夫越来越熟稔了，以致很快都不用扶梯，抓住角铁就可以上下，俨然飞檐走壁。这套无意中练就的轻功，为他日后因盗窃油田石油电气等物资而来无影去无踪地躲避公安人员的追捕，可没少帮大忙。此为后话不提。

尽管架子没再敢给二壶以伤害，可他仍觉得不解气，不知怎的灵机一动，竟掂了扳子钳子去卸那上面的角铁螺丝去了，然后当作废铁卖给一个收破烂的人。那会儿的铁还很不值钱，废铁更不值钱，也就三五分钱一斤，至多毛把钱一斤，但是铁沉啊，分量重啊，那个大铁架子上的每个螺丝少说也得几斤重甚至几十斤重，每根角铁少说也得几十斤重甚至上百斤重，这样叮叮当当一阵子，收入就很可观。

当天晚上是十五的晚上。我正被一道难解的数学题折磨得头疼，鸟枪换炮的二壶就趾高气扬地跑来了，不仅叼上了像样的烟卷吸，还随身携带了成堆成捆的烟花爆竹与我两个弟弟一起燃放。他把一大把钱啪地拍到我桌上说，还你的钱。大有一掷千金的架势。见我有些疑惑，才眨眨那颗孤独的眼珠子说，告你说咱哥们生财有道，你明天要不上学走的话，可以跟我一起干，我保证你也挣大钱哩。

年假于我只剩这最后一个晚上的时间了，才懒得管他的钱是生财有道还是歪门邪道，况且当初为他出的钱远不止这些，一笔一笔都有账可查，待有空了再跟他细细清算吧，顾自推开说，你有钱就先还上老一爹替你垫的罚款吧，另外也节省点花，我的就算了。二壶非常不屑地说，他那点屁钱小菜一碟，我说还马上就还了，只是你为我看病养伤花了不少钱，这些还不够，可你也别嫌少了。说着还要把钱塞过来，塞得我有些不耐烦。正推让之际，我的打完麻将或喝完酒的父亲从外面回来了，见状瞪起牛眼说，二壶你狗日的又从哪弄的钱？

二壶近来怕见我父亲，一边胡乱地把钱往怀里掖，一边嬉皮笑脸地往后撤着身子说，大叔我给你保证大叔，我这钱既不是偷的咱村的也不是抢的咱村的，我这是捡破烂捡的哩。说时瞅个空子，一缩头溜了。

我父亲抓他一把没抓住，扭回头问我说，他那钱真是捡破烂捡的？

我说可能是吧。我见他那钱破破烂烂又零零碎碎的，应该是捡破烂捡的吧。

我父亲说，看看，看看，连人家二壶这吊儿郎当的孩子都知道捡破烂挣钱了，谁像你，只会花钱不会挣？

我父亲对我的教育可真是见缝插针，烦得我低下头来胡乱写字。我父亲又说，不用你狗日的给我装样，我好歹再供你一个学期，到夏天考不上大学了咱再算账。

八、头一批进驻墨水村一带钻探作业的油田

头一批进驻墨水村一带钻探作业的油田，是五七油田，然后是东濮油田，再然后才是现在的中原油田。不知他们谁是谁的前身，又或谁是从谁那里派生出来的，反正那时候的油田总部还设在一个叫江汉的小地方，据说很遥远。他们把大规模的迁徙和开赴中原的计划放在了那一年的双节以后，此刻正热热闹闹地过了大年又过元宵呢，以至于拖延了起程的期限。当前线指挥部率领石油大军浩荡开来的时候，方寸大乱，狼奔豕突，通通在这块偌大的平原上迷向了。他们怎么找也没找到方位物，那个耗资几十几百万之巨，动用了几十几百辆卡车吊车挖土机等大型机械才堆砌起来的大铁架子，竟神话般地不翼而飞了。

这也许不仅仅是神话，也许只有神话才是更活生生的现实。要知道从年尾到年初一连半个月的时间已经过去了，半个月的时间过去没再增添一点新的内容就使人们丧失了最初对架子的热情和兴趣。因为当初安装它时曾糟蹋毁坏了那么多好端端的麦苗，如今连油田人的屁影儿都见不着，又能找谁索赔去？到此为止，不仅我们墨水村的人不再对它津津乐道，就是外村的人也不再大老远地跑来膜拜它了。重新打量这个古怪的庞然大物时，目光里就有了审判挑剔的意味，互相说它指天戳地地矗在那，究竟是他妈什么意思？

架子的意义毋庸置疑。尽管头一个说架子是摇钱树的人是我具有远见卓识的父亲，但真正身体力行地开发出架子的用途和价值的人，则首推二壶。到这时候，到了看见二壶用一块块铁换来一块块钱的时候，人们才幡然醒悟，可不这狗日的玩意儿还真有点摇钱树的意思哩。

头一个发现二壶这桩好生意的人，当然是他的老搭档老一。老一看得两眼放光，撒开罗圈腿就一溜烟地向家中跑去。离家还远呢，就呼天抢地地说，扳子在哪里？钳子在哪里？

老一的爹闻声出屋，正好被疾驶而来的老一撞倒在地。他原指望老一拉他起来的时候好顺手给这个孟浪的儿子一巴掌，不期老一看也没看他一眼就跳过他的身子冲到了屋里，还险些踩了他的手指。老一的爹只好自己抓住门框爬起来，龇牙咧嘴地说，你这是咋了哩老一？

老一哪顾得跟他多话，一头钻到了床底下，床底下没找到，一弯腰又爬到桌子下面去。桌子下面也没找到，却弄得满头满脸的蛛网老鼠屎，见父亲还在那呆站着，不由气不打一处来了，厉声说，我问你你没有听见，你把扳子钳子放到了哪里？

老一的爹从没见过老一敢跟他发脾气，一时有些发蒙，弄不清自己和他谁是老子谁非老子，越发想不起那两样东西放哪了，支支吾吾地说，你这究竟是咋了嘛老一？

老一说，你老一个鸡巴毛噢老一，人家都卸架子卸发财了，你还在这里穷叫唤老一。

一听说是去卸那能打出比棉油豆油还好吃的地下油的架子，老一的爹当然一百个同意。卸废铁卖钱发财不必说了，在他的理解里，大约还有一拆卸了架子就打不出地下油，打不出地下油那他家的油坊就还可以火爆下去的意思，不由急中生智，抖抖地从裤腰带上解下一个脏兮兮的小手绢，一边一层一层地展开一边说，那你就去小卖部买套新的吧，旧的我来找。

老一争分夺秒的观念多强，顾不得等他爹把手绢完全展开，便一把抢了过去。跑几步又转回头说，你找到工具就直接去架子那儿跟我碰头，对了，别忘了叫俺娘也拉个地排车子去。

这样老一一家人就全上阵了。

第二个发现二壶这桩好生意的人，是南瓜。不用说他也是两眼一亮，撒开腿就朝家跑去。只不过他的腿不罗圈，跑得比老一更快些而已。很显然他家的扳子钳子一开始也没能找到，以致他也不得不给他的爹娘发了好一通脾气。最后采用的办法也还是老一家的办法，他去小卖部买新的，他的爹娘找旧的，一家人也约好了在架子那儿聚齐会师。

九、正月十六这天又下雪了

正月十六这天又下雪了。我的懒鬼父亲本说好了用自行车把我送到镇上汽车站的，看到窗外飞雪，就赖在炕上不起来了。你去找南瓜吧，他这样给我出谋划策说，反正他在镇上上学，你让他顺道捎走你吧。

我见父亲变卦，不敢再耽搁，忙背上书包去找南瓜。雪使路面变得居心叵测，稍不留意就可能踩到泥洼里去。我的鞋子很快湿了，心里生着父亲的气，想南瓜是不是已上学走了？还好，还未到他家，正好看见他急匆匆出门，一手拿着一套崭新的钳具，一手拿着一个结着冰碴儿的肉包子在啃。我紧走几步迎上去说，南瓜，开学了，我们上学去吧。

南瓜怪异地瞥了我一眼，一边嚼着包子一边口齿不清地说，不去了。我说怎么不去了，今天开学了呀。南瓜不知又咕噜了一句什么，大踏步往雪里跑去。我还想喊住他，南瓜的爹也风风火火地从门里出来了，他嘴里亦嚼着东西手里亦掂着钳具，是旧的。他同样怪异地瞥了我一眼，边走边说这是什么时候，饭都顾不得吃，还顾得上学啊。我正要请教他这时候到底是什么时候，听得一阵咕噜咕噜响，南瓜的娘就拉着一个地排车子出来了，嘴里叼着一个冷硬的馒头。她看见我有些慌，不等我问就主动坦白说，华的你就饶了俺吧，俺这回弄的可不是咱村的东西，不信你往俺院里瞧瞧去。我望过去一眼，看见院里靠墙的地方码着老大一堆崭新的钢铁，融化的雪水把它们洗刷得闪闪发亮。我一阵眩目，恍兮惚兮中，真拿不准这算不算墨水村的财富了。

我多想能有一个人陪我走到通向城市的汽车站啊，尤其在这样阴冷的风雪之天里。然而我找不到，我只好一个人失意着踽踽地上路了。在路上，我看到好多人都拉着车子抬着箩筐从我身边急急而来又快快而去，还有人套上了牛马或骡驴。其实他们所走的都不是路，而是在野地里新辟的捷径上飞。更有人连进出院门都嫌麻烦，要么隔墙扔过来东西，要么翻墙就跳了出去，村里村外一派战天斗地的气势。架子像一块具有特异功能的巨型磁铁，把村里村外的老老少少都吸引了过去。

出来村头，远远地看见架子那儿堆满了人，上面也是，下面也是。年轻力壮的都爬到了上头，年老体弱的虽爬不上去，但也不服老，不示弱，就近卸那触手可及的角铁或螺丝。再至于那些缺胳膊少腿的残疾人或大肚子的孕妇们，连这也靠不上边也挤不上去的，却也不示弱，不服输，操了铁锨镢头什么的，去刨挖那四个方向里用以稳固架子平衡的大铁坠角和钢丝绳，一时都能对号入座，各司其职。这时你来看架子，你会怦然想起我父亲的话，我父亲说它是棵大摇钱树的话，说得是多么形象贴切逼真具体活生生啊。那么多的人在摇啊晃啊，摇落一地的金子，晃落一地的银子，它不是摇钱树是啥？

雪下得更大了，渐次覆没了路面和地里的麦苗。我听到金属的响声里有种杂音时慌忙躲闪到路边，没来得及，还是被后面一辆疾驶而至的地排车子给撞了一下。这是几个十一二岁的孩子推拉着的车子，上面站着我亲爱的兄弟三华的。他威风凛凛又一往无前的样儿，酷酷的，就像一位驰骋在古战场上的将军。三华的是墨水村小学四年级的班长，学习不咋样却承传了我村长父亲的霸道脾气。尽管他的小伙伴已把车子推拉得呼呼生风了，可他还是像吆喝牲口一样地吆喝着他们，一边老气横秋地说，我告诉你们，到了那儿谁敢给自家卸螺丝而不给咱老师卸，那谁就别怪我不客气。

四年级班长三华的显然没看到我这个被他的车子撞了一下的兄长大华的，他眼里只有他的老师。我想我也是从这个年龄段上过来的，没理由指责他什么，但觉得应该叮嘱他注意安全，别出什么岔子。可哪里容我喊住他，他已赶着他的伙伴风驰电掣地驶远了。这时我听到又有谁在我的背后喊了我一声，一个记忆深处的声音穿过许多年的风雨抵达我的耳际说，这么冷天雪地的，华的你还去哪哩？

我就不用回头也能知道这是谁了，这是我整个小学阶段的班主任刘大河老师。他的声音我听了五年，他每说一句话的喉结怎样滑动我都烂熟于心。尽管他用墨水村方言教我误认了许多错别字，弄得我今天一念课文都能引逗得老师和同学们笑出来泪水，可他毕竟是我的发蒙老师啊，没有他我连错别字也认识不了啊，我至今对他怀有一份感恩的情义。今天开学了，我慌得扭回头来说，我上学去哩老师。

说话间大河已来到我跟前，他也怪异地瞥了我一眼，把一个眼看要烧住手的烟头猛吸了几口才吱的一声扔到雪地上说，我是老师我还不知道今个开学？我是说你爹不是有意让你当干部吗？我看你挺像这块料的，羊的事处理得我很满意，可你咋就不听他的话哩？再说这村里你都比我上得还高了，你还上的啥学去？

我叫他问得低下头，说不出话来了，我其实并不是为了上得比他还高才上学去的啊。语塞间，我看见他的腋下也夹着一套钳具的，身边簇拥着一大群生龙活虎的孩子，男孩女孩都摩拳擦掌都跃跃欲试。其实他们和我一样也都背着书包的，只是那书包里空空荡荡，没有此种容器里应有的课本和纸笔。我无端地惶恐起来，我吃惊地回想起我小时候也常背着这样的空书包尾随在他的屁股后面，跟着他去他的自留地里摘了棉花装棉花，掐了谷子装谷子，逮了豆虫装豆虫，有时还不得不为了给他积肥而捡了羊屎蛋子装羊屎蛋子。这历史如此重复，这场景如此熟悉，区别只在于他们今天的书包要用来盛放大河老师卸下的螺母和螺丝。我不知怎的有些受不了了，我一下子热泪盈眶起来，我想追问我的启蒙老师刘大河同志，生活中没有美能不能行，没有文明能不能行哩？

路过架子的时候，我还邂逅了村会计化肥。村里的小卖部就是他家开的，此刻和他老婆赶着一辆毛驴车现场销售起一些紧俏货物来了。他们的跟踪服务很受欢迎，生意因而好得不行，单是扳子钳子的价格就一涨再涨仍供不应求，其他像糕点饼干方便面什么的也很抢手，顾不上回家吃饭的人大多要来他这里买吃食。有些人没带钱，就用卸下的角铁或螺丝折价贸易，把他和老婆忙活得浑身是汗。化肥是今天唯一支持我上学的一个人，他也风闻了我父亲要培养我的传言，此地无银地说，这村干部没屌啥当头，还是考大学有前途，我一会还要去镇上进货的，你等我送送你不？

我摇摇头没跟他多话，因为我看到了最高处的二壶、老一和南瓜。二壶什么时候都不忘出风头，这样大的风雪天里竟戴着墨镜，并且一目了然地看见了我。他把架子踩得哐哐响，又是指天又是戳地地说，日他娘华的都这会儿了你还上学去啊华的？

二壶高空中的呼喊响彻云霄，我能听出他爱之深则责之切的遗憾和愠怒。在看到大家伙一窝蜂摇金晃银的时刻我也许动摇过子身求学的信念，但经他这么一咋呼反激起了我心底的委屈和反抗的劲头。我忽然意识到我现在扛着的是墨水村最后一包还有人扛着的书了，我有太多的理由看重和爱惜它们。我负责地拭去书包上的落雪，把它从冰凉的后背转移到我温暖的前胸。我一边温暖书一边加快了步伐，内心感受着它传达反馈给学子的力量和情愫。我就这样和书们有了股惺惺相惜的精神，并且直到许多年后的今天仍不变初衷。

在大路与小路的交叉口那儿，我又回了一次头。我回头看见我父亲那家伙也火烧火燎地从村子里跑出来了，身边跟着他那个前仆后继的虎。我想墨水村这回是真没治了，连村长兼书记的人物都要参与到这桩卸废铁的好买卖中来，墨水村还有啥法治啊。不过，还好，还好的是我没看见他也掂着扳子钳子什么的，我听见他老远就扯着嗓门骂上了。我日恁千娘万奶奶，他说，我日恁老少十八代，他又说，你以为那角铁螺丝都是恁娘的 × 毛啊，你想卸就卸，想拔就拔，那是咱村的摇钱树，日你娘摇钱树懂吗？

一个穿得很新的女人正在从一层往二层上爬，她咦了一声说，村长你骂怎难听干啥？你以为就你村长知道这架子是摇钱树啊谁不知道，不知道谁还上来卸啊？女人说着又爬了两级，一边向上伸出手说，死不了你个狗日的拉拉我呀。

我就不必看清这女人的脸也知道她是谁了，她就是年三十那天才从邻村嫁来的寡妇。她是因为墨水村有了架子才下嫁给老光棍死不了的，她对架子是摇钱树的认识肯定比别人更透彻也更深入，但我想她还一定没有领教过我父亲的厉害，她不知我父亲骂这么难听已经很够客气了。我父亲果然就邪火蹿顶，用手指着她对虎大喝一声说，虎，上去把那个臭娘们的×毛给我撕下来去虎。

虎是一条多么训练有素的狗啊，它也决不允许谁敢公然挑衅我父亲在这个村子里的绝对权威，闻言如虎将得令，四蹄撒开呼呼生风。应该说虎是唯一的先知先觉者，就在它跃上架子，眼看要撕咬住那个还浑然无觉地往上爬的女人时，虎忽然虎目圆睁，鬃毛乱竖，短促而凄厉地仰天长啸了一声，然后它急剧地旋身，凌空翻起了跟头，不待脚踏实地，便呼啸的子弹般射向我一丈开外的父亲。我正大骂着跑来的父亲毫无防备，冷不丁被它撞弹到又一丈开外的远处。我父亲显然被这条疯了的爱狗撞蒙了，来不及爬起来骂它为什么不执行命令而反扑主人，虎又给了我父亲重重的一击。它铺天盖地地压到我父亲身上，犹如饿虎扑食。我无法想象我父亲在身躯庞大的虎下面如何暴跳如雷，只听得轰隆隆一阵巨响，那个在风雪中飘摇的大铁架子已夷为平地。

我仰面摔倒到雪里，我感到了身下的大地在那一刹那的颤动。那种余震的力量波散开来，殃及四周，撼摇得村里好几处老朽的房子和残垣断壁们也跟着懵里懵懂地倒掉。钢铁四溅开来，人的肢体四溅开来，滚滚的血柱波浪滔天。废墟那儿的白雪一片殷红，汪洋恣肆着骨肉的大海。我不知二壶们伤没伤，死没死，我只看见鬼哭狼嚎的死不了率先从没膝深的残骨余骸里探出头来。尽管他血头花脸的，我们仍可以清楚地看到他这一侧的胳臂从肩胛那儿被齐崭崭地削掉了，还可以清楚地看见他的两条长腿有其中的一条从胯骨那儿消失了。但是，我们仍应当承认死不了的命还是很大，他又一次奇迹般地劫后余生了。当然，他的福气还不是很大，至少也是艳福还很不大，因为他新婚只有半个月的媳妇没有了。死不了有多疼爱他的媳妇你可以想象，他顾不得寻找自己的胳臂和腿，就撑着那条肯定也受伤不轻的独臂遍地翻捡起他的媳妇。当他在热气腾腾的血肉人尸上背向我们游动的时候，我们会惊奇地感到他不像少了一条腿，倒像是多了一条累赘的尾巴。死不了艰难地匍匐着，从架子南头拨拉出他媳妇的一个手腕，从架子北头拨拉出他媳妇的三颗脚趾，又从架子东头拨拉出他媳妇的大半截耳朵，从架子西头拨拉出他媳妇的一排半牙齿。但是死不了愣是没拨拉出他媳妇的中心部位，四面八方都拨拉遍了也还是没能拨拉出。死不了拨拉他媳妇那个地方的目的很明确，在此后漫长的爬行生涯里，死不了常痛心疾首地说，我那会多想再跟她日一回×。

我父亲当然也没死。在这场波及全村的横祸中，我父亲不仅幸存而且还连一点轻伤都没有，倒是虎为了掩护他，左前腿让一块飞来的角铁给砸瘸了。我父亲硬说它是骨折了一条胳臂，还请人给它打上了石膏。此后的日子里，我父亲与虎越发地形影相随了，他常抚摸着虎那条吊挂着绷带的伤腿说，日他千娘万奶奶，咋这么多人不如虎哟不如虎。

我直到最后也没能看到二壶们伤没伤，死没死，那个爹娘乱叫又骨肉翻飞的场面使我不敢再看了。我掉过头来，拐上大路，蹚着滚滚涌动的大风大雪，一步一趔趄地把墨水村撇到身后头去了。

村级干部刘大胡子

一

新的一年开始了，可墨水村的人事还没落到实处，很叫墨水镇的镇长吕一鸣头痛，年都过得不像过年。这以前他已一口气把那村的支书村长撤换了五六个，撤换了五六个仍没达到撤换的目的。所以初五这天一上班，连句吉利的拜年话都没说，就吩咐肖秘书和他一起扒拉墨水村的党团员名单和从派出所要来的户口册子，看能不能找出来个合适点的人选。

结果没找到，肖秘书也没找到，只是拿着一份材料迟疑地说，吕镇长，你是不是再看看刘大胡子的情况。

刘大胡子的情况不用看，吕一鸣也知道，叹一口气说，他倒是可以考虑的，可墨水村都一片散沙了，他还肯接这个烂摊子？

肖秘书说，他情绪可能有一点，但也得看谁找他，要是你吕镇长亲自去点他的将，他还不给个面子？

墨水村的刘大胡子曾是吕一鸣最得意的一员干将，三年前却让他亲手撤了。那是在一个清理河淤的工地上，刘大胡子不知酒喝多了还是怎么的，为争第一竟动起了手，把白沙村的村长白梦河打得满地打滚、鼻青脸肿的，影响很大。吕一鸣气不过，当即就把刘大胡子的支书村长两职给撤了。今听肖秘书这么说，知是暗示他解铃还须系铃人呢，霍地站起身说，好吧，我给他刘大胡子拜年去。

街上一片繁忙景象。虽然冰天雪地的，可南来北往串亲戚拜年的人还是很多。吕一鸣觉得每个人都形迹可疑，内心很焦躁。途中穿越一些村庄的时候，好多在村头盘查过往行人的村干部认出是他的车子，给他挥手问好，他也没停，只吩咐一声给我把好路口，就催司机小崔照直开。村干部们便在后面议论说，吕镇长这是去哪呢，大过年的这么急？立即有人说，还不是为了人流的事。

吕一鸣当真急的是人流的事。人流这个语汇在墨水镇一带具有独创的意义，指的是春季人员流失。墨水镇地处鲁西南边缘，商业农业企业都不景气，一直没摘掉贫困帽子，故村民们把外出打工视为唯一可行的生财途径。这才有了人流一说。人流尤以新春伊始这会为最，一等串完亲戚拜完年，便三五成群地结成伴，相约着去远远近近的城市里谋生。老百姓一溜，政府机关势必麻烦，想搞点脱贫项目都找不到人，就责令各村干部罚款罚粮扒房子，不拘一格，或者干脆出动派出所的治安员去路口埋伏拦截。但尽管措施多多，仍然防不胜防，一等用人的任务下来，青壮劳力又大多不见踪影。墨水村最大，人物最众，就出了个绰号叫万能胶的年轻人，擅长出门打天下，弄得很富。据说万能胶一过年初一就开始组织筹备一个什么万能远征致富队，网罗了全镇几百号有名的木工瓦工电气焊工，青壮劳力不计其数，只等一个吉日开拔了，吕一鸣这当镇长的哪能不急？墨水村距离墨水镇十一二里路。它的东北方向是冀南，西南方向是豫北，是最典型的鲁西南死角。吕一鸣看看它的东北方向很冷清，怕这工夫出意外，就让小崔绕弯从西南头进村。

还真出了意外。车子刚拐过弯来，就看见一伙年轻人正好背着行囊往外走，足有三四十个，代理支书的村会计化肥和代理村长的治保主任二百六在后面追着，听见二百六说，日他娘二壶、老一，你两个大小也算是干部，咋能带头人流哩？化肥说，晚上走行不，白天走影响不好哩。二壶和老一两个领头的一挥拳头说，日你娘你俩再敢撵一步？

小伙子们都挥起了拳头，吓得化肥和二百六就不敢追了。这样大天白日地人流，只有墨水村才有，气得吕一鸣让小崔把车子横到路中央，大声呵斥了几句，才把他们赶回。二百六跑来说，吕镇长，亏您来治了这伙刁民。

吕一鸣不理这个，只问他哪个是万能胶？

二百六说，这只是万能远征队的先锋队，没有万能胶，他的主力要在明后两天分批走。

化肥也跑到跟前来，讪讪地说，吕镇长？

吕一鸣哼了一声说，你两个就这样把守的路口？赶快带我去刘大胡子家。

小车穿街走巷，驶到一个破败的院落前停下。吕一鸣见到刘大胡子，也顾不得多客套，照直说明了来意。不期事情顺利得出人意料，刘大胡子略一沉吟答应下来，说，不是我大胡子有官瘾，而是一桩心事耿耿了几年都没耿耿了，这就牵出个要求。要求倒在吕一鸣意料中的，欣然说你说。大胡子没直接给他说，转脸问化肥和二百六说，咱村盖村小的钱，还差多少？

二百六说，哪是差多少，根本没钱。

大胡子望定化肥说，没钱？

化肥看上去要去解手什么的，起了起身子又坐下了，说，有倒有一点，但盖村小还不够。

大胡子看他一眼没多问，复转向吕一鸣说，我得盖村小。

村小指的是墨水村小学，在村子北头，大小有六七座房，都老朽了，适逢刮风下雨天就上不成课。大胡子那年下台前攒了笔款子，曾给校长刘大河拍过胸脯，定好水利工程一完就抽调人马回来把村小扩建成完小。那时大胡子也给镇上要求过支援，吕一鸣曾许诺他只要第一个完成清淤挖河的任务就重奖两万。结果自是没奖成，职反被撤了。

吕一鸣想起这档子事有些羞愧，因为他后来听说，当年大胡子之所以跟白沙村的白梦河动手，是因为白沙村的人给墨水村的工程使了些手脚。好吧，他思忖了一下说，这回你能堵住人流的口子，镇上赞助两万；义务工生产夺了第一，再奖两万。

大胡子说，就这么定了。

二

工作是当天下午接管的，也就是把几张桌椅高音喇叭什么的破家当，从化肥家搬到刘大胡子家。村委会原有几间办公室，因学校的教室塌了一座，腾出来给学生们用了。几个人把他家的破厨屋打扫了一下，也就成了村委会。村里的大小干部，没用召集就来了，七手八脚地帮着安置东西。除化肥和二百六外，还有团支部书记左月妹和二壶、老一几个年轻人等。二壶、老一本是负责护青工作的两个小头目，就是防止猪羊等牲畜啃坏糟蹋庄稼。他们这个组织叫罚猪罚羊小分队，简称猪羊队，由于村纪松散，这个组织已名存实亡。

一切草草就绪，二百六就积极地请示说，村长，你拿个治人流的高招吧，我执行去。

其实大伙都很关心这个事，像二壶、老一几个人，上午没走成，这会明里庆贺大胡子复职，实是察看动静来了，都眼巴巴地等他发话。团支书左月妹同时还兼着计生员工作，怕有计划外孕户也跟着外出谋生的人溜走，就说村长，你真得快点拿个治人流的招数出来哩。

二壶咦了一声说，你不是专让人人流的吗，咋也要制止人流了？

二壶指的是左月妹让怀孕的妇女人工流产那回事，老一跟着起哄说，这年头真是全乱套了，人流也跟人流搅浑了哩。

扭头又冲左月妹说，你把你家那口子给人流了，人流才能跟人流扯得清哩。

左月妹的男人就是万能胶，一屋子的人就又哄笑了一通。大胡子也笑了，因为化肥不在，还在倒腾一些小东西，就问二百六今年春季工作的重点是什么？

二百六不假思索地说，防止人流。

大胡子说，咋又是人流？

左月妹说，可不除了人流还是人流。

正这么人流来人流去地说笑着，化肥抱着一大摞居民身份证进来了，刚要往一只破橱子里塞，被大胡子叫住，问那是干啥用的？

二百六抢先说，防止人流。

大胡子说，防一个鸡巴人流还用怎多的花样？这玩意又不是脚镣手铐的，能防个屁？发下去吧，是谁的就还发给谁去。

身份证当然捆不住人的手脚，年年扣，年年人流。但扣身份证和杜绝给外出打工的人开介绍信什么的，是墨水镇的统一行动。化肥就说村长你不了解情况，这可是镇上指示的。

大胡子看着化肥，看了好一会才说谁不了解情况，叫你说咱这是墨水镇呢，还是墨水村？

就这么一句，竟把化肥的汗都问下来了，大胡子已开始复用他在墨水村的最高领导权，吓得一屋子的人都缄了声。虽然间隔了两三年，可重温这久违的威严，仍叫人不寒而栗呢。但化肥毕竟代理过支书的，卸职的头一天就遭他当众训斥，脸上有些挂不住，软中带硬地回敬了一句说，明天正月初六，可是人流的好日子，镇上指示我们去路口埋伏拦截，那你说我们今晚还去不去路口拦截呢？

大胡子说，你拦路口有什么用？你说说你哪一回又拦住过？

这时大胡子的老婆进来做晚饭，见状白了男人一眼说，你怎大声干啥？

大胡子也似乎觉到了毕竟是刚复职，缓了下语气说，这几年你们没功劳也有苦劳的，先放假休息两天吧，大后天来我这听话。

关于如何防止人流，还是一句话的指示也没有，一伙人更是摸不着头脑，却谁也不敢再多嘴多舌，只好一人均了些身份证，分头下发去。

这伙人前脚刚走，镇上通讯员小邢就下通知来了，让大胡子明天下午两点去镇上开会。大胡子苦笑一下说，日他娘还真是一天也不叫歇着哩。

老婆说，自个病都不治，治村咋恁积极？叫我看你明天不如再辞了哩。

大胡子看一眼老婆没说出什么，低头送小邢走时，手却习惯性地捂上胸口，里面老是隐隐疼。

三

镇上的会议内容有两项，一是各村干部汇报年关期间防止人流的工作情况，二是义务工管理工作动员。大胡子才上任，又没采取一点措施，上半场会议就没怎么听。第二项是镇长吕一鸣主讲的，头几句话说的也是关于人流，云云。他强调今年的义务工作很繁重，既要参加县里统一组织的清淤挖河的工程，同时镇上还有筑路等任务。鉴于此，各村人流数不得超过青壮劳力总数的百分之二十五，否则不供应今年的化肥和种子，村干部处分另论。正月十日上午，各村义务工在镇上会合。

会议散后，村干部们各自叫苦，互相说自己村的人流数，怕已超过这个数了；又说去年还百分之三十五呢，今年咋一下子严格恁多？大胡子没去年的经历，推起车子往外走时，却让吕一鸣把他单独留下了，关上门说，我们觉得你刚上来，也不难为你，给你降到百分之三十五你有没有把握？

大胡子说，那也给钱？

吕一鸣说，你一接任就想着盖学校的事，我给其他几位领导说过了，大家支持你盖。

大胡子知道上边要求的数字，和下边实际达到的数字，很少统一过，不然吕一鸣也不会给他破这个例，径自笑了一下说，我不会白要你吕镇长的钱，俺村出工人数达不到总数的百分之八十，你就不用给赞助。

吕一鸣说，真的？

大胡子说，四天以后你数墨水村人头，我出人，你出钱，咱当场兑现，得了第一另说。

吕一鸣听得一惊一诧的，就问他已出台了什么得力的措施没有。他刚才在会上没听见他汇报发言，不怎么放心呢。

大胡子说，慌啥哩。

吕一鸣越发不放心，还要叮嘱他几句，一旁的肖秘书打趣说，我看你给他预备好款子就是了。

回到家时天已擦黑，还没歇口气，闻讯他开会回来的二百六等人就来问上边又有啥指示精神，一边向他请示工作。大胡子不耐烦地说，不是说好了让你们放假两天吗，咋还来啰唆？看见化肥也在，就说其他人仍按原计划休息，化肥你给我列个青壮劳力一览表来。

村干部们都很没趣，悻悻地退出去。大胡子看见还有个人站在那，就说日他娘咋还不走？

那人说村长，我们几个老师听说你又挂帅了，都很高兴，非要叫我代表大伙来给你贺个喜哩。

定睛一看是小学校长刘大河。大胡子知他来意，笑说你贺喜是假，要建村小才是真吧？

大河嘿嘿一笑说，两样都真，两样都真。

大胡子忽然沉下脸说，我听说这两年的升学率总上不去，你这个校长是怎么当的？

大河有些汗颜，诉苦说村长你不知道，校里教室都漏天了，砖垒的水泥桌凳也早坏了，你那时还年年修修的，后来连请人修都请不动，一上课房顶就掉土，我们老师倒不怕砸自己，但砸坏了学生咋办哩？

大胡子叹了口气说也是。

大河的情绪却好起来，喋喋不休地说，村里连着换了好几茬主了，我除了找过头一两茬的主外，没用处我就干脆不找了。我知道只有你才会把我们几百个师生的安全放心上，找他们磨破了嘴皮还不是白磨。

一番话说得很中听，大胡子不由笑了，说，你先别给我戴高帽，建了村小上不去质量，我可饶不了你。大河立即拍了胸脯保证，一边问啥时动手？大胡子其实比刘大河还急呢。他在墨水村支书加村长干了多少年，从没怎么放过空话，可那年盖村小的话却空了，所以耿耿不已。想了想说，等我问清化肥咱村还有多少钱，加上镇上要给的几万，凑个差不多咱就动手。

送走大河天已黑透，大胡子饭也没吃就折身去了化肥家，看他把青壮劳力一览表制出来没有。化肥看见他，慌得又是递烟又是让茶的，说就快完了，一边招呼另一个屋里的老婆赶快弄些酒菜来，好跟村长好好喝一壶。

大胡子说，你别叫她了，我问你点事。

化肥一怔，没等大胡子说出什么事就主动说，我怕二百六他们乱花，才给他说没钱了。

大胡子噢了一声说，那到底还有多少？

化肥说，还有三万。

化肥一直是村会计，从大胡子在台上时就是。那时已攒了七八万元钱，没想到三年过去非但没多反还少了，大胡子的脸色就很不好看地说，咋就只剩三万了？

化肥说，村长你不知道，这几茬干部都只会花钱不会挣，我知道你那时省吃俭用地攒那些钱不容易，这才好歹留下来一点。

大胡子说，你们这几年的收支我不管，但那四五万元的去向你给我列个明细表出来，弄不清楚了别怪我翻脸。说完顾自走去，把化肥老婆端来的酒菜碰翻一地。

四

隔日上午,村里的大小干部聚集到大胡子家厨屋的炕头上,等他吩咐任务。墨水村现有 3500 余口人,18 岁至 45 岁之间的青壮劳力 750 人。大胡子是老支书又老村长了,老马识途,虽然人员有所增减,但变动不大,很快分配好去向。大胡子简短地做了一下春季工作的内容介绍,就把那 750 人分成大小七八拨。其中 450 人为一大拨修水利,由二百六带领;150 人为一中拨筑公路,由化肥带领;15 人为一小拨由二壶带领,修缮麦地里的垄沟,备于灌溉,兼着负责村里的治安和护青工作;左月妹领人若干,负责收敛义务工所需粮款;老一领人若干,在学生开学之前修补好各个教室,同时打好扩建小学的地基。大胡子自己为机动人员,以忙建村小事项为主,但哪里需要哪里补。下剩 30 人未被编组,除万能胶外,余者都是经济特困户,大胡子说,允许这些人人流。

编组编到这儿,大胡子问大伙还有没有补充的?没有就按名单去通知,后天村西头集合。

这样的分配井然有序,面面俱到,好几年没有过了,谁还有补充的?就各自拿着分配名单,挨家挨户地下通知去了。左月妹走时,大胡子叫住她说,你家那口子还没有溜掉吧?

左月妹说,他哪敢呀。

大胡子说,叫他来我这一趟,我叫他人流去。

左月妹响亮地答应了一声,走几步又转回头来,看看人都走散了,兀自笑了一下说,村长,我总算知道你用的啥法治人流了。

大胡子说,我这不是啥法也没用吗?

左月妹说,你用的就是啥法也不用的法。大伙的心理算叫你给摸透了,非但不出招,反把身份证发下去,把拦路口的人撤下来,弄得人心惶惶的，不知你究竟要出啥邪招。万能胶这会还琢磨着哩。

大胡子也不由笑了。

左月妹走了没多大会，万能胶就拎了老大一兜烟酒来了。大胡子看见了说，你这点东西显然不够，先搁门后头吧。

万能胶笑嘻嘻地说，我知道不够，但只要有个数，多少我不在乎。

说着还要把兜拎过来，被大胡子拦住说，我近来身体不大行，酒早戒了，别拿进来了。

万能胶也能从大胡子暗黄的脸上看出他身体不大好，但执意要把里面的几条烟几瓶罐头什么的拿进来，看见大胡子又瞪眼，就说前几年我们家穷极，亏了你救济，我这点东西算屌啥，你不要我就砸了。

大胡子说，你狗日的要砸就砸了吧。

万能胶看大胡子阴上脸，吓得吐舌头，只好空着手尾随进屋去，连话也不敢说了。

大胡子这才拿出一个名单说，听你狗日的口气倒不小，但我把这三十个人交给你，你一年能让人家挣多少？

万能胶看着名单说，这都是没多少技术特长的人，只能让他们弄个万把块了。

这也把大胡子吓了一跳，说，恁多？

万能胶说，这还少说着呢，保守数字。

大胡子说，那好，那你们麦秋二季就不用回来了，村里会帮着你们收麦子种庄稼，可你也总得给村里有个说法吧？

万能胶说，你说吧村长。

大胡子思忖一下说，按你说的保守数字一万元算，收你们人均收入的百分之五怎么样？不是罚，算给村里搞创收，帮着建小学。

万能胶没想到大胡子胃口这么小，比头两年没完没了的惩罚便宜多了。更重要的是，这还不是罚，是给村里搞创收，帮着建小学，心里不觉有许多舒服，欣然说我个人不算特困户，出百分之六吧，我这就把钱敛上来，交了款再走。大胡子本还想说叫他们先交一半的钱，那一半等他们年底回来再交齐呢，见是这样，就有点后悔自己也太不会讨价还价了。

五

当天下午，大胡子正拨拉着一把缺珠少子的破算盘和化肥计算着这次义务工的收支账目，万能胶便吹着口哨交款来了。他先把14500元交到大胡子手上，又掏出1000元分成两份，说，村长，我个人不算特困户，出百分之六吧，这四百元是借你看病的。送你烟酒你不要，借给你点钱总行吧？

大胡子一把抢过去说，算你出百分之十吧。

说了，就让化肥落实到账上。万能胶鼓鼓嘴，终没鼓出什么。大胡子就一边给他开万能远征队的介绍信，一边问他准备何时动身。万能胶说，往外走，三六九，我们已经错过初六了，又怕你中途变卦，所以打算明天就走。

大胡子原计划等义务工进入工地后再让他们走，免得影响人心，又想到出门人都图个吉利，就说好吧，明天走就明天走吧，但你可得把那伙人给我照管好，经常来个信儿，如果情况真不错，等义务工程完了，我可能还要再给你派些人去。真挣了大钱，就最好在咱村里搞点项目。

万能胶说好。

次日万能远征队开拔时，大胡子还让二百六等几个干部送他们一程，同时放了几挂鞭炮为其壮行。这样非但不罚反而支持人流的行为，真是开天辟地头一遭，很叫那些摊了义务工差的青壮劳力们激动，就一边嘱咐家里人自动给村里出百分之十甚至百分之十五的折扣，一边打点包裹行囊，一窝蜂撵了去。

送行的干部们慌了手脚，二百六骂骂咧咧的，急着要组织人拦截，却叫化肥把他拦住了说，村长又没指示，你瞎拦什么？

二百六说，日他娘都这会了还用村长指示？

说了就高声地呼喊二壶、老一、左月妹等人的名字，一边往前跑。化肥就又拽了他一把说，我看硬拦是不行的，除非把万能胶的人马也拦下，可他手里又有咱村长的亲笔信，哪能拦得住呀？

这么一说就说到了点子上，一伙人全没了主意，只能傻着脸眼睁睁地看着批量的人流往外涌，很规模，很磅礴。左月妹终觉得不是个事，恨恨地瞪了化肥一眼，一溜小跑着来向大胡子报告，上气不接下气地说，村长？

这时大胡子正在看扩建村小的图纸，头也不抬地噢了一声说，我知道了。

知道了却不采取紧急措施，左月妹就以为他恐怕也是没招的了。其实事态都危险到洪水决堤一泻千里的份上了，她还能指望他采取什么样的措施挽狂澜于既倒？左月妹就又急又泄气的，不知是该跑出去，还是该再给他说点儿什么。正急得没着没落的，化肥也慌慌地跑来说，不好了村长不好了，人流们眼看要流到一里外的河南省了。

大胡子深深地看了一眼化肥，看得化肥都局促不安了，才伸手打开桌上的扩音器，噗噗吹了两声，噗噗地又吹了两声说，日你娘走吧都走吧，都走光了看我咋日弄你家的娘们。

村人拥护大胡子当头，仅从高音喇叭上也拥护，因为他从不像别人那样没完了地喊话，喊话也喊得厉行节约制度，从不拖泥带水的。所以他这次复职以来的头一次喊话，村里村外的人无疑都听到了。大胡子好色，至少嘴上很好，说出的话都把骚气熏破天了，谁还敢走？谁又舍得走？谁不知道这大胡子是个说到做到决不乱放空炮的主儿？谁都知道他不可能把全村的娘们都日弄遍，但谁又敢保证他不先从自己的娘们那儿开始日弄？人流们面面相觑了一会，各自垂头丧气地回来了。

一直在外面督阵的二百六，雀跃地跑来，拍着手儿咋呼着说，日他娘不得了真不得了，县太爷都没法治的人流，却叫咱村长一句话治了。

二壶和老一也跑来说，日他娘不服不行，还是咱大胡子村长有口才呀。

几个人正这么胡乱地喝彩着，万能胶竟也满面大汗地跑来了，慌慌地说，村长，俺那老婆？

大胡子噗地吐他一口唾沫说，狗日的咋恁没出息，一个大老爷们家，还能叫一个娘们拽住了脚？

万能胶难为情地擦着脸上的唾沫星子说，村长？

大胡子看他仍不能释怀的样子，就又骂了一句，说，日你娘还走南闯北哩，看你那熊样？给你那伙人说一声，你们那些娘们的×都是军用品，滚吧。

军用品受重点保护，万能胶当然知道，扭头看见媳妇正好在场，叭地亲了她一下说，日他娘没想到你还是军人专用的哩。

左月妹推他一下说，去你的。

万能胶又捏了捏媳妇的脸颊，这才活蹦乱跳地嬉笑着走了。一屋子的人都跟着笑，还给左月妹挤眉弄眼的，左月妹也窘羞着笑了。

六

正月初十上午七点半钟，七百余个青壮劳力准时集合到了村西头的打麦场上，还按着编组，破例站齐了队形。因为大胡子自复职以来还没开过村民大会，一村的男女老少也都涌到了四面边上，想听听他宣讲些什么。这场面颇叫大胡子感动，就站到一个高坡上，作了出工前的动员讲话。在别的村里人流现象严重的情况下，大胡子说，咱村人才都还济济在此，说明大伙看重我，给我面子，就冲这点我大胡子也得给乡亲们干点真事实事。今年不让大家人流，不是我瞎充积极不让大家致富，而是为了咱村小学的建设，为了大伙更有把握地致富。先叫万能胶出去探探路，他那的情况真好了，那么，谁在这次义务工生产中出了大力流了大汗的，我就再送谁人流。

说到这里，台下轰然响起一片掌声。

大胡子挥手压住，话锋一转又说，这两年好多人都说咱墨水村瘫痪了，癌症了，没治了，我偏不信，我偏要叫他们看看咱墨水村的阵势，大伙说叫不叫他们看看？

久违的士气和斗志就这么鼓舞起来了，群情振奋，小伙子们还带头挥起了拳头，一举一举地说，叫他们看看，叫他们看看。

动员完毕，各路人马在各位负责干部的带领下，开始分头行动。特别是那600人的挖河筑路的队伍最为雄壮，马车队在前面开路，小推车队紧随其后，一路浩浩荡荡地开向墨水镇会师去了。

到了镇上一报数，吕一鸣虽有准备可还是吓了一跳，不晓得刘大胡子用了什么魔法，何以神通广大到这地步。在墨水村的龙头作用下，各村今年的人流数虽然有所遏制，但离要求还相差甚远，像墨水村这样超标完成名额任务的，更是一个也没有。与他们相邻的白沙村，出工人数连劳力总数的百分之五十五还达不到呢。那会儿他正在臭熊白梦河在内的几个村长，都恨不得要骂娘了，看到墨水村的大队人马，才开始不骂。

大胡子也跟了去，他自然是为了给吕一鸣要那两万元的赞助款的，但吕一鸣一见他就使劲摇晃起他的手，朗朗笑说，我说伙计你可真是老将出马一个顶俩呀，你这是用的啥绝招啊！

大胡子说，没招。

吕一鸣哪里肯信，拍着他的肩膀说，你别谦虚了，也别保守了。正好各村干部都在，咱就临时开个防止人流的现场会吧，你给大伙传传经，送送宝，也好让我们都受受启发。说了，就要招呼各村干部紧急集合。大胡子见他还动真的，吓得脸都变色了，一缩头就溜，连当场兑现款子的事也顾不得了。

一直等到下午，等全镇挖河的大队人马开到五十里外的另一个镇上，筑路人马也已全部进入工地后，临阵脱逃的大胡子才重又操心起那两万元的赞助款来。他怕搁久了镇长变卦，更怕自己去了又被他缠住不放非要他介绍宝贝经验什么的，只好打发左月妹去了。

左月妹是骑着八〇摩托车去的，一会就回来了，大胡子就有点心虚地说，没弄来吧？

左月妹本也要吓他一下的，看他已够心神不宁的了，兀自笑说，怎么会弄不来？不仅弄来了，还弄了三万呢。

大胡子越发心虚了，苦笑一下说，人都是说钱的时候挺大方，给钱的时候就小气，他能给咱原数就不错了，还舍得多给你一万？

左月妹说，你还真不信啊？那你就自己看看这是多少，就是三万元嘛。

说着把包拎过来，哗哗啦啦地倒出三大捆崭新的老头票来。大胡子一看还是真的，就有点脚踏实地的感觉了，惊诧了一会，疑惑了一会，忽然喜滋滋地哈哈笑说，咱多出了人，他倒也知道多给点钱，大家也都算义气了。

美得你吧，左月妹说，你以为你跟人家义气，人家也跟你义气啊？不是多给，是少给了。

大胡子说，少给了？

左月妹说，可不是少给了。吕镇长一看咱村去那么多人，知道第一也跑不了，所以就不把咱村的义务工生产列入考评了，就是说给了这一万，就不另给那两万元的奖了。

大胡子有些恍然，啧啧了一下嘴说，日他娘他姓驴的倒还挺会折中哩。

但无论多少，毕竟又收入了一笔数目不小的款子，想想自己才上任四五天时间，就收入了四五万元，平均一天万把块了，很叫大胡子高兴，就热火朝天地张罗起扩建村小的有关事宜来。

从镇上弄到钱的消息传开来，村民们也都很高兴，互相说村里走马灯似的换了好几茬主了，何曾有一茬主儿从镇上弄得一分钱过？又说大胡子村长豁着一张老脸拼了命地堵人流的口子，也实在用心良苦呢。这么一理解，也就皆大欢喜了。

不过也有人不高兴，比如化肥。因为扩建村小的钱还不够，大胡子就又给他施加压力，催他快把老账算清楚，好再凑出点钱来。弄得化肥一见大胡子就头痛，觉得别人当一把手，还是不如自己当好。他老婆胆子小，劝他把银行的存款取了，多少拿出来点，可别惹急了大胡子，真的翻脸不认人了。他不肯拿，还咬牙切齿地说，妈妈的，江山轮流坐，明天到我家，到时他不认老子，老子还不认他哩。

老婆说，人家走得端行得正，下不了台的，除非他病死，要不咋还会轮到咱家来哩？

化肥说，你他娘的懂个屁？他怂恿万能胶人流就走得端了，他在高音喇叭上要日一村的娘们就行得正了？他为啥单单放走了万能胶，还不是为了日弄左月妹那个小娘们，你看不见他两个这会都快日弄上了？我到上边捅捅风，你在下边造造谣，还怕他狗日的不病死，不出溜到台上？

老婆一拍脑壳说，是哩，是哩，江山真该轮流坐了哩。

不知这江山怎么个轮法，大家看着安排吧。

女村长

一、出来那道门

出来那道门，二壶感到阳光刺眼，感到街上美女如云，不管是迎面走来还是身后走去的女人，他都有上去抱一抱或搂一搂的念头。大约是高墙电网的阴影还在心头笼罩着，监狱铁色的大门还在背后虎视眈眈着吧，就只是这么想了想，并没落实到行动上。同案老一亦在这一天释放。二人虽在同一个大院里服刑，但一年半载也不定见上一面，直至出狱这天才又走到一起。老一见他眼珠恨不得跑到眼眶外忙活，有些想笑，问他走出狱门的第一感觉是什么？他连想也没想就说，妈妈的，外面真好，外面的好女人真多。

老一说，我看也是。

二壶又说，可惜没一个是我的。

老一说，我也可惜。

老一本来可以不可惜的，只因蹲了这几年大牢，才把新婚不久的媳妇蹲跑了。一想起这个他就恨化肥，恨得咬牙切齿。化肥是他们的另一个同案，或者说主谋。一开始他也在这个大院里服刑，但入改不久就神通广大地办了个保外就医。他狗日的罪魁祸首都逍遥法外地当准自由人去了，却撇下他两个喽啰受煎熬，所以二壶也恨，恨得咬牙切齿。

两个正咬牙切齿间，忽有一辆黄色的面的停到跟前。他俩一是没钱，二是好不容易出来了，想多走走看看，同时给司机摇摇头，径往前面走。这时车门开了，下来一个粗胖的人说，我来给兄弟们接风。

二壶、老一定睛一看竟是化肥，就说你可来了，一边一左一右地扳上他的肩膀，说几年不见，有话跟他讲。化肥情知不妙，却脱身不得，被其拽至一僻静处，那两人搁下行李卷，同时挥起了拳头。化肥还想再说点什么，二壶已打到他左脸上，他转半圈，老一的拳头落到他右脸上。如是转来转去，像摇货郎鼓，摇得化肥眼里金星乱冒。此刻出租车司机还在路上，一等不来，二等不来，不耐烦地按了按喇叭。这喇叭虽不是警笛，但突兀地响起来，容易叫害怕警笛的人往那上面想。二壶、老一有些迷怔，呼呼生风的拳头慢了许多。化肥得以瞅个空子蹲下来，两手乱抱住头说，日他娘打几下消消气行了，还怎么打个没完没了？

三人上了出租车，化肥坐副驾驶座上，二壶、老一坐后面。化肥抹了一把脸，回头一人扔了一包精装大鸡烟说，出门吸大鸡，必定大吉利。二位现在最想干的是什么？回家，还是逛逛这城市再走？

二壶、老一异口同声地说，我们想日你老婆。

司机没忍住笑出声来，不晓得这三人怎么回事。化肥也别别扭扭地笑了笑，说，别他妈这么没出息；走，先找个地方喝两杯再说。

二壶们是在地区劳改队服的刑，离他们那个叫墨水的村子约有二三百里路。到了车站附近一个餐馆里，化肥很大气地摆了一桌。二壶、老一也不客气，况这些东西毕竟久违了，好一阵狼吞虎咽。化肥说，我早出来这几年，还不是为了给咱兄弟们的大事打基础？另二人胡乱点点头。化肥又说，这几年不像那几年，环境宽松多了，搁现在，咱那点屁事算什么事啊？

正说着有两个浓妆艳抹的小姐走来，款款地问有事让她们效劳不？化肥知道她们是干什么的，心思不在这上头，不客气地说，我的事你们效劳不了。一边挥手赶她们走。两小姐本还要纠缠一会儿，她们看出另二位有兴趣，但见化肥为主，又鼻青脸肿的，想必不是善茬，撇撇嘴，一扭三晃地走了。

二位没想到吧，化肥转过头说，我那个表妹夫已升任咱县组织部的副部长了。二位没心没肝地说，哦，哦，目光还追随着适才的小姐。化肥心里一动，思忖着去柜台上嘀咕了几句，回来拍上两个的肩说，二位还真想干我老婆？二壶们不知这厮喝多了酒还是怎么的，一时有些发蒙。化肥又说，操，那么个黄脸婆子有啥玩头？我给兄弟们弄两个小姐嫖嫖。说着一招手，小姐们又去而复来，一个坐到二壶腿上，一个偎到老一怀里，嗲声嗲气地给他们点烟倒酒。二壶、老一有点像好龙的叶公，不知外面的世界已开放到这份上了，局促得热汗直冒。化肥怪怪地笑了，依次捏了捏小姐们的脸和奶子，说，把我这两个兄弟伺候好。又拍上二壶的肩说，我这位兄弟还是个童男子呢，尤要格外关照。小姐们说，哟，那倒新鲜得可以当宝贝了。一边探手到二壶裆下，好像要验证是不是真的似的。二壶那里已憋胀得要爆炸，满面羞红地躲闪了下，把化肥拉到一边说，老子才出来火坑，你不会再把我送到虎口里去吧？化肥浪声大笑，给小姐们一说，小姐们也笑弯了腰，嘻嘻哈哈地说，这位哥哥好可爱哟。一边作势争着抢二壶这个童男子。也不知这一个怎样说服了那一个，这一个扯上二壶的手，那一个扯上老一的手，疯笑着扯拉到别的房间去了。

二、大胡子说不行就不行了

大胡子说不行就不行了，病重住到了医院里，就趁镇上的头头脑脑来看他之际，说了说把担子另卸给年轻人的事。大胡子的意思是要移权给在村里当着团支书兼计生员的左月妹，不知镇领导误会了他的意思，还是虑及农村那时尚无女人领头的先例，让时任村会计的化肥和治保主任二百六分别代理了大胡子的支书村长两职。大胡子患的是胃癌，已到了晚期，附近好几家县市医院已不敢给他动手术了。后来好说歹说总算在地区医院动了手术，也只是白挨了一刀，医生打开一看不能动，又原样给他缝上了。大胡子回来看到镇上的安排又气又急，指名道姓非左月妹不能接手他的工作。镇领导有些犹豫，他们知道大胡子是为工作累垮的，不然也不会死到临头还要操心死后的事儿，商量来去，提出一个折中的办法，让左月妹和化肥各挑一摊，一个支书一个村长。大胡子这也不同意，说，有我在化肥还有点顾忌，我死了他还顾忌啥？左月妹一个年轻轻的小媳妇缠不过他的，不还是干不成？

话到了这份上，谁也不好硬违大胡子的意了，想等他闭上眼再说。大胡子知是在拖，竟拖着他那风摆杨柳的身子到镇上来了，说，你们这些当衣食父母的，还想不想叫我这个老兵死哟？其时大胡子已瘦得皮包骨头了，书记镇长都感动得唏嘘出声来，一个给他倒水服药，一个给他捶背止咳。大胡子喘了好半天粗气又说，我想我也许太霸道了，让领导犯难，那就民主一下，叫他们公平竞选行不？那以前农村的政权几乎都是乡镇领导任命的，虽有选举一说，却很少实行过，但大胡子在弥留之际提出来了，谁还能说别的？答应明后两天来搞墨水村的选举工作。

消息传下来，化肥慌了手脚，连夜动用二壶、老一给他拉选票。村里有一个负责护青工作的小组织，叫罚猪罚羊小分队，简称猪羊队，也就是防止猪羊等牲畜啃坏糟蹋庄稼，二壶、老一的正头副头。他两个本也是大胡子线上的人，平心而论也会投左月妹的票，但大胡子眼看不行了，化肥有后台（那时他的表妹夫虽还没当上县组织部的副部长，可毕竟是朝里有人的），又跟他们套得近乎，这才转移了方向，黑灯瞎火地给化肥搞起友情客串来。但忙活大半夜，却没忙出多少结果，多数人都抱定了主意要投左月妹的票。化肥真是狗急跳墙，就出了那么个馊主意，许诺只要他当了支书，他两个就一个会计一个村长。

二壶当时犹豫过。他倒不是出于多少政治目的，而是和左月妹有过节。左月妹的男人万能胶在外地一建筑队当工头，很少着家，他想她一个年轻轻的小媳妇独守空房不寂寞吗，就跳墙敲窗地关心起她的

198

夜生活来。左月妹开头还劝劝他吓吓他，次数一多干脆不理他了。他以为她也动心了呢，越发敲得持之以恒，夜复一夜。大约是第五或第六个晚上吧，左月妹在他常跳的墙根下泼了几桶水，撒了些带针刺的枣树槐树的枝子。那正是数九寒天，水落地成冰，树枝子也即刻被结结实实地冻住。二壶跳她的墙已跳得很轻车熟路了，哪会细看，结果就吧唧一声出溜到冰上。挣扎反转中，头上脸上手上被树枝上的针刺划拉出一条条的血道道，多少天后都没好利索。那以后他虽不敢再敲她的窗户了，却缠结于心，每想起来就不舒服。

老一见二壶下不了决心，把他拉到一边说，大胡子一死，再把左月妹搞臭，怎么也得腾出好几个肥缺来，还怕咱兄弟不弄个一官半职的？二壶不理这个，只问化肥那俩人是不是真有点儿不干净？化肥知他心思，说怎么没有，哪回哪回他还亲眼见过。又说，她既不是他的闺女，又不是他的儿媳，那么要死要活地提她干什么，想想不就明白了？二壶一想，还真明白了些许，心说好啊，你跟我一个大小伙子装正经，却跟那么一个死老头子乱搞，也太叫人咽不下这口气了。这样想过，也就对化肥言听计从了。所以第二天，墨水村的墙上树上出现了"大胡子和左月妹究竟是什么关系"的大字报，左月妹家的门楣上还被挂了串臭烘烘的破鞋，风一吹，活灵活现地晃荡。不料左月妹那小娘们也不是吃素的，开门见了，二话没说就回屋把一瓶农药灌下去了。她最终虽然没死成，但大胡子却死了，他被这一古怪的消息打击得嘴喷鲜血，一口气没上来，硬是给活活气死了。

三、二壶回到家

二壶回到家，心才陡生一阵悲凉。墨水村已不是先前的墨水村，已非常非常城镇化了。一条条街道横平竖直，一幢幢高门楼大瓦房摩肩接踵，而只有自家的房子还那么破败，不，早比先前更破败了，屎尿成堆，荒草密布。它在一座座雕梁画栋的建筑前萎缩着，有如猪窝，却远没有猪窝更富于人间烟火的气息。二壶爹娘早死了，唯一的亲人是一个堂伯。这几年亏堂伯种了他的地，使他回来能有粮食吃。堂伯来帮他打扫收拾了院落，还给他预备了一兜东西，让他给左月妹赔个礼道个歉去，把恩怨结了。二壶觉得没脸见人家，况且三个人的事，自己一个人去不合适，磨蹭了两天，气得堂伯又不肯理他了。

老一情况尚好些，媳妇虽没了，毕竟还有父母姊妹的，家境不至于太凄凉。他家里人也说了让他去给左月妹道歉的事，可能出于和二壶一样的心思吧，也磨蹭了两天。他父母正要发急，化肥来了，说，现在是她对不起咱，还给她道的什么歉？没她在背后瞎捣鼓，老一的媳妇能散？老一的爹娘说，这怪不得人家月妹，是她自个儿要走的，人家还来劝了好几回哩。化肥说，她明里劝，暗里使坏哩。一家人将信将疑，化肥就又问老一去派出所报到没有，报了到才好要工作。老一爹娘说，还能要工作？化肥说，孬点的工作咱还不干哩。

转天下午，老一揣着刑释证明书来找二壶去镇上派出所落实注销的户口。二壶觉得不是多光彩的事，又不是去交军功章，挠了挠头说，我他妈连洋车子也没有，你给我捎上行不？老一老到地说，我还想叫你给我捎着哩。

两个扯了一会皮，还是决定一道去。二壶就让老一回家骑车子去。老一说不用骑，出门就有中巴车，坐上去就是。

墨水村有个自办的汽运公司，是两大支柱企业之一，另一个是饲料公司。它们同属于鲁西实业集团公司。虽然县里市里也鲁西商厦鲁西酒厂鲁西这鲁西那的，但墨水村才是真正意义上的鲁西。因为从这里往西往南走一二里路是豫北，往东往北走一二里路是冀南。三省之间没明显界限，住户结构就比较杂乱，一个四口之家可能有三个不同的籍贯，父亲是山东人，母亲是河北人，儿媳则嫁自河南。反之亦然，冀南豫北的家庭状况也大抵如斯。况这几年开放搞活，省际的交流贸易日益增多，汽运公司就应运而生了。也不跑长途，就在三省边区的五六个县市里循环，一般不超过 50 公里，半小时一小时一趟，车车人满。由它派生的企业有汽车配件厂、汽车修理厂，以及散见各处的加油站等。至于另一支柱企业饲料公司，同样是闻名冀鲁豫三省边区的明星企业，也几乎垄断了三省边区的饲料市场。这几年养殖业异军突起，饲料行情日趋火爆，所以由它派生的企业更多，像孵化场、养殖场等等。墨水村已很家大业大了。

两个在街头上了车，识趣地坐到最后面。车上乘客有本村的，也有不是本村的，他俩散漫地跟人家打着招呼，人家也散漫地跟他俩打着招呼，言语间不觉都有了些隔膜。

出来村头，一栋五层高的大楼撞入眼帘，在冀鲁豫三省边区的平原上，显得巍峨而突兀。这是村委会的办公大楼，也是鲁西实业集团公司的办公大楼。公司门旁也有一个站牌，并有人在那里候车，小中巴本要凑过去，见有一辆白色凌志车从院里徐徐驶出，慌得赶紧减速。门口好多人向凌志车挥手问候，凌志车上坐着一个衣着模样都不俗的女子，她也分别向候车的人和这边的小中巴鸣笛致意，还笑了笑。二壶起初没看出是谁，等她转过身去，才从那记忆深处的一颦一笑里记起是左月妹。左月妹便是这栋大楼的核心人物了，鲁西实业集团公司的董事长兼墨水村的村长和书记。她看上去一点也没老，还那么粉面桃花，笑靥迷离，文静秀气里又平添几许成熟女人的端庄和韵致。凌志车无声地驶向远处，鱼一样逶迤着消失，二壶还不肯收回他发直的视线，指意不明地说，日他娘真是没想到。

老一说可不，我也没想到。停停，又小声地说，如果那次政变成功，江山真的落到咱这号人手里，能不能也弄成今天这样？

二壶说狗屁，那还不早把大胡子的那点家底给糟蹋光了？

说话间车速慢下来，靠近路边一个加油站。此处离墨水村已有七八里远了，可这个加油站还是墨水村的，牌子是鲁西汽运公司加油站第九分站。售票员让抽烟的人掐灭或下车去抽。二壶本没打算下来，见站上一位女工面熟，细看竟是石头家的，忍不住就下来了。石头家的是个寡妇。那年二壶在麦地里逮过她的一大两小三只羊，要罚款，否则就没收。她说没有钱，要不你就跟我回家一趟吧。其时天色已黑下来，二壶觉她这话很暧昧，但他那会多少有点小权，又有点小钱，心思全在即将攻下来的左月妹身上，哪在乎她一个半老徐娘暧昧不暧昧呀，就没去。一晃经年，二壶觉她这话亲切极了，讨好地凑上去说，嘿，嫂子，还真是你。石头家的怔了怔，说，出来了？二壶说出来了。石头家的说，出来了就好好干，混个媳妇还来得及。二壶从她的话里找不回从前的感觉，没话找话地说，嫂子怎么在这里？石头家的说，你没看见门口的牌子吗？这也是咱村的加油站，九号站，我在这里值白班。二壶觉得末尾这句话有点意思，欣喜地说，那你晚上能回家？石头家的变了脸，说，这里又不是监狱，下了班还能不让我回家？

二壶闹了个大红脸，老一扭转脸窃笑。二壶说，你他娘的笑什么？当初她让老子玩，老子都没有玩她。老一说是啊，现在你想玩她又不让你玩了。见二壶要恼，又慌得改口说，这年头没钱可不行，连婊子都这么势利哩。二壶也恶恶地骂了句，势利的婊子。

车又开起来，很快就到了镇上。派出所在镇政府西邻，它让二壶们由衷地畏惧，正你推我先去我推你先去的当儿，化肥从东边政府院里出来了，见状笑说，操，它有什么好怕的，我拿它像拿自己的家一样，常来常往；走，老子带你们去。

四、第二天

第二天，三人一起去村委会给左月妹要工作。二壶两个本有点怯，毕竟是有愧于人家，不是人家有愧于你，理直气壮不起来。化肥一再给两个打气说，镇上都说了要用咱哩。

202

左月妹是有点大家气度的。当时她正和一男一女两个生人谈着生意上的什么事，见他们来了，笑着点点头，又指指旁边的沙发示意他们坐下。那样子不像突然面对多年不见的仇人，倒像昨天还在一起拉家常，并约好了今天接着拉似的。

又跟那二人说了一会儿话，仿佛是谈妥了什么事，左月妹笑着陪他们一同出屋，在门口招呼隔壁的文书黄小瓢说，小瓢，你那里有烟没有，送我这屋里一包；我去送送客人。

黄小瓢是个刚走出校门的学生，与三个不熟，送过来一包石林烟，又一人倒了一杯水就没话了。但他也不走，拿了张报纸坐桌前细看。等左月妹回来，三人自觉不自觉地站起身，化肥带头说，村长，过去的事都对不起了。左月妹说，不提那了，大家坐。

几个人坐下来，左月妹转脸问二壶、老一哪天到的，路上顺不顺利？两个空前乖巧起来，说哪天到的，顺不顺利。又问在里面干什么活，在不在一起？又说干什么活，在不在一起。左月妹说，听说那里面是所大学校，造就了不少人，你俩也没少学本事吧？两个有点难为情了，支吾着说啥本事也没学到。

这时桌上电话铃响，文书黄小瓢接了下，转回身说，村长，是万一。万一是万能胶的弟弟，也即左月妹的小叔子，现在汽修厂干技术副厂长。上星期他进货去了，说碰到一位刚离休的工程师，问左月妹是不是聘过来？万一没受过专业训练，但在汽修上还是蛮有一套的，服气的人不多，所以左月妹也没多问，只说讲好条件没有？万一说，他老伴没了，儿女都出国了，比我们条件好或不好的都没请动他，得知我们是农村的才来了兴趣。我给他说待遇和我们这里的高工一样，而且我们这里空气清新，适宜养老。左月妹笑了，说，你倒是会说。万一又说，二壶他们出来了？左月妹没理这个茬，说好的，那就这样吧，就把电话挂了。

搁下电话，左月妹又坐过来说，我倒是听说你两个回来了，即使不来我这里，有些事也会叫大家知道。化肥回来得早，不用说了，就是咱现在富了些，村里给大伙在住房、交通、水电暖气等方面都有点不同程度的补助，你们回来了，和大家一样，也均有份，回头办些手续就行。至于你两个以前的工作，那不好恢复，因为咱现在已没有那样的组织了。

猪羊队在当时就不是个正规的组织，根据季节和牲畜啃青的程度时散时聚。这个二人也清楚，况条件已够优厚的了，点点头没说什么。化肥咳嗽了几声，二人还浑然无觉，只好亲自上阵了。村长，他字斟句酌地说，我们还都想给村里出点力，赎赎罪哩。左月妹说，赎罪一说就免了；至于出力嘛，我想村里是欢迎的，我也是。只是你身体好些没有，还常咳嗽吗？化肥是保外就医出来的，当然应该有病，管制一结束病就好了似乎是个问题，但如果不好，又怎么出任工作？他刚才是咳嗽给二壶、老一听的，好让他们多提要求，不期另二人没领会，倒叫左月妹抓住了把柄，有些支吾地说，好是好些了，偶尔还咳嗽。左月妹说，你在村里干了那么多年领导工作，身体又没完全好，一般的工作也太委屈你了，还没定下来，你再耐心等一等好吧？化肥一时没话说，左月妹又转向二壶、老一说，说到底咱这儿还是农村，虽有几个厂子公司，但都招标承包下去了，村里也不好硬塞人。刚才万一来了个电话，想到他，他那里我还是能做得了主的，要不你两个就先去汽修厂里干干吧。

二壶们没想到化肥要工作不得，自己没怎么要就给了，一时很激动，连声说谢谢村长谢谢村长。左月妹摆摆手，快刀斩乱麻地说，再一个是你们刚回来，困难肯定有；化肥虽然回来得早些，但保外就医这几年，想必也不多容易，村两委商量了一下，决定给你们一人五百块钱的安置费，算村里欢迎大家的一点表示吧。转脸又说，小瓢，你带着他们去财务上把钱领了。

二壶、老一听说还有钱，而且是 500 元的巨款，激动得可真有点坐不住了，也不管化肥还咳嗽不咳嗽，高兴不高兴，屁颠屁颠地跟了黄小瓢领钱去。化肥拦二人不住，也只好跟着出来了。

五、说着话就到了年底

说着话就到了年底，新一元触手可及。按惯例，镇上要开一个节日期间的治安工作会。墨水村来参加会议的人是左月妹。左月妹知道这是例会，本没打算来，可治保主任二百六说他闹肚子，闹得很厉害，也就替他来了。会上果然没什么新内容，防火啦防盗啦什么的，老生常谈。左月妹也没往心里去，会议一散往外走时，却叫政法委书记伍耀东叫住了。伍耀东说，这几年你那里无风无浪的，发展得又好，书记镇长很满意，我是更满意，在落实那几个刑释解教人员的妥善安置上做得也不错，就是觉得还欠些力度。帮教嘛，总归是我们分内的工作，甚至是综合治理工程中很重要的一个组成部分，得讲究个力度是不是？

左月妹机械地点点头，心思在帮教二字上悠悠打转。其实帮教在时下已是个很生疏的字眼了，在农村简直都生了锈。镇上虽有头头脑脑挂名的帮教小组，却从来不帮也不教，何以独让她左月妹帮教个没完？她做得已够大度了，还要她怎样？总不见得让她拿命换来又拼死拼活挣得的一份江山拱手于人才行吧？心里气着，嘴上却糊涂了语气说，力度？

伍耀东讪笑说，这么说玄了点，也就是想叫你树个典型，树个浪子回头金不换的典型。他们三个人，我觉得还是化肥当典型合适些吧？

左月妹索性糊涂到底了，又说，化肥典型？

化肥这个人嘛，伍耀东说，毛病是不少，但改造好了就还是好同志嘛。他想将功补过，协助协助你的工作，这个出发点还是很好的嘛。镇上也考虑他毕竟在你们村干了那么多年，不好一棍子打死，扶上来挂个一职半职的，也好体现体现我们宽松的帮教政策嘛。

左月妹说我没意见，但这事我做不得主吧？

伍耀东说这个当然，这个当然，自然要在班子里过一过，尊重一下民意嘛。不过我晓得你本人是不拘小节的，会从大局出发的，你再统筹考虑一下吧。

左月妹回到家，见院里停一辆黑色的奥迪，知是万能胶回来了。开门进屋，却遍觅人不着，才要出来找，不防他从背后把她给抱住了。万能胶起步早，十几岁就闯荡江湖，手下聚集了冀鲁豫三省边区的能工巧匠，在河南安阳领导着一个集铺路架桥建筑装潢等为一体的城建集团公司，平时难得回家。左月妹有些日子没见着他了，心里也挺想的，就转身把他拥吻住了，见他要把自己往床上抱，才笑着挣脱说，天还没黑呢，少费点力吧；等到了夜里，你再逞能行不？一边丢下他，去厨房张罗晚饭。万能胶没着没落的，就说我去街上转转吧。左月妹说，别转得找不到家门了。万能胶说知道。

村里有不少人在万能胶手下做活，人缘不错，谁逮住他都可能拉他去喝酒，所以左月妹才那么叮嘱了他一句。但万能胶根本没往街上走，出来门就拐到后院的万一家去了。万一出差刚回来，看见他有些吃惊地说，这几天你不是说挺忙的，回不来吗？万能胶说，我怕你不听话，真对他们动手，电话里又扯不清，想想还是回来吧。万一说你不用管，连我也不用出面，随便找几个人就能把他们收拾了。万能胶说算了，瞒过了别人，也瞒不过你嫂子，怕她不跟你拉倒。万一说，嫂子也真是的，怎么还把那两个家伙安到我的厂子里？这种人，又给他安排的什么工作？万能胶说，她大小是个官，不像咱，面上的事还得做的。那么两个来历不明的混混，安到别处捣乱胡闹怎么办？放你那儿，她也许能放心些。万一把一支刚点上的烟狠狠掐灭说，我真是不懂。万能胶说，懂不懂的吧，有你嫂子在中间站着，咱拿他们还真没啥好法。只是我不在家，你以后要多留意些。原则上还是那句话，他们老实规矩了，咱百话不提，不老实，那也用不着客气。万一点点头说，你放心吧哥。

六、二百六大约没闹肚子

二百六大约没闹肚子，闹也没闹得不至于开不成会，他在跟化肥几个人喝酒。一开始是他和化肥两个人喝，到天黑酒意浓时，化肥说，咱两个不热闹，我去把二壶、老一也喊来吧。

那天要工作不得，化肥早有预料，之所以明知要不来还要，是他走的第一步棋路。他知道二壶们恨左月妹远不如恨自己深刻，故在出狱那天巴巴地去接他俩，为的就是在大事未竟之前不能再多出这么两个与自己为敌的家伙。在他的想象里，左月妹应该看见他们就两眼冒火，就叫他们滚蛋的，唯其如此，才能增强二壶们的仇恨，进而转移报复的方向。不料那小娘们竟像没那回事似的，开出那么多便利条件不说，还给钱，还真给那两个混混安排了工作，稍稍乱了他的阵脚。因为那两人已有点拿他不当回事了，尤其二壶，都摆出了一副恕不奉陪的样儿。不过现在好了，现在，他想，二壶那狗日的该把钱抖落光了吧？

二壶的钱的确抖落光了。先前以为那是一笔了不起的巨款，才只买了点好吃好玩的，外加几件衣服什么的，手里就空了。老一没他能挥霍，但也说花完了，并说外面的世界不得了，钱太不像钱了。两个在汽修厂干的是学徒工，月薪暂时只有240元，既然500元都这么不经花，那240元还算钱吗？这样想着，两个人都很茫然。

这晚两个正在一处盘算发工资的日子，一边把捡来的烟头剥开再卷成喇叭烟吸时，化肥像个救世主似的出现了，见状嗨了一声说，我不是给你们说过吗，缺什么用什么了就给老哥说一声，现在又不是在监狱里，还这么艰苦干什么？走，跟我上二百六家喝酒去。

二百六只能算村里的三四号人物，家却布置得像个官殿似的，光可鉴人的水磨石地板，闪闪发亮的真皮沙发，更不用说进口的空调冰箱以及家庭影院系列什么的，看得二壶、老一直瞪眼，又是摸这又是摸那地说，你这几年可没少逮呀。二百六说一般化，一般化。化肥为的就是叫二壶们开开眼界，明白明白当官的好处，因势利导地说，看到了吧，当初不叫人家陷害那么一下子，这一切就是你两个的。因说当初他和二百六分别代理支书村长那会儿，曾说好了让他俩接自己和二百六的缺。二百六自然也乐意送这个空手人情，剔着牙缝说，提那些干啥，他两个又不憨又不傻的，心里还能没有数？两个何曾有数过，但经人家这么一说，觉得不能再没数了，就酒逢知己千杯少，越谈越投机起来。杯来盏去间，都忍不住对错之交臂的江山扼腕而叹，四个各怀鬼胎的人，至此有点像四兄弟了。

二百六从大胡子在台上时就是治保主任，到现在还是，所以有意见。二百六知道化肥一保外就医就四处活动了，也知道他的表妹夫已升任县组织部副部长的事，更知道化肥的目的不仅局限于进班子，而是要把左月妹扳倒。果真成行，那和化肥共事显然比和左月妹共事要好些，因为不管化肥怎样有后台，上头也不可能让他一个刚结束管制的刑释解教人员一上来就坐头把交椅的，倒有可能让自己出任一把手，那岂不是鹬蚌相争，渔翁得利？说句不该说的话，他这样给三人煽风说，你们几个是吃了严打的亏了。现在不是那时候，打架斗殴偷盗抢劫的多了，也就罚两个钱拉倒，哪还真抓真判呀。

化肥很满意二百六的说法，依次给三人续上酒说，严打是一回事，个别人蓄意陷害又是一回事，大胡子反正是该死的人咱不说他了，可那个骚娘们不能不说，想想看，当时一村的人都知道那骚×是破鞋了，谁不想去看看她到底怎么个破法？她怎么可能死得成？她明知自己死不成却还装模作样地喝药，究竟为什么吗？

道理就这样，像个婊子，你想怎么操就怎么操，怎么操又怎么成。

二壶、老一就又是点头又是颔首的，有点大梦方醒的样子。二百六尚不知化肥的具体步骤，顾自把谈话的方向引到自己的思路上说，那娘们骚不骚破不破的吧，反正程咬金那三斧子，你一斧子也砍不成。生活作风上不用说了，你们砍过；至于政治上，这年头谁还强调那个？她也不会傻到犯那种错误；再至于经济上，虽说是眼下最敏感的问题，可有万能胶在里面垫底，你更砍不成，谁不知人家没当头前就是咱一村的首富？

二百六点到为止，化肥心领神会，知他的意思须在三斧子以外下功夫了。

七、二壶两个在汽修厂跟一个老师傅学扒胎换胎什么的

二壶两个在汽修厂跟一个老师傅学扒胎换胎什么的，但也没干几天就不干了。自从在二百六那喝过酒，两个就不拿学徒工这活看得多重了，不觉又滋生一股泼皮捣蛋的劲。反过来，万一又视二壶、老一为眼中钉肉中刺，看见了就头疼。村办企业不像国营厂矿，人员配备水分大，这里是一个萝卜一个坑，不缺人，至少不缺对汽修一窍不通的人。有本事千方百计也得把你弄来，没本事赖着也不行，不是哥嫂打过招呼，万一早把他俩打跑了。案发那会他不在家，随哥哥一起搞建筑去了。哥哥一米八〇，他一米八一，兄弟俩都是那种凶神恶煞的汉子，哪受得了这野气，一路杀来找他们算账的时候，那三人已被公安机关逮走了。所以说二壶们的入狱固然不是什么好事，但也算捡了大便宜，如果不是高墙电网把他们保护了起来，即使不被气头上的万氏兄弟揍死，胳膊腿想必也不会全了。如今听说他两个又不安分了，万一更气不打一处来。也是巧，那天他转到他们那个工区的时候，果然一片混乱无序的样子，两颗说光不光说秃不秃的头在人堆里晃着。那是二壶、老一在服刑期间剃的还未完全长长头发的头，显得很醒目。

他们正神灵活现地跟大伙吹嘘监狱里犯人揍犯人的事，一时都成了过五关斩六将的狱霸牢头。大家怪笑不已，都没心思干活了，看见他来才静了些，说万厂长你出差回来了？万一绷着脸说回来了。万一再年轻也是个厂长，大家见他不高兴，一边要各就各位，一边又没话找话地说，道上还顺当吧？万一说这次出门好险，差点叫人抢了。就有人说你一个人出门，又带钱又带物的，身边不跟个人咋行？万一说，我也这么寻思呢，大家知道有谁身手好的，给我推荐一两个来。

说者有意，听者倒无心，二壶、老一就不知天高地厚地说，万厂长万厂长，那叫俺俩跟你当保镖去吧。万一说，你两个的身手好？我以前咋不知道？旁人起哄说，如今不是以前，他两个厉害着呢。万一说好，那我看看你两个这几年到底长进了多少？来，掰一个。万一和另二人的年龄一样大小，从前没少掰腕子摔跤闹着玩儿，但现在他高高壮壮的，俨然铁塔瘟神，二壶一个瘦子，老一一个矮子，哪还敢跟他玩这个？就这个让那个先上，那个让这个先上。围观的人笑了，说，刚才还打遍劳改队无敌手呢，这会咋草包了？万一说，我干脆一手掰一个，你俩一齐上吧。两个毕竟刚夸过海口，没法再犹豫，就拉开架势，一左一右地各掰住万一的一只手。旁边充当裁判的问好了吗？万一也不吭声，这俩人没心没肝地说，好了。裁判就发布命令，说预备，又说开始。两个使劲掰，掰不动，手脚都打晃了。万一猛一用力，两个的胳膊就转了弯，两颗头也咣的一声撞到了一处，很响亮。万一手一松，两个跌倒到地上，哎哎哟哟地怪叫。万一拍了拍手说，操，真要带你两个出去，那咱谁保谁的镖？

二壶两个虽说栽了跟头，也没很往心里去，咋说也是自己先找的没趣，下半晌干活老实了许多。晚上回来，化肥找到二人说，万一那狗日的欺负咱了？话一说就明，两个想想还真有点那意思了。化肥又说，我早知道那小娘们没安好心，她为啥把你俩弄到她小叔子手下去？咱兄弟们好不容易才熬出监狱，还要再受他们的管制？说得二人也愤愤起来，一致同意不再干了。

万一掀了二壶们的手腕，很快传到镇上去了，政法委书记伍耀东打来电话说，怎么会这样，这不跟我们的帮教政策冲突吗？左月妹没心理准备，万一没跟她说，但知他干得出来，正寻思着别人怎样夸张了这事，听见伍耀东又说，化肥的事商量得怎样？副支书鲁汉去县党校学习去了，副村长齐下城去菏泽筹办饲料公司的办事处去了，人凑不齐，也就没商量。但伍耀东一问再问，那还拖什么，左月妹在心里笑了笑，说，那就请伍书记明天来列席俺村的两委会吧。

第二天一上班，左月妹见桌椅地板等已细细擦过，知道又是文书黄小瓢为她代劳了。他有她房间的一把钥匙。她曾告诉他这类事可由她自己动手，不必把她这个小官惯得太官僚了，但黄小瓢一直坚持，也就由他。一会黄小瓢来送当天的报纸信函，说刚才来了几个拉广告的报社记者，我说你出差不在，把他们打发走了。左月妹点点头说好。又说下午开两委会，讨论用不用化肥的事，你去给大家发个通知吧。

黄小瓢是村里委培的大学生，对左月妹一直心存感激，所以就有点排斥化肥。他想下午的会一定要开成功，大家的意见一定要一致，稍有分歧就有可能叫化肥有机可乘，叫个别别有用心的镇领导揪住不放，班子成员虽还团结，但二百六谁的却靠不住，可不能叫这种人占上风了。这样想着，黄小瓢便先拨通了老村委老末的电话。老末年龄大了，现在也就管管红白喜事方面的事，一般的会不用叫他，所以他一上来就说，什么会啊让我参加，是谁死了不肯火葬，还是哪个小子要娶二房？黄小瓢说，是比这事还大的事哩。老末说，操，天底下还有比死人添人的事大？黄小瓢说，那就算添人的事吧。一说，老末就在那头骂上了，狗屁，一个没病装病的破劳改犯，还他妈成前线下来的功臣了？眼下老百姓还知道优生优育呢，班子里能要他这种怪胎？那我下午第一个到会。

会议开得很成功，专事从外地赶来的副支书鲁汉和副村长齐下城率先投了反对票，二百六根本不敢看老末那张一拉老长的脸，稍一犹豫，也投了否决票。只有一票弃权，是左月妹的，却是比反对票更有分量的票，掷地有声。列席会议的镇领导无话可说，化肥进班子的事至此告一段落。

大约是此后的第三天吧，左月妹上班时看见黄小瓢和一个勤杂工弓着身子在自己的门前鼓捣着什么，地上放着扳子钳子螺丝刀一类东西。近前一看，竟是锁眼里被塞了某种不明物，钥匙插不进去了。黄小瓢为打开它已弄得一头脸汗，那个勤杂工也是。左月妹心下愤然，嘴上却淡淡地说，你们看看能修好就修，修不好就换把锁吧。

锁是那种常见的门与门框为一体的弹簧碰撞锁，随手关门就能随手锁上。这种锁虽然开关方便，但修起来难修，装卸起来也麻烦，左月妹摸不透这恶作剧背后的意图，就让黄小瓢换了一把大号的黄铜色挂锁，一为安全起见，二为下次再遇到类似的情况时好修一些。

八、经验是个无法逾越的障碍

经验是个无法逾越的障碍。左月妹由碰锁换成挂锁，正好遂了人家的心愿。化肥从羁押到服刑的时间虽然不长，但学到的本领则比二壶、老一两个加起来的还要多。在看守所期间，化肥号里有一个流窜作案的外省籍惯犯，绰号老鸟，落网时都快偷成富翁了。化肥有意接近老鸟，老鸟也离不开化肥。他判的是极刑，要靠化肥帮着他写上诉材料。作为交换条件，化肥得到了老鸟的堪称穿墙术的作案秘诀。

说起来，越神秘的东西越简单，老鸟也就打打锁的主意。但凡大的烟酒批发部或五金交店又或药材公司一类的库房重地，门上用的多是那种又大又笨的铁疙瘩挂锁。这种锁你砸不毁也撬不开，即使用那种能咀铁嚼钢的老虎钳子也铰不断。但老鸟不用费这力，老鸟只消看看你的锁是什么锁就行了。然后买来一把同样型号的锁，伙同一两个人来你这里进货。进货时必定是黄昏了，也必定是这一天里最后一个进货的主，而且还必定是你门市货架上没有或他不满意而非得到库房里去取的货。你的钥匙串通常在腰带上拴着，开了锁就进去搬腾货物了，而已经打开的锁还在门框上挂着，走在后面的那个人就把锁给你换了。等你第二天或第三四五六天再来库房的时候，里面已是空空如也，而门窗四壁还都好好的，锁也还是你自家的铁将军把守的锁，你实在说不清楚这个信誓旦旦的玩意儿哪一刻移情别恋过。

这是另一个晚上，三人在化肥处碰头。他拿着两把相同的小锁反反复复示范了一番后说，怎么样，用这法儿治左月妹那小娘们儿，还怕治不倒？两个像听神话或鬼的故事，都被这神奇的魔法刺激得有点坐不住了。二壶急着要表态，倒是老一多了个心眼说，那还有没有个说头？化肥说，操，这是为咱兄弟们争江山的事，谁都有份，还什么说头？二壶想起被他撺掇掉的工作也有些后悔了，说，叫你日弄一回两回就够了，还当我们小孩子日弄？明告你说吧，白干我也不干。老一说就是，白干我们不干。化肥想想开了一个价，一人500元。

500元之于二壶们虽然是笔不小的款子，但因为先前有左月妹那500元没怎么花就花光了的经验，这会都嫌少了。化肥就五十一百地往上加，加到850那儿的时候，二壶说你干脆点，一人1000吧。这也是化肥心里的价位，说就这么定了。两个要他点现金，他说没这规矩，又经过一番唇舌，约定行动当晚预付500，余者事后结清。

因钱毕竟没到手，两个也激动不到哪去，二壶得以提出质疑说，操，这法儿看似高明，其实也高明不到哪去，谁会相信左月妹自己偷自己屋里的东西？万一怀疑到咱头上，对，就是万一，万一那狗日的还不得把咱给揍扁？说到万一，老一也哆嗦起来，神经质地摸了摸那天被掰疼的手和碰疼的头，说，这事不能干，万能胶虽然不在家，可万一一个咱三个也不是对手。化肥老到地说，这你们不懂。

欲移其位，先锄其侧，化肥打的就是万一的主意。他如此这般一说，另二人也觉得可行，就又趁机敲诈化肥的酒喝，以便预祝事情顺利。化肥说这个提议好，只是我这里没啥下酒的肴，要不咱杀了我那头猪去？两个不知他啥意思，将信将疑地跟他往猪圈里走。猪有二百来斤，还没长成个。两个以为化肥不过是装装样子，故意要上去逮它。化肥说深更半夜的，你逮它，它不叫？二壶说杀它呢，它还能不叫？化肥说，咱就有叫它不叫的法哩。说时招呼老婆拿了个馒头来，用酒浸了，又夹了几片安眠药扔给猪吃。猪吃了烂醉如泥，只管呼噜噜酣睡，踢都踢不起。这才捉了放血，也不叫，哼哼唧唧中就死过去。化肥老婆摸摸旁边的饲料说，可惜这料还没吃完。化肥说可惜个屌，为了兄弟们我连猪都豁上了，还在乎猪料？另二人又对望一下眼色，觉得这狗日的有时候也挺仗义哩。

九、锁是化肥老婆换成的

锁是化肥老婆换成的。那天她去找左月妹，说她家的猪叫人偷跑了。一开始她也没得手，左月妹警惕着呢。按说这么点事犯不着左月妹管，她可以去找二百六谁的，但因为两家关系敏感，左月妹也就不好往外推。另外左月妹还有个小隐衷，想看看她会不会往新换的锁眼里塞东西，便搁下手上的活，听她哭天抹泪地说猪有多大，几时丢的，根据墙上的痕迹与追到路上的脚印看，很可能是张三李四所为。因为前者好吃懒做，后者调戏过她没有得手，怀恨在心也未可知，一搜，准能搜出来哩。左月妹哭笑不得，说你说的这些情况我都给你记下来了，但总得有证人证据才行。你知道，村里是没权搜家的。她今天说证据倒不好找，明天又说证据有了，但怀疑对象变成了王五马六。她见前者去后者家喝酒，每盘菜里都有猪肉，还带着猪毛，分明是手忙脚乱没弄净的缘故。间或还捎带着骂自己的男人不是东西，让左月妹别跟他一般见识。左月妹烦且恶心了，她老大一堆事呢，哪经得起她这样缠？那天她刚接过在菏泽忙活饲料公司办事处的齐下城一个电话，说一切妥当请她去看看并和当地有关人士见个面的时候，二百六拿着节日期间增加治保人员的名单来了。左月妹看了看，借机站起身说，化肥嫂子的猪没了，你看看能不能查出来？我收拾一下到菏泽去。

锁就在左月妹离开的时候换掉了。

锁换得化肥老婆一身热汗，回到家还捂着怦怦乱跳的胸口说，可把老娘吓死了，你咋着给我压压惊吧？化肥这人的心思全在权上，男女事上忙不过来，有点性冷淡。老婆为此怨声载道，常常没来由地骂狗骂猫。但今天显然不同于往日，老婆旗开得胜，首功一件，化肥怎么着也得意思意思，就将其推倒，骑上去说，老子这样给你压惊行吧？老婆很满意，扮少女矫情状说，这还差不多。但未及尽兴，化肥那经久不泄的秽物便一泻无余，气得她指鼻子挖眼地说，你狗日的脑里心里全是那小骚货了。化肥辩解不得，亦脱身不得，只好讪讪地拿手给她凑合了。

锁换了，当天晚上就得行动的。化肥忙找来二壶、老一，分别对各自携带的工具、任务、往返路线等都又做了一些具体的分工和部署。化肥懂得怎样鼓舞士气，当下把1000元现金摆到了桌面上。10张百元票里有3张编号排在一起的新票，二壶强自要了。老一不高兴。化肥说，操，新的旧的还不一样花，下次我给你们全换成新的。二壶说，等那五百到手，老子就去城里嫖他三天妓女去。化肥说，胃口又小了不是，等把江山争到手，啥样的美女不争着嫖你？

夜间11点钟，化肥、老一来二壶处会合。因为三个人一起走目标大，撞不上巡逻的，撞上别的人也不好解释，化肥又临时决定分头出发，顺序依次为二壶先锋，老一中间，他断后。这时路灯全都关了，街上一片漆黑。二壶出门感到一股逼人的寒意，强打精神往外走。他知道化肥信不过他才让他先行的，索性也不按他预定的路线走，选了条避风便捷的路，以节省时间，快速到达。行至一僻巷，抬头看见一人影晃来，而自己再想退到巷外已不易，看看此处墙不高，忙贴身翻了过去。那人倒没发现他，径直走过这里，他却从其一两声咳嗽里听出是个女的，探头细看背影，竟是石头家的，心里兀自一动，想她一个寡妇深更半夜地在街上晃悠啥，怕是睡不着觉要找野汉子哩。二壶暗自乐了，心说那还用找，我不就是个现成的？

这样想着，二壶无声无息地翻出墙外，故意从另一条路上踅到她那条路上，以造成邂逅的假象。石头家的看见他，果然吃惊，但也只是慢了慢步子，连招呼也没打就又绕开他走了。二壶紧走几步撵上去说，嫂子，你去哪？石头家的边走边说，那你又去哪？二壶嘻嘻笑说，是我先问的嫂子哩。石头家的说，我去哪，你说我去哪，你看不见我这是在回家吗？二壶依然嬉笑着，说，我是说你刚才去哪了？石头家的一瞪眼说，你什么意思？二壶一时没话说，她一掉头走了。

二壶被晾在又黑又冷的街上，心里暗骂一个没人要的破寡妇还装什么假正经，老子连比你年轻一二十岁的小妞都玩过哩。一边悻悻地转过身来，准备继续走自己刚才的路，可欲火烧起来，再扑灭也不易，不由又骂了一句势利的婊子。刚骂完，二壶心里有数了，她这么势利地晾着自己，还不就是嫌自己一文不名？摸摸怀里几张大钱，二壶胆量又壮了些许，一路尾随过去，直到石头家的把门打开，他才突然冒出来说，嫂子，嘿嘿，嫂子。

这一回，石头家的真吓了一跳，没想他会暗中跟来，猛地拉开门灯说，你他妈有病啊你？

骤然明亮的灯光把二壶也吓了一跳，又没处躲，只讪讪地说，进屋说，进屋说嘛。

石头家的说，你他妈有屁就放，没屁滚蛋，平白无故地要进老娘的屋干啥？

二壶嘴上女人长女人短的，老到得像个风月高手，实则一个雏儿，毫无临床经验。女人不许他进屋，又高声大嗓的，被街坊邻居看见听见了怎么办？情急中慌忙掏出那几张钱说，嫂子你看看，你看看我这几张新票能不能花，我担心它们是假的哩。

石头家的一脸冷笑，顺手推开房门说，你小子装什么蒜，你看看老娘的家，会稀罕你这点臭钱？

屋里的摆设比印象中的阔绰多了，大屏幕彩电进口冰箱双桶洗衣机等一应俱全，连屋子也不是原来的屋子了。二壶有些目眩，这才陡感手中那笔巨款的分量轻了，讷讷地说，嫂子，对不住，我今儿怕是打错主意了。

石头家的又是一声冷笑，说你知道了就好。明告你说吧，老娘即使偷汉子，也不偷你这种没出息的东西。先前错已经错在你了，你还要咋着？人家月妹不记仇，拿你当好人待，给你安排工作你嫌好道歹，给你这钱难道就是为了叫你买×日？

二壶心头凛然一震，她还以为这是左月妹给的那花得精光的钱啊，汗颜中又更加小声地说，嫂子你不用说了。

石头家的偏要说。石头家的说，我今儿感冒去诊所拿药撞上你，你小子就想三想四。打老娘的主意只是一，第二你黑灯瞎火地在街上转悠啥，你鼓囊囊的兜里揣的啥？未必嫌坐一回公安局不过瘾，还非得给枪毙了才行吧？

二壶心头又是一震，话已说不成句子。他黑灯瞎火地在街上转悠是为了去洗劫左月妹的办公室，他鼓囊囊的兜里揣的是面具是匕首，是钳具，是为了防止留下指纹脚印一类的东西，他能给她说吗？二壶灰溜溜地退出来，一屁股跌坐到黑暗里。

十、黄小瓢知道左月妹今天出差了

黄小瓢知道左月妹今天出差了，可一上班还是习惯使然地去打扫她的房间，而且有些她个人的信函需要送过去。打开门一看，黄小瓢就傻了，屋里狼藉一片，纸张文件撒得到处都是，光盘软件录像带什么的碎烂一地，电脑录像机VCD传真机一类的贵重东西则不翼而飞。黄小瓢早吓得没了魂儿，乱喊乱叫地说，不好了不好了不好了啊。人们跑来一看，也跟他一样惊吓得没魂了，接着叫骂声响成一片。再看看完好的门窗四壁，不知谁说真见鬼了。

治保主任二百六也闻讯赶来，他老到地毫无用处地察看了一下周围的情况，又老到地废话连篇地说，很显然，案犯不是砸门破窗进去的，是从门里进去的，而这个房间的钥匙，据我所知，只有咱村长一把，黄小瓢一把吧？六神无主的人们一下子缓过神来，纷纷说是啊小瓢，这钥匙不是只有你一把咱村长一把吗？都说做贼的心虚，不做贼的也踏实不到哪儿去，黄小瓢骤然意识到面临的危险，也蠢得有点多余地说，天哪，这是咋回事啊？二百六说你问谁呢，我吗？黄小瓢叫他激得兴起，气急败坏地说，村长一天不在家，办公室就叫人抢了，不问你这当治保主任的问谁？二百六冷冷笑说，还是问你自个吧。又不屑争辩地转向众人说，现场虽然被破坏了，可这把锁还没谁动过吧？大家面面相觑，说没动过，没动过。二百六说，没动过就好，那从现在开始保护好锁，老张小李，你两个负责好好看着，一刻不取指纹，就一刻不许离开它。黄小瓢一听真是糟透了，气得跳起来说，这锁明明是我打开的，当然有我的手迹，你这不是胡说八道吗？二百六阴阴地说，胡说八道也比贼喊捉贼强啊。

事情就这样不可开交了，黄小瓢怎样才能证明自己的无辜？这么大的事他都忘了请示左月妹，只是想着自己的清白，再一次蠢得有点多余地说，那你去我家里搜吧。二百六说，这可是你自己说的。黄小瓢激愤得满面通红，说你狗日的少废点话吧，你只管去搜就是。二百六说好。又转向众人说，村长把村子交给我们，却出了这等事，咱谁都不好交代。现在黄小瓢既然提出来了，为了不冤枉他，也为了把事情搞清楚，那我们就去他那里看一看吧。

黄小瓢嘴上那样说，心里却没谱，害怕那些不翼而飞的东西真的飞到自家的旮旯墙角里了。谢天谢地，一伙人把他家折腾了个底朝天，总算没折腾出啥东西。黄小瓢长吁一口气，人就虚脱似的瘫坐到地上了。

而二百六显然不能草草收兵，势必要接着搜下去。左月妹与黄小瓢是隔门邻居，很快就轮到搜她的家了。这个二百六不敢乱来，摇摇头说，咱去下一家吧。适时万一正在研究他那条突然恹了的狗，不知是病了还是吃了什么药物，鼻息间竟有一股酒气。为这他推迟了上班时间，准备领它去看看兽医。妻子小童在饲料公司做质检员，她知道出事的消息比他早些，慌得回来给他透信儿。万一一听肺都快气炸了，见二百六要隔着嫂子的门走更气，说，一村里搜不出来，那不成了我嫂子偷的了？他有这个院里的钥匙，呼呼生风地把院门房门都打开说，都给我睁大眼睛搜。

一伙人哪敢真搜，只是看了看就急慌慌地出来了。万一又呼呼生风地把自家的院门房门都打开说，也都给我睁大了眼睛搜。

二百六讪笑说，还是村长兄弟，以身作则啊。

不怕一万，就怕万一，万一只管气着，哪想到引狼入室，正好中了人家的算计？这时街上有呜呜哇哇的警车疾驰而至，是镇派出所的。而恰在此刻，二百六等人变魔术似的从狗窝里把一个装有赃物的塑料袋子提溜出来了。万一嘴都气歪了，说，我日死你妈。

当天下午左月妹就从三百里外的菏泽赶回来了，副支书鲁汉与副村长齐下城及万能胶等人也分别从不同的地方赶回来。但回来了又怎样呢，面对如铁的事实，谁也一下子改变不了既定的现状。一瞬间，仅只是一瞬间，化肥就蛊惑了不少人，人前人后地说，幸亏搜出来了，不然还不得怀疑到我们几个有前科的人头上？老一跟他一唱一和地说，是啊是啊，我们几个吃没吃喝没喝的，才最容易叫人起疑心哩。化肥又说，这事看起来像小偷小摸，怕还大有深意也未可知，镇上早说要用我们了，可人家就是不用，人家花不完的钱享不完的福，偷那点东西干啥，真说不清谁要栽赃陷害谁啊。大家就恍然大悟的样子，纷纷感慨起人心不古世事难料来了。

最没着没落的还是万一的妻子小童，一遍遍地往前院跑。她知道凭哥嫂的能力先把万一保释出来是没问题的，见左月妹不理这个茬，就哭着给万能胶说，哥，别的我也不担心，就怕他细皮嫩肉的，又没受过罪，今晚一夜都抗不住，给嫂子添更大的乱子哩。万能胶一听也有些坐不住了。他知道左月妹不同意保释，就转而求其次，想去打通些关节，让人关照一下。左月妹又没允许，说你这么一弄，假的不也成真的了？万能胶说，乡镇这一级破公安，别的能耐没有，刑讯逼供还是很拿手的，万一他屈打成招了，还怎么收拾？左月妹说那又怎样，血债血还哩。

万能胶知道媳妇就这么一个人，怕出事，事真出来了，她就不怕了，一时急得满屋里转圈子。左月妹也不理他，心思全在手中的锁上。这就是她办公室的那把锁，为慎重起见，她又换了一把锁，把它拿到家来了。她把它打开，锁上，再打开，仍然悟不出个中玄机。这时老末鲁汉齐下城等人先后来了，也想先以村两委的名义把万一保释出来，一则可免他些皮肉之苦，二则也许可从他嘴里问出些东西。左月妹说，他比我们还懵懂，能问出啥来？又说，派出所好歹还能关着他铐着他，我们有啥法约束他，真把他弄出来，不给你捅出几条人命来才怪哩。

一伙人后怕得不得了，都没料到这一层上。停了停，齐下城说，我和鲁汉商量好了，业务先放一放，再暗地里添些人手，俺两个也分头巡防去。老末说，那把我也算一个。左月妹说，不怕贼偷，就怕贼惦记，咱这么家大业大的，你怎么防也防不过来，治标治不了本的。前几天我已让二百六添过人了，再添人生产上就会受影响。说到底我们面对的只是极个别坏人，还值得这样兴师动众？明天鲁汉还去县党校学习，下城也只管去菏泽办事处，连万能胶明天我也要赶走。鲁汉说，老末哥年纪大了，小瓢还年轻，二百六那人又靠不住，我和下城咋也能在这个时候离开你？左月妹说，我们的对手懂法律又富有经验，暂时还不会拿我的人身安全开刀。至于二百六，靠得住靠不住的都由他了，反正这回不是我下来，就是他下去，我们不要和咬人的狗在一起共事。这些年来，我牢牢记着我这个位子是大胡子拿命换来的，我从不认为他真是被他们气死了，那么几个小丑怎么可能把那么一个铁骨铮铮的硬汉子打倒？他就是为了给我铲除后患才活活憋死了自己。我一直在想，把村子建设好也算对得起他了，直到化肥们回来，又要玩弄政权，我才幡然觉悟他的死意或遗嘱，还有叫我努力组建一个高密度的班子的任务。这班子应该像金子一样纯粹，顽强，无坚不摧，不然我拿什么告慰他的亡灵，又何颜于死后去见我的老村长？

一席话说完，众人寂然无声，感到一股力量在胸中凝聚。他们觉得有许多话要说，又喉咙发堵，谁也说不出什么。这时已是深夜，左月妹的手机却响起来，对方是个女的，问她身边还有人没有？左月妹听出是石头家的，心陡地一惊，说你先挂了吧，我一会儿打过去。稍后打过去，石头家的说，我给你说说二壶。

十一、二壶没参与作案

二壶没参与作案，老一意见不少，说自己至少多干了三分之二的活，应该多劳多得才是。二壶临时变卦，化肥也很恼火，转天晚上问他哪去了？二壶扯谎说，他赶到碰头地点时见有巡逻的，就设法把他们引开了，否则这次行动就不会这么顺利。化肥将信将疑，说你还要不要钱了？二壶说我没出多少力，那五百就不要了。化肥说，我是说先给你的那五百。二壶说，操，我又不是没去，而是我出的力你们不知道而已，白担惊受怕一场也就算了，咋还要把吐出来的狗屎再吞回去？好，给你，老子还稀罕你这点赃款了咋的？化肥本要全部索回的，见他这样，反觉得这钱有点扎手，怕他兔子急了咬人，想了想说这样吧，你去了也不叫你白去，但我们多干了也不能白干，你这钱分出来一半行不？二壶说，那我没零钱找开。老一说，我有。化肥兜里也有，但又让了一步说，大家都是兄弟，以后还要共事，就别太计较了，你喜欢那三张新票，那三张就还归你，我们只要这两张破的吧。说着拿起钱，递一张给老一。老一说，才给老子一百？化肥说，他没去，咱两个都多干了嘛。老一不高兴，二壶也没吭声，化肥说算了，算了，首战告捷，我拿这钱喝庆功酒吧。

三人去化肥家喝酒，化肥老婆把持着酒壶在一旁助兴。老一在这次行动中功莫大焉，化肥两口子都敬着他，说磨破嘴皮跑断腿，也得给他介绍个如花似玉的媳妇。老一果然来了劲头，仰脖干了一杯酒说，大哥大嫂还有啥吩咐的，只管给兄弟说就是。化肥看看心不在焉的二壶，思忖了下说，先看看这次结果咋样再说吧。因又提及二壶的变卦，都说他险些把大事坏了。二壶也自知没多少发言权，推说醉了，一个人先退了出来。

二壶其实也没喝多少酒，但因心情不好，脚步不免有些发飘。他一路歪歪斜斜地撒了一泡尿，觉得有点冷，想紧走几步回家，才要拐上一条近便些的巷子，忽听身后有隐隐的引擎声，一回头，一个黑乎乎的怪物已悄然在眼前停住。

夜风吹来，二壶酒醒了不少，看清是一辆红色的小车，上面坐着一个连黑暗也掩不住明眸皓齿的佳人，是左月妹，只不知她何时把白色的车子换成与黑夜融为一体的红色小车了，兀自一惊说，是村长？左月妹笑着点点头，说，又醉酒了吧，要我送送你不？二壶觉得不妙了，身子却不由自主地向车门靠去，恍若梦游。车上有空调，还放着一管低缓轻柔的萨克斯。左月妹坐驾驶座上，他坐副驾驶座上，连她的气息都闻到了，是那种有别于妓女和化肥老婆身上的气息，清淡、温馨，直达人的内心深处。二壶哪享过这福，心想这就是人家说的美女宝车吧，由衷地赞叹了一句说，村长你真厉害，想开啥车就开啥车。左月妹说没坐过吧？二壶说，我连想都没敢想过哩。左月妹说那好，那我今天就带你兜兜风，醒醒酒儿。

车子悄无声息地启动，车前灯也亮了起来。二壶这才从亢奋的状态中缓过神来，怔了怔说，村长，你找我有事吧？左月妹一边开车一边说，不在公开场合，你还叫我嫂子吧，要不叫我月妹也行。二壶张张嘴，啥都没叫出。左月妹又笑了下，说，咱边走边聊。

车子在环村路上行驶着，每过一处，左月妹都指给二壶看，说这是什么厂，什么公司，主要生产经营些什么。这些二壶虽也大体知道了，却还没细细看过，这么一路巡视过来，更感到墨水村家大业大了。新年只剩下最后几天时间，到处灯火通明的，各个厂子公司门口挂满了庆祝元旦的大红灯笼，村里村外都沐浴在节日来临的祥光瑞气中。嫂子，他脱口而出地说，你把村子搞得真好。左月妹说，大家拾柴火焰高。都往好处想，往好处行，那还能不好？二壶说，可主要还得靠你领头领得好。左月妹说是吗？二壶点点头。左月妹说，村子虽不是我一个人搞好的，但你这么说我还是很高兴，你这至少也算承认了咱村的现任政权吧？二壶说当然，当然。心里清楚已切近谈话的要点了，她哪能有事没事地拉着他兜风醒酒儿？

车子冲上一个缓坡，速度快了些。左月妹说，白天我碰到了石头嫂子，当时只顾忙着加油赶路了，也没听清她具体讲什么，好像是说你哪天晚上又跟她闹着玩了？二壶一下子脸热心跳起来，不知她掌握了他多少情报，慌得辩白说，我真是只跟她闹了闹玩儿。左月妹说，闹不闹的吧，人家石头嫂子也没当个事，我也没当个事，我只是不懂，你那是专门要跟石头嫂子闹着玩呢，还是干别的事时碰到了她？二壶说这个，这个，这个我给你保证村长，我是打错了石头嫂子的主意不假，但绝对没干别的坏事。左月妹说那就好。又说二壶你知道吗，个别人想的才只是怎样扳倒我，却不知自己已把自己推到绝路上去了。二壶感到一份宁静的恐惧，后怕地说，嫂子，我知道，我以后再也不跟他们瞎胡闹了。左月妹说，那倒也不必，如果我想让你混到他们中间呢？二壶错愕地望着沉静如水的左月妹，心说这真是一个厉害的女人，仅这一句话的区别，他这个分明和化肥一伙的人就可以变为卧底的有功之臣了啊。他感激地叫了声嫂子，说，嫂子，你能让我再想想吗？我觉得这一切都像在做梦哩。左月妹笑了，说，我本想请你去救一个人的，现在看还有些早了。二壶说救人？左月妹说，万一还在派出所关着，我想也许只有你才能证明他无罪。

谈话就这样进入核心了，二壶心头一阵慌乱。去证明万一无罪，等于去证明自己有罪，不说自己怎样调戏了石头家的，也不说自己跟没跟着作案，仅索要了赃款一项就够抖搂不清的，何况自己有前科，又何况自己毕竟参与密谋了此案。他现在对派出所敏感得很，对警察警服乃至一切与法律有关的东西敏感得很，他可不能只为了她拉着他兜了兜风就脑子发热啊，慌急中擦了把汗说，嫂子真会说笑话，我咋救得了万一？左月妹侧了侧头说，是笑话吗？二壶不敢吭声了。左月妹又说，这话且搁过一边，你什么时候想通了，什么时候再跟我说。只是不在汽修厂干了，以后想弄点啥呢？二壶有些怅然地说，我也不知道，只觉得没脸在村里待，想去外面打工，可哪里会要我呢？左月妹说，还大小伙子呢，到外面闯闯也好。有相中的地方，缺少费用什么的，给我说一声，我自己也会给你联系联系。

十二、转天醒来

转天醒来，二壶觉得下面奇痒难耐，以为又在梦里遇到了寡妇或妓女，不，怕是遇到了左月妹那个风姿翩跹的好人儿也未可知，许多年来，只有她才最让他魂牵梦绕啊。这样想着，又迷迷糊糊地自己折腾了一回自己。比及力尽，没像往常那样复睡过去，反更觉那里瘙痒不止，抹去眼屎一看，那上面竟生满密密麻麻的斑点，状如绿豆芝麻，却是红色的，煞是鲜艳。二壶有过摸辣椒的手再摸那儿就痛痒的经验，可自己还没起床，怎么会摸辣椒？又想起昨晚在化肥那喝酒，该不是他小子气不忿往酒菜里掺了什么毒素吧？慌得穿衣下床，径找老一去核实。老一不在家，化肥老婆当真给他介绍了个邻村的姑娘，他和那姑娘见面去了。二壶听到这消息，心里更感失落，回家来倒头就睡，甚而至于又手淫了一回。

到天黑，二壶去找老一，半道上碰到老一来找他。老一一上来就说，这几天你不要有事没事就找我。二壶说，操，有了女人就不要老子了？老一说不是这个，而是万一的案子还悬着，说什么的都有，咱俩在一起怕招人耳目。二壶不心虚，不理这个，只问他今天的媳妇相成功没？老一悻悻地说，没成，她看不上老子。二壶放心地笑了，说，你应该叫老子替你去。我比你个高，一相准成。老一不高兴，问他有啥事。二壶情绪灰下来，拉他到自家屋里让他看。老一说，怎么生出这么多的泡泡来？二壶说，我这不是急着问你吗，你那上面有没有？老一唬一跳，褪下来裤子比较着看，比较出了区别，也放心地笑了。他毕竟结过婚，比二壶懂得多，说你这是得了那种时髦的病，咱们说梅毒什么的，外国人说成矮紫病的病。二壶说，操，我怎么会得矮紫病？老一神秘兮兮地说，在那里面的时候，你干过人家的腚眼吧？二壶说去你妈的，你把老子看成什么人了？老一依然嘻嘻笑说，你还什么人哩？二壶急了，提上裤子说，你再胡说老子揍你。老子自己折腾自己已够恶心的了，还要干那勾当？老一不敢再造次，但坚持他那是性病，忽然眼睛一亮说，我想起来了，你这是睡那个妓女睡的哩。二壶说我操他妈，我这辈子只睡过她一个×呀。

二壶缺乏性知识，但也听说过妓女暗娼嫖不得的话，一时很颓唐，见老一幸灾乐祸地叼了支烟，不由生出一股恶气说，你狗日的别得意，你那天也玩了。老一喷出一大串烟圈说，那咱运气好，没碰到烂货怎么弄？二壶凶凶地说，烂不烂的，反正没好货，说不定只是我的早一点，你的慢一点罢了。老一又吓了一跳，嘴里的烟啪嗒一声掉到地上，说，你这一说，老子也觉得痒痒了。当下两个约定，第二天一起去看病。

为避人耳目，次日看病时两人仍分头行动，一个先走，一个后走，在村外某一处会合。这方面老一显得经验充足，让二壶既不要相信那些满街张贴的祖传秘方，也不要去本镇的卫生院，前者不可靠，后者怕遇到熟人，传出去就太丢人了。二壶哪还有一点主意，让他先后领着去了冀南豫北的几个乡镇医院，都诊断有，且很严重。问人家还能不能治好？人家说试试吧。一问费用，二壶泄气了，说我他妈的不治了。

出来医院，老一递二壶一支烟说，真不治了？二壶没他那么趁钱，而借他的又肯定借不来，不想叫他看笑话，坚决得有几分悲壮地说，不治了。老一说，那这辈子可没女人再叫你玩了。二壶说，只玩了一次就玩出一身病来，还他妈玩啥？老一说，那真可惜。二壶说可惜个屌，总比在监狱里好。老一说，在里面不能玩，出来了也不能玩，那还不一样？二壶说，别他妈人心不足蛇吞象了，你睁大眼睛看看会一样？外面这么多好女人，看着就舒服，在里面你也能看到？

这个镇子正逢大集，大街小巷布满买卖东西的人，最抢眼的自然是那些花团锦簇的大姑娘小媳妇，穿红着绿的，溢彩流光，看着的确赏心悦目。但老一比二壶务实，不满足于只饱眼福，就说不看病咱就回家吧，下午好好睡一觉，晚上还得出发。二壶说出发？老一说是啊，他没跟你说？二壶凛然一惊，想起左月妹说的叫他卧底的话，赶忙改口说，说倒是说了，可老子光想着自己的病了，没往心里去。老一理解地点点头，说你这病是够愁人的，还是从他手上弄点钱，抓紧看看吧。二壶胡乱点点头。老一又说，我见咱村也有来赶集的人，还是分

226

开回去吧，你先走还是我先走？二壶说我再转转，你先走吧。

老一走后，二壶心绪很坏，觉得左月妹厉害，化肥也厉害，他狗日的已不相信自己了。据老一说，早晨有辆自河南安阳来的拉运饲料的大卡车出村不久和另一辆车撞上了，车坏了，人也伤了，估计一两天走不了，化肥就说机会难得，应该弄他几袋饲料。因为饲料有数，所以要用同样袋装的假饲料调换。二壶不解其意，也懒得深究，他向左月妹靠拢的念头至此已淡，他想她若知道他患上了那种龌龊的病，肯定不会理他了呀。

这时天已晌午，集上贸易正值高潮，人声熙攘，货摊密布，前后左右都有讨价还价的买主和卖主，最后默契在某一点上成交。医生说他那病会危及生命，二壶就不知自己还能活多久，一下子对这世界很流连起来，这儿也看，那儿也看，觉得一切都好生趣好热闹。路过牲口市场时，又听得牛马羊驴的叫声也很亲切很熟悉，让他想起许多逝水的年华和往事。二壶来到一个大个头的白山羊跟前，与它对望几眼，竟被它咩咩的叫声唤出一股久违的温乎乎的感动。他记起过去自己当罚猪罚羊的小头目时对羊的态度太粗暴了，看见了就逮就骂就踢，有时还杀了吃肉。而今它不计前嫌，那么亲昵地舔他的手，那么信赖地嗅他的裤脚，那么一双水汪汪的大眼睛，又在怎样善解人意地与他幽幽地对视？卖羊的是个老太太，说小伙子想买？二壶不知自己要干什么，随口说想买。老太太说，如今年轻人没多少喂羊的了，我看你倒实在，原要卖 200 元的，就 180 元给你吧。这个数目二壶能付得起，摸出两张钱说，不用找了。

十三、万一案子未决，一桩更大的案件又紧接着发生

万一案子未决，一桩更大的案件又紧接着发生。河南安阳一家大型养殖场因用了墨水村的饲料导致大小几百头生猪暴病死亡，直接经

济损失上百万元，一纸诉状告到安阳市法院。安阳方面又与当地司法机构交涉，左月妹作为法人代表，不可避免地被这桩隔省跨县的案子推到了被告席上。一石激起千层浪，各地与饲料公司有关系的新老客户也纷纷翻脸，先后终止了供销合同，要求退货赔款，进而连带着其他厂子企业也无法营转，墨水村一时兵荒马乱的，上上下下都乱成一锅粥了。

县上镇上派驻了由政府司法经委等组成的联合调查小组来整顿墨水村的企业和班子，化肥和二百六都被临时提到了主要负责人的位置上，说是形势混乱之际，没几个富于经验的老同志压住阵脚不行。左月妹险些被停了职，并被限制了自由，在事情未调查清楚前不得擅离村子，得随时应付调查组的问话和法院突如其来的传讯。万能胶这次倒沉住了气，没再急惶惶地赶起来，只是打了个电话说，想赶回来，又怕忙中添乱，另外他想托熟人了解了解情况，看看那家养殖场是不是在别的环节上出了岔子。又说，我想来想去，觉得你也许是对的，二壶本质上不是多坏的孩子，他要想来我这里，你就叫他来吧。那晚二壶说到想去外面打工，左月妹就给万能胶打了招呼，他当时没同意，不知咋一下子转过了弯儿来，左月妹有些意外地说，想通了？万能胶说，啥通不通的，我想我也许能从他嘴里套出点什么，至少可以削弱化肥的一点力量。左月妹说是这样。但也不必急于套什么，功到自然成，照顾好人家才是。万能胶说知道。

村子天塌地陷了，二壶还浑然无觉。他沉溺在自己的世界里，非人非鬼地活着。所以当晚左月妹来找他，准备告诉他让他去万能胶那儿工作的时候，先听到的是一声两声的羊叫。她也听说了二壶买了一只羊来养着的事，不料还是真的，喊了他两声，他大约看着电视什么的没听到吧，没有回应，待近些才听出混杂其间的羊叫声不大对头，像下崽一样嘶哑，又或濒临刀子一样惊恐。左月妹想他该不是养得不耐烦了要杀羊吧，紧走几步推开了门。

门里的情状叫左月妹猝不及防，差一点惊厥到地上。那是一个人与兽杂交的世界，羊被拴在床腿上挣扎着，二壶大半个身子赤裸着，一手攥着羊嘴，一手在羊和自己的那上面忙活。他看见她陡地一惊，两手乱捂住脏处，连滚带爬地出溜到床底下去。左月妹在晕眩中努力克制住自己，厉声说你给我出来。

二壶在床下面胡乱地穿衣，穿得哧哧拉拉响，好半天才从床那头摸索着出来，一身的羊毛上面又加了一层的蛛网和灰尘，他看也不敢看左月妹，只是狼狈而猥琐地说，村长，我；我，村长。

左月妹又说，还不把羊放了，洗洗你那身子去？

二壶放掉羊，自己也跟着逃似的蹿出屋子，蹿到小厨房里拼命地洗，兜头盖脑地洗，闭着眼睛欲哭无声地洗。也不知洗了多久，人才慢慢静下来，听听周遭没一点动静了，知是左月妹已经走了，她那样一个纤尘不染的人儿，怎么可能在他那臭气烘烘的房子里待得下去？这样想着，二壶颓然停下手上的动作，并顿感一股突如其来的寒意。他打了个冷战，瑟缩着身子跑出厨房，跑到上房里去。才要掀开被窝钻进去，却电击雷劈般地怔住了，他床上竟躺着一个美得吓人的裸女。

这一回，轮到二壶差一点惊厥到地上了。他张了张嘴巴，什么都没有说出。他没想到她没走，没想到她不仅把满屋的羊毛羊屎蛋子都替他清扫了出去，还这么一丝不挂地脱光了自己。这个女人，这个尤物，这个许多年来让他心驰魂往的绝色佳丽，这个凹凸有致、异彩纷呈的胴体，这一刻竟如此逼真地袒露在他的面前，是一种多么巨大而又炫目的幸福！在一刹那的惊慌过后，二壶的呼吸急促起来，眼睛鼓凸得要奔出眼眶，喉咙里发出呜呜的声音。他感到一种箭在弦上的焦渴，感到一个尖锐的东西在体内呼之欲出。他从地上一跃而起，却又在床前猝然停住，两手乱捂着裆下，弓成虾状的身子在裸体美人面前又蹦又跳。然后他像匹突然中弹的饿狼，一声锐叫瘫坐到地上。

地上，一片热湿。

左月妹是过来人了，虽搞不懂他的行为何以会如此古怪，但也知道他是泄了元气了。她缓缓地睁开眼，很想给他说说人的最根本的文明就是性文明，人的发展历史其实就是一部性文明发展史，人是经过亿万斯年的进化演绎才使人看起来像人的，人怎么可以在一瞬间里就推倒否定那亿万斯年的时光？但她什么也没说，只是轻轻地摇摇头，伸手去摸枕边的衣服。一团烂泥的二壶呆呆地看着她的动作，忽然明白她就要走了似的，又大起大落地腾跃而起，一把抢去了她手中的衣服。但左月妹已过去了她挺身而出的那一刻，她又是平时的左月妹了，猛地侧过头来说，把衣服给我。

这话有着不怒而威的力量，二壶浑身一阵哆嗦。他低下头，双手举着衣服慢慢地挪过来，慢慢地说，其实，其实，其实我只想再看看你哩。

左月妹冷冷地说，一个破鞋，看什么？

这句话不知怎的使二壶受不了了，扑通一声跪下来，嘴里乱喊乱叫地说，不，村长，不，嫂子，不，月妹，不，娘啊，我的娘哟。

二壶就这样语无伦次地喊叫着，不觉间已泪流满面，声音发堵。左月妹也不知怎的有些受不住了，血蹿上脑门，伸手把他揽到怀里，哄小孩一样地哄着他说，哦，二壶，不哭二壶。

二壶仰起泪蒙蒙的脸说，我还想亲亲，摸摸，都行吗？

左月妹几乎是隆重地点了点头。

左月妹本已扣上胸罩了，此刻又被二壶笨拙地打开。二壶何曾真切地面对这样一团尤物过，动作反因为过分的激动和克制而显得无所适从，像不知从哪里下手。他蠕动了好一会，嘴和手才同时各捉住一个温软而精致的奶子。噙牢了，腾出另一只手，于她的粉臂香肩小腹秀腿上摩挲滑动，最后行至那个他不敢靠近又终于靠近的点上，全身忍不住又是好一阵痉挛。左月妹还没生育过，她的身体仍像少女一样光滑和丰盈，如今被一个丈夫以外的男人如此亲近地触摸自己的身体，虽满腔里洋溢的是一股股萦绕于怀的母性意识，可更多的感觉还是一股股难言的羞涩和隐衷。也不知过了多久，二壶从他那绵长而贪婪的吮吸中探出头来，咽了一大口唾沫说，我，我，我还能再亲亲那个吗？

左月妹又点了点头。

左月妹以为他是要吮吸自己另一边的奶子，要把头给他揽过来，没揽住，睁眼一看，他的唇舌竟一路下滑着亲舔上她那个地方了。左月妹推开他，忧伤地摇了摇头，想想，又闭上眼睛说，你还是上来吧。

二壶的呼吸又急促起来，体内鼓舞满了再一次的生殖勃发和冲动，他绝望而热切地说，村长村长你快点走吧，我又快受不了了啊。

左月妹忽然也有点怕了，但还是轻轻地笑了笑，一边抚了抚他汗湿的头发，一边温言软语地说，傻兄弟，也别太苦了自己，我这个样子躺你床上，还不就为了让你那个吗？

二壶说村长不行，不行村长，我，我，我有那病啊我。

左月妹蓦然回过神来，好一会儿才弄明白他话中的指意。她一阵后怕，同时又有些许感动。相对于这个被情欲之火都烧得嗷嗷怪叫了仍坚持着不上她的身子的人，倒是自己那看似悲壮的献身反而显得有些不大可靠了。她心绪复杂地从兜里掏出随身带的一些钱，心绪复杂地说，二壶，我很痛心，也很替你不好受。这点钱你拿去看病吧。看好了，再去万能胶那儿打工。

夜渐至深了，有月光滑过窗棂。左月妹穿好衣服，临出门时又回望了一眼愣怔中的二壶，想这病入膏肓的浪子，许还有救。

热得快

一

因为十一放假，单位每天安排一个三人小组值班。往年安排过四人组二人组的，前者容易凑一起酗酒聚赌，后者容易凑一起瞎嘀咕，赶上谁有事嘀咕不成了，一个人又没个照应，所以办公室今年搞改革，三人一组。三人一组是否也有三人一组的意外，这得等问题出来，来年再改革。改革嘛，就得摸着石头过河，走一步说一步。

10月4日这天，带班领导是副局长钟雨，成员是夏小蕾和房上燕两个人。当初办公室主任马前程送排班表给女局长路虹过目时，钟雨正好也在她的屋，路虹一看就乐了，开马前程的玩笑说，老马识途，老马识途，越来越会拍我们钟局的马屁了，两个美女，左拥右抱，你这哪是叫他值班，分明是开小灶了嘛。

又说，你干脆给我也排个班吧，不给我配两个小帅哥我不跟你拉倒。

爱美之心人皆有之，三个人都笑了。马前程一走，路虹给钟雨说，你值班时正好留心一下她俩，拿个意见出来，过罢十一就组织一次竞聘演讲活动，别耽搁人家年轻人的前程。

夏小蕾房上燕是同一年分来的大学生，表现得都还算优秀，班子里正准备从她俩之间提一个进入中层。因为条件相当，对她们是个考验，对钟雨也是。钟雨分管人事，但也只能像路虹说的那样，拿个意见，决定权还在她老人家自己手上。既要兴师动众搞竞选，又要预先拿意见，嘴上还说别耽搁人家年轻人的前程，都是路虹惯走的路数。她内心里有没有倾向性，倾向谁，她还没说，钟雨的意见就不能乱拿，得跟一把手保持一致哩。

就前三天的情况看，这次三人一组的值班改革是成功的，没什么不良反应。钟雨当然不希望自己带班的这天破例，踩着点来到约好碰头的单位门口，谁知俩美女一个也没来，倒跟胡子年纪一大把的看门的老岳头碰了个照面。老岳头关上伸缩门，等钟雨在院里泊好车，主动跟他碰头说，钟局长以身作则，比当兵的还准时哩。

老岳头这样一说，钟雨确信那俩人还没来，掏出烟来让老岳头吸。老岳头一看是中华烟，还是软的，慌得掏火柴，分别给他和自己点上，美美地吸了一大口说，我就经常给儿女们说，越是大官越没架子，像人家钟局长，最能跟群众同甘共苦，与群众打成一片哩。

一棵烟就能收买一颗人心，也是富于中国特色的民情。中国干群关系之所以鱼水情深，牢不可破，就在于咱们的老百姓仁义厚道，一般不会像西方一些国家的民众那样，动辄吹毛求疵，质问你这棵烟里有没有他的一缕烟丝。这也不是老百姓集体无意识，就算觉醒了又怎样，说来说去不过一小缕烟丝，人家却还来一整棵烟，既得了面子，又得了实惠，明显是占便宜了，嘴上再不卖个乖就太说不过去了，礼尚往来嘛。而对于人家官员，一棵烟不过一盒烟的1/20，一条烟的1/200，自然也乐得取之于民用之于民。这就互惠双赢，皆大欢喜了，干群关系得到进一步巩固。钟雨笑笑，站门口跟他闲话。老岳头原本就话多，好烟一熏话更多了，天气、股市、金融危机、黄金周经济、叙利亚战争、日本公然买卖钓鱼岛问题和韩国拟增加导弹射程问题，夹叙夹议的，一会说了一大堆。钟雨说，老岳你不得了，知道的比我都多。

老岳头弹弹烟灰说，位卑未敢忘忧国嘛。

钟雨想再笑一下，但实在没心情，他哪是要跟他闲话，只不过在拖时间，借以等等夏小蕾房上燕。人都说不定有什么事，迟到个三五分钟的，也没什么大不了。说着话过了一刻钟，钟雨不好再拖了，也没耐心了，想打个电话问问那两人怎么回事，一摸兜才发现手机忘带了，难怪她们人不来电话也不来一个。钟雨觉得连楼也不上就回家取手机不妥，用门岗上的电话让家人送手机来也不妥，没必要给一个饶舌的门卫留下丢三落四的话柄，兀自堵住老岳头的话头说，是不是还得在你这里签个到？

老岳头也才想起这个事似的，忙去屋里拿出签到表，又拿出笔说，马主任再三交代，谁到谁签字，我不敢代劳。钟局长您亲自捉刀吧。

门岗这一块属后勤，归办公室管。很显然，马前程当初把签到表放他们这儿时就赋予了他们监督的权力，所以他才这么说。钟雨找到自己的名字，临签字又瞟了眼门外，尽管没看到有人来，一思忖还是把夏小蕾房上燕的名字也签上了。她俩在节骨眼上呢，谁都经不起一丁一点的不良记录，都签上，钟雨持的仍然是一碗水端平的态度。老岳头张了张嘴，钟雨又塞给他一根烟说，不过是值个班，这俩丫头却慌得跟赶集似的，一大早就给我打电话，结果起早赶晚集，到这会还在路上。你说咱这城市也没大到哪去，咋还到处堵车呢？

老岳头张着的嘴巴变了口型说，钟局长的字真好，跟书法一样。

钟雨说好了，你在，我上去了。

二

钟雨上楼，进屋，摸起电话，还没想好是先给夏小蕾房上燕打，还是先给自己家打，走廊里传来一阵由远而近的跑步声，接着探进来一个牛仔裤衩穿在半截裤外边、蕾丝披肩罩在小褂外边的女孩儿，是夏小蕾。钟局长，夏小蕾一手扶住门框，一手掠着飞扬的长发说，我给你报个晚到。

来了就好，钟雨松了口气说，我也是刚到。

领导不批评我就好，夏小蕾也舒了口气，扒拉着胸口说，要不我准得哭鼻子。我自行车爆胎了，想给你打个电话，可能要晚一会来，谁知是嫂子接的电话，说你手机在充电，忘了拿。我想你当领导的，不知多少人找，我反正是晚了，就截了个出租车，绕道你家给你取手机去了。喏，这一路上，你的手机还真没消停过，一会电话一会短信的，不过我可一个没接一个没看哪。

钟雨接过手机，果然看见一串未接电话未读信息，也没急着察看，笑了下说，没事的，又没什么秘密。不过真得谢谢你小蕾，我正着急呢。看着夏小蕾汗津津的脸，想她和自己不在一个方位住，她自行车爆胎了，又这样绕来弯去的，至少要多赶三五十里冤枉路，钟雨又说，你把车票给我吧，我回头叫财务上给你报了。

报什么呀，夏小蕾说，我都慌得忘了要票了。也谢谢领导，我看见你给我们签过到了。

举手之劳，钟雨说，不用谢，还是觉得欠你多，中午请你吃饭吧。

那我就赚了，夏小蕾雀跃地说，我神机妙算，早晨正好没吃饭，这下可以狠狠宰领导一顿了。

又说，对了，燕儿姐一放假就和她老公去海南旅游了，原计划今天能赶回来的，不料飞机误点耽搁了行程。她联系不上你，让我替她请个假，你准了她吧，我们好姐妹哩。

几千里路呢，不准又能怎样？但夏小蕾眼巴巴的，钟雨看着都有些心疼了，觉得这女孩子真不错，这年头，能处处为别人着想的人不多，不揩单位油的人更不多，也没管路虹倾向谁，也端不平那一碗水了，内心里径直投了夏小蕾一票。这时他瞟了眼手机，看见多半未接电话未读消息都来自房上燕的手机号。好容易逮住个亲近领导的机会，她在短消息上说，不承想被一场大雨给泡汤了。又在另一条短消息上说，下次再该他们三个人值班的时候，她一个人值，作为补偿，再给领导捎点小礼物。钟雨知道房上燕两口子是新婚，新婚燕尔，自然乐不思蜀，要把黄金周当蜜月过了，就笑了笑，抬起头来说，也没事，他们小两口能玩好就好。

又说，小蕾你假期里没去哪里玩啊？

好容易逮住个亲近领导的机会，夏小蕾说，我才不舍得出去哩。钟局长你也没出去啊？

钟雨一愣，她跟房上燕说的话，居然如出一辙，看来只在党委会上议过的事，她们已未卜先知了。钟雨觉得事情趋向复杂了，觉得人心不古，不古到机关核心了，自己只想着保护人家，却在走漏风声上慢了半拍，连透个口信的人情都没赚到，一边寻思着怎么给房上燕回个信息，一边接过夏小蕾的话茬说，我也是难得跟美女一起值班，不舍得出去啊。

两个人都笑了，说好有事通个气。值班室在三楼，钟雨的办公室在二楼，钟雨见夏小蕾一直在门口站着，就说你老站着干什么，进来坐呀。

来得够晚了，夏小蕾犹豫了一下说，我还是去值班室吧。

三

说是值班，其实也真没什么事，不过是接个电话做个记录什么的。作为带班领导，钟雨就更没什么事了，翻了几张报纸，喝了几杯茶，跟一帮熟人打了一通电话，就打开电脑，与一个网名叫一见你就笑的女棋手下围棋。一见你就笑的水平很臭，但嘴巴很甜，钟雨每吃她一个子儿，她就打出一行字说，好哥哥叫我回一步吧好哥哥。两个人一边聊天一边对弈，越来越比赛第二友谊第一的当儿，屏幕却一下子黑了。

电是十点多钟停的，雨是什么时候下起来的，钟雨一无所知。一开始钟雨以为电脑死机了，但按了按屋里的几个开关，无论空调还是饮水机都没一点反应，而窗外电闪雷鸣，大雨滂沱，这才猜测电路可能叫猛烈的风雨给破坏了。都说网上的世界靠不住，不承认还真不行，刚才还面对面的美人儿，这不说没就没了。面对着黑下来的屏幕，钟雨觉得自己有点失职，不管怎么说，考察干部都是一桩严肃的事，关系到局机关的梯队建设，也关系到人家年轻人的成长进步，夏小蕾房上燕今天不在一个公平的环境里，他就贸然投了前者一票，是不是太注重表象，有待进一步考察呢？

钟雨往门岗上打电话，老岳头也说电路可能被风雨破坏了，他正在跟电工联系，还没联系上。放假放得谁都不好联系，钟雨有点没着没落的，点了一棵烟，在屋里兜了一会圈子，思忖着给夏小蕾打电话说，小蕾你忙什么呢？

夏小蕾说，我刚才没事算命玩儿，这会不知干啥好了。

结果怎么样，钟雨说，算出好运气了吗？

网上说我命犯桃花，夏小蕾说，还没找到破法呢，电就停了。

交桃花运多好啊，钟雨说，换了我才不舍得破哩。

夏小蕾在他耳边嘻嘻笑了说，是吗？顿了顿又说，钟局你饿了吗？

钟雨说，你一说我也饿了，雨小一点了我们就出去吃饭。说吧，想去哪吃？想吃点啥？

我早想好了，夏小蕾说，难得跟领导共进午餐，地儿可以由你定，吃啥得叫我做主，啥好吃我吃啥，可不许心疼呀。

钟雨没那么小气，咋说也干到副处了，但老天爷不解风情，雨没小，倒越下越大，两个人也越说越饿了。钟雨想起她没吃早饭的事，拖着电话线拉开一个柜子的门，见有袋装火腿桶装方便面什么的，就说你那里有开水吗，要不我们先泡碗面？

那你上来吧，夏小蕾说，我这儿有热得快。

钟雨一时没反应过来热得快是个什么东西，但"你上来吧"这几个字听得很清楚，忙搁下电话，拐弯抹角上到三楼。值班室的门半开着，夏小蕾刚从厕所里接来一大暖瓶水，正往里面捅一个老式的烧水工具，也就是她说的热得快。因为导线短，够不到墙上的插座，夏小蕾把暖瓶放到一把椅子上。别看这家伙老，夏小蕾摁下电源开关说，可烧起水来快着呢，一会就好。钟局你坐。

钟雨没坐，只是有些迷瞪地说，你这儿没停电吗？

钟雨一说，夏小蕾也迷瞪了，接着嘻嘻哈哈地笑起来，笑得花枝乱颤，直不起腰来。眼看着夏小蕾笑得东倒西歪，钟雨随手捅下东西，又随手关上门，再随手扶她一下，免得她笑倒。夏小蕾倒没到可以笑倒的地步，但还有点不甘心，一手捂着肚子笑，一手抽动着热得快说，敢情这家伙热得再快也需要电啊。

其实钟雨也犯过类似的错误，明明知道是星期天却又开着车去上班，明明知道把门锁好了却又忍不住上楼去察看一遍。但是此刻，他的注意力已不在此，夏小蕾原本穿的就是低胸小褂，弯着腰一笑，局部的奶子和深刻的乳沟飞来眼底，摄人心神。要说钟雨也到知天命的年纪了，但依然见不得女人的胸口，年轻漂亮女人的胸口，尤其见不得，就像那个虚幻的美女一见你就笑一样，他一见女人的胸口就想钻进去，纵使明知再深的胸口也深不到哪去，然而其神秘莫测的形状，足以叫他顷刻间迷失。而且，而且那个水汪汪的暖瓶口和那个有一大段铜管的东西，也太叫人浮想联翩了，仿佛一个性能更好的烧水工具，只要置身于电磁场环境，钟雨就能自行发电，并迅速转换为热能，忍不住痴痴地叫了声，小蕾。

夏小蕾抬头看见钟雨直勾勾的眼神，脸一红住了手，也住了笑，下意识地瞥了眼胸口说，钟局你讨厌，干吗跟个色狼一样看人家啊？

也许，这以前的一切都算是逢场作戏，但这一句话，则使业已有些危险的游戏急剧升温，刹那间改变了性质。不用说，夏小蕾并没做好献身的准备，甚至都没想过要献身。她这个年纪的女孩子，是看着《猫和老鼠》的动画片长大的，看上去整个儿没心没肺，却精明，俏皮，一颦一笑间洋溢的全是小资女性的小手段和小机智，自以为艺高人胆大，敢冒险走钢丝，即便演绎不了空手套白狼的传奇，也要过把杰克逗汤姆的瘾，玩的是心跳，是打擦边球，是有枣没枣划拉一竿子，虽没把献身看得多了不起，但还是不大真的玩献身。成天出没周旋于机关，她们已积累了相当丰富的行为艺术经验，红袖善舞，擅长四两拨千斤，大不了声情并茂地发个嗲，抛个媚眼，使局面转危为安化险为夷了，再伺机徐图就是。但是，那只猫明显蠢过头了，也不是每一种颜色的狼都像白狼那样好套，有些娇撒不得，有些真相说不得，一说就扯了皮，就揭了底，就没法掖着藏着了，结果引狼入室，授人以隙，叫人家一口叼住胸口不算，还振振有词地赖上她说，小蕾你嘴巴子太厉害了，说得人家都没脸见人了。

没脸见人就把脸埋到人家怀里，这算哪门子逻辑？接下来的过程中，夏小蕾不是太配合，中途往门口拐了个弯，叫钟雨抢了先，搂着抱着把她拖到沙发上。沙发有点老，这里凸一块，那里凹一块，两个人一坐上去，弹簧就吱吱嘎嘎响。钟雨环顾着陈设简陋的值班室，心想上班了得拨点经费，好歹装潢一下，饮水机可以不添置，至少得换个好沙发，再找由头配张床。他的办公室不光有床，还客厅卧室卫生间齐全，足不出户就能洗浴如厕。夏小蕾很快给挤到沙发角落里，衣衫也有些不整了，但还不肯缴械就范，一会说，这是大白天呀；一会又说，这是办公场所呀。钟雨一时把握不了这个小女人的心思，试着动员她去他的屋，好像他的屋里有黑夜，并且不是办公场所似的。那里宽敞些，他说，也舒服。

我不稀罕。夏小蕾说，谁知你跟多少女人在那里舒服过，我嫌脏。

脏什么，钟雨热得面红耳赤了，有点弱智地说，不脏的，再说那里能洗澡呢，脏了就洗。

那我还要值班呀，夏小蕾说，有人查岗怎么办？

四

夏小蕾话音未落,桌上电话铃响。钟雨示意夏小蕾别接,夏小蕾一开始好像也没打算接,但那个电话有个自动报号功能,它一说出那串来电号码,夏小蕾冷冷笑了声,她不去他总统套房一样的屋,仿佛就为了等这个电话似的,一个鲤鱼打挺甩开钟雨,半跪半趴到沙发扶手上摘听筒。电话是房上燕打来的,问她这边下雨没有,单位有事没有,有人找她没有,有要她捎带的东西没有。夏小蕾一一作答,不厌其详,一如平常煲电话粥一样。不排除这个电话有查岗的嫌疑,但却推波助澜了事情的走向,既给钟雨卸去夏小蕾的衣服提供了契机,也使夏小蕾基本放弃了抵抗,或者说,它恰到好处地保全了夏小蕾不抵抗的面子。她一手举着话筒,一手打着手势,顾不上管他。再退一步说,就算她分身有术,腾出一只手来拍打他,腾出一只脚来踢打他,那头不察觉动静了?夏小蕾显然不想叫对方察觉什么,被骚扰终归不是一桩多风光多体面的事儿,故只在紧要处左扭一下身子,右扭一下身子。她的扭动大约有摆脱的意思,也是帮了倒忙,非但没摆脱,倒叫人家看清楚了不多几件衣服的拉链在哪,扣眼在哪,结头在哪,机关在哪,一个电话还没打完,钟雨就扶着她坐到他身上了。

曲里拐弯的电话线被拉长到极限,钟雨一边忙活一边听见房上燕说,钟局那屋里怎么没人接电话,他不在吗?

夏小蕾说,他不在了吗?我下去给你看看。

钟雨哪舍得她下去,慌得手脚并用,使劲箍住她。好在房上燕也不想叫她下去,忙说看什么啊,我随便问问。听说那老家伙有点色,弄不好他正跟哪个相好的温存呢,你别搅了人家的好事。

在办公室也敢啊,夏小蕾望着钟雨捂在她胸前的两只手说,可真够流氓的。

怎么不敢，房上燕说，色胆包天哩。那么大一个屋，正好藏污纳垢哩。不过也没准是打牌钓鱼桑拿去了，没听人家说吗，越是管人事的越不干人事，他走时也没给你吭一声？

可能怕我不批准吧，夏小蕾绷着脸幽了一默说，他去哪儿没向我请示。

狗日的当官的就是比我们逍遥，房上燕在电话那头笑了说，想擅离职守就擅离职守。

夏小蕾原本是被动地起伏着身子的，此刻不由加大了抑扬顿挫的力度，声音也陡地高亢起来，谁说不是，她突然有些悲壮地说，只有我们当兵的得死守岗位啊。

岗位一说已够形象逼真活生生了，还要死守，钟雨险些笑出来，夏小蕾扭头瞪他一眼，他才没敢笑。房上燕又说，守啥守，他能走你也能走，反正你一个人跟他值班得当心点儿。对了，你想要点啥啊，要不我自己做主给你挑个礼物。

不说了不叫你花钱吗，夏小蕾说，我倒想叫你从海边捡点贝壳来，我想拿它们穿个手链戴着玩儿。

没问题。房上燕说，我多捡点，到时咱俩一人戴一个。

还是燕儿姐好，夏小蕾隐约拖上了一点哭腔说，谢谢你。

你怎么了，房上燕说，怎么跟我也说谢了。

没怎么，夏小蕾说，就是觉得你好不容易出去一趟，还想着我。

看你，房上燕说，咱姐妹俩谁跟谁啊。

夏小蕾说是，咱姐妹俩谁跟谁啊。

知心话儿说到这，姐妹俩才意犹未尽地收了线。钟雨本想趁机换个姿势，忽然听见一个有些陌生的声音说，钟雨。

钟雨唬一跳，以为有人闯进来，见门关得好好的，窗外风摇着树影，雨打着玻璃，确信没别的人，才知是夏小蕾喊的他。不过一个上午的时间，夏小蕾给他的称呼就变了三次，由钟局长到钟局再到指名道姓的钟雨，叫他心里隐隐有点儿不适，可想想自己都屈驾到人家屁股底下了，再让人家尊着敬着也不现实，索性嬉笑了脸说，小蕾，你觉得好吗？

夏小蕾没跟他谈感觉，只是幅度很大地转过来身子，左手抹了一把泪，右手又抹了一把泪说，人家打电话呢，你捣什么乱啊？还脱这么干净，羞不羞啊？

钟雨永远理解不了夏小蕾这一类的女孩子，即便现在这样亲密无间了也理解不了，不说她们的内心活动多丰富，就是表情，生动起来的时候，都能东边日出西边雨哩。他刚才把她们的电话当成了背景音乐，不知她是啥时候哭出泪来的，见状心里疼了一下，要找东西给她擦。夏小蕾兀自摇摇头，拨拉开他的手说，别假惺惺了。我问你，知道下面的人怎么说你了吗？

钟雨从她一只乳房上拿出嘴说，知道了。看看此刻的体位，又从她另一只乳房上拿出嘴说，也知道上面的人怎么说我了。

夏小蕾也扑哧一声笑了，拧了一下他鼓囊囊的腮帮子说，还有脸贫呀。

五

有了这么一个小插曲，美人儿又破涕为笑了，平添许多情趣，钟雨开始卖力地工作。钟雨工作一向很卖力，从基层一个穷乡的宣传委员一路摸爬滚打过来，不卖力根本走不到今天这个地步。但大小单位换了十来个，强势的女领导占了多半成，如今年龄快到站了，又遇到一个比男人还会玩权的路虹，叫他隐约有点迷信，但凡床事，一般不在女人下面从事，仕途上做不了主，床上还不能驰骋嘛。他先前慌不择路，此刻虽觉得夏小蕾面对他已比背对他要好，但还心头耿耿，意欲颠覆一下秩序，打上一场翻身仗。怎奈沙发不是床，夏小蕾也不是那种娇惯他的女人，由着他蹭鼻子上脸。虽然她当初叫他上来不一定就是为了此刻把他骑到下面去，但她有她的分寸，有她内心要坚守的底线，这也是务实的夏小蕾们最为务虚的一点，说到底，人还是要有一点有所让步有所不让步的小脾气的，要有一点有所妥协有所不妥协的小原则的。至于很可能是这点虚无主义的小脾气和小原则最终要了她的命，那是另一回事。你别惦些毛病了，她磕马镫子一样地磕了他一下说，爱做不做，快点儿。

夏小蕾连遛马的心情也没，她还迷离恍惚若有所思的，入戏有点慢。这使游戏多少违背了规则，两个人的活动变成一个人的攻坚战，钟雨有种宿命的感觉，偷情偷出又一任女领导来，忍不住炝蹶子，打摆子，英雄气短中使出不少横劲，以至于沙发乱晃，墙壁地板直响。鏖战正酣之际，另一些事物也在马不停蹄地运行，至少，被忽略太久的暖瓶比他们更先抵达沸点的状态。夏小蕾背对着它，钟雨满眼里都是夏小蕾晃来荡去的长发和奶子，纵使换个体位也不见得就能顾得上发现什么，而如果不换，则彻底丧失了发现什么的概率，他们旁若无他，也难怪它要不耐烦了。

不耐烦的暖瓶骤然爆裂，烧得沸腾的热水裹挟着玻璃碴子迸溅开来，白花花雾蒙蒙一片。两个人如遭霹雳，从沙发上摔倒到地上，一地滚烫的流水和碎玻璃，尤叫他们猝不及防。只不过一个小小的热得快，但你实在说不出它究竟蕴藏着多大的能量，在这之前，或之后，又或与此同时，椅子翻倒，斜对面的电脑显示器四分五裂，随着一团炫目的火球蹿上屋际，那个红得发紫的铜管也像发射的炮弹一样呼啸而出，不偏不倚地撞到头顶的灯棍上，接着俯冲下来，又烙铁似的滚过他们的胸膛，所到之处，肌肤皆熟，哧啦乱响。灯棍是办公场所常见的那种，60瓦，双排，应声破碎中，稀里哗啦地泼洒下来。据说伤口上经不起撒盐，大约更经不起撒比暖瓶碎片还要尖锐锋利的灯棍碎片，两个光溜溜的身子饱受重创，像镀上了水银似的，镶上了水晶似的，贴上了鱼鳞似的，闪闪发光。总是次生灾害更致命，人们看见他们的时候，他们已含恨九泉，一个比一个更像玻璃人儿。

一棵烟还是收买不了一颗人心，钟雨还是给看大门的老岳头留下了话柄，也怪不得他饶舌。他原本就话多，懂得又多，因而他另有一说，叫我看，那种状态遇到那种意外，惊吓也能惊吓死。

电说停就停，也说来就来。尽管钟雨自己会发电，热能转化得也够快，但跟真正的热得快比起来，到底不能比，他还没把夏小蕾这壶水烧开，它就把那只装满水的暖瓶烧爆炸了。